Le LIVRE de POCHE

Jeunesse

SIGRID
ET LES MONDES PERDUS

L'ŒIL DE LA PIEUVRE

DU MÊME AUTEUR DANS
Le Livre de Poche Jeunesse

Le pique-nique du crocodile

SERGE BRUSSOLO

SIGRID ET LES MONDES PERDUS

L'ŒIL DE LA PIEUVRE

HACHETTE
Jeunesse

1

L'œil de la pieuvre

Sigrid Olafssen et Gus McQueen dînaient à la cantine du sous-marin. À cette heure avancée de la nuit, il n'y avait guère de monde, et il était déconseillé de se montrer difficile sur la qualité du menu.

Gus et Sigrid avaient fêté leur vingtième anniversaire la semaine précédente. Pour célébrer ce mémorable événement, le chef cuistot leur avait accordé une part de purée supplémentaire... et deux yaourts.

Gus était un grand garçon maigre, aux cheveux rouges.

« Je suis un légume-garou, avait-il coutume d'affirmer. À chaque pleine lune, je me change en carotte vivante. C'est pour ça que les lapins sont mes pires ennemis. »

Sigrid avait les yeux bridés, d'un vert très clair, et bien qu'elle eût le crâne tondu, on devinait au duvet repoussant sur ses tempes que sa chevelure avait la couleur pâle du miel. Des taches de rousseur criblaient ses pommettes de minuscules éclaboussures roses.

Les deux amis parlaient à voix basse, pour ne pas courir le risque d'être entendus par un officier... ou un mouchard.

« Tu sais pourquoi il n'y a aucun hublot, nulle part ? chuchota Gus, la bouche en coin.

— Le *Bluedeep* est un submersible conçu pour les plongées en grande profondeur, récita Sigrid. Une ouverture vitrée affaiblirait la résistance de sa coque.

— Du bla-bla de gradé ! ricana Gus. Cesse de jouer à la bonne élève. Je te parle de la vraie raison. Tu la connais ?

— Non », avoua la jeune fille.

Le garçon aux cheveux rouges s'approcha davantage.

« S'il y avait un hublot, quelque part, souffla-t-il, la lumière attirerait tout ce qui nage autour de nous. Les pieuvres, par exemple. Notamment, la pieuvre géante d'Almoha, l'*Octopus calorosaurus,* qui a le pouvoir de faire bouillir l'eau de mer en soufflant de la chaleur par ses ventouses. Elle viendrait coller son gros œil à la vitre pour nous reluquer, nous les humains... Tu imagines un peu ? Cet œil énorme, mou, horrible, aplati contre le carreau ? Le spectacle lui plairait tellement qu'elle enroulerait ses tentacules autour du vaisseau, et elle resterait là, suspendue comme une sangsue, à nous espionner. À force de nous voir gigoter, ça finirait par lui ouvrir l'appétit, alors elle resserrerait ses tentacules, jusqu'à faire craquer les tôles. *Crac !* Elle briserait le sous-marin comme on casse la coquille d'une noix, pour manger ce qu'il y a dedans.

— Arrête ! grogna Sigrid. Ce sont des histoires qu'on se raconte à 10 ans. »

Gus se renfrogna. Il avait la peau si blanche que le moindre rougissement de colère donnait l'impression qu'il avait la fièvre.

« T'as tort de jouer les esprits forts, grommela-t-il. Tout autour de nous, c'est l'empire des pieuvres, le royaume des calmars géants. Un zoo liquide où pataugent des monstres inimaginables. Personne n'a envie d'être regardé par une pieuvre, surtout si son œil est aussi grand qu'un hublot. Avant, la mer était habitée par des milliers de sirènes. Aujourd'hui il n'en reste aucune, les pieuvres les ont dévorées. »

Sigrid laissa échapper un soupir de lassitude. Toutefois, les délires de Gus la mettaient mal à l'aise. Elle savait que le *Bluedeep* glissait depuis dix longues années dans les eaux empoisonnées d'un océan hostile, mais le soir, juste avant de se mettre au lit, elle préférait l'oublier.

« Et puis arrête de dire *Bluedeep,* marmonna Gus. C'est du jargon d'officier. Nous, les matelots, on a surnommé le navire le *Requin d'acier,* une fois pour toutes. Tu veux passer pour une lèche-bottes ? »

Sigrid haussa les épaules. Gus était de mauvaise humeur. Beaucoup de marins supportaient mal l'enfermement prolongé. *Dix ans...* Ça faisait un sacré bail ! Dix ans sans jamais toucher terre, aborder un rivage, découvrir une île, un continent... « Dix ans de boîte de conserve », comme disaient les mousses. Une vie de sardines à l'huile.

« Ne te fais pas d'illusions, chuinta le garçon, revenant à la charge. Tu as encore l'âge d'avoir peur, tu sais ? Tu t'es regardée dans un miroir, récemment ? Tu trouves que tu as l'air d'avoir 20 ans ? »

Sigrid baissa les yeux, troublée. Gus avait la fâcheuse manie d'appuyer là où ça faisait mal. On le détestait pour ce travers, et les officiers le notaient médiocrement, compromettant son avancement.

Le jeune homme s'empara de son écuelle en acier inoxydable et feignit de s'y mirer.

« Miroir, ô mon beau miroir ! gloussa-t-il, dis-moi si j'ai 20 ans... ou seulement : 11 : j'aimerais avoir ton avis parce que ce n'est pas évident au premier regard. »

En entendant ces mots, Sigrid éprouva un pincement à l'estomac. Quand elle examinait son reflet dans une glace, elle trouvait, elle aussi, qu'elle ressemblait davantage à une gamine de 12 ans qu'à une jeune fille de 20.

Gus cessa de faire le pitre. Abandonnant son assiette, il se pencha par-dessus la table pour murmurer :

« Tu sais pourquoi ? *Parce qu'on nous empêche de grandir.* Les officiers versent des produits dans la nourriture. Ça ralentit notre croissance, ça fait de nous des enfants à vie. Dans dix ans, nous aurons toujours l'air de collégiens prisonniers d'une éternelle classe de 6e !

— Tais-toi ! supplia Sigrid. On va t'entendre. C'est dangereux. »

Inquiète, elle jeta un coup d'œil par-dessus son épaule pour s'assurer qu'aucun lieutenant ne se trouvait dans les parages.

« Les officiers ont peur de nous, haleta Gus, au bord de la crise de larmes. Ils craignent qu'on leur pique leurs privilèges, leur commandement, alors ils nous empoisonnent en cachette pour nous forcer à rester des gosses. De cette manière, ils ne risquent rien. Seuls des adultes responsables peuvent diriger le vaisseau, c'est écrit dans le manuel.

— Ça suffit ! coupa la jeune fille. Tu es fatigué, il faut te coucher. Je te raccompagne à ta cabine. »

Le garçon s'ébroua comme au sortir d'un rêve. Ses paupières tremblaient sous la lumière dure des plafonniers. Sigrid vit qu'il retenait ses sanglots.

« Tu devrais peut-être aller voir le médecin, suggéra-t-elle. Tu as l'air crevé.

— C'est ça ! ricana Gus. Pour qu'il me refile une double dose de comprimés et que je me réveille un beau matin dans la peau d'un bébé, en train de sucer mon pouce ! »

Il n'y avait pas moyen de discuter. Sigrid l'aida à se redresser. Elle aurait aimé que David soit là. David Halloran était plus sérieux, peu sujet aux exaltations. Il donnait des explications logiques à tout. Il sortait les réponses de ses manches comme un prestidigitateur fait apparaître des colombes ou des lapins. Rien ne l'effrayait, jamais. Il était d'un calme de machine bien rodée.

Hélas ! David ne montra pas le bout de son nez, et Sigrid dut traîner Gus dans la coursive. En quittant la cantine, elle surprit son image dans le flanc brillant d'une marmite. Force lui fut de reconnaître que son camarade avait raison. Elle avait bel et bien l'air d'avoir 12 ans.

2

Monstres marins en approche rapide

Deux heures plus tard, la lumière des plafonniers vira au rouge et le klaxon d'alerte fit retentir son meuglement de vache écorchée vive.

Sigrid sauta à bas de sa couchette pour rejoindre les matelots qui couraient déjà aux postes de combat. Des vibrations agitaient le *Bluedeep,* comme si les moteurs éprouvaient soudain de grandes difficultés à assurer la propulsion du submersible.

« On n'avance plus, s'étonna la jeune fille. C'est bizarre, on dirait qu'on vient de heurter un obstacle. »

Pourtant, aucun choc violent ne s'était produit. Le ralentissement avait été progressif, comme si...

« Comme si nous étions en train de nous engluer dans de la marmelade d'oranges », se dit Sigrid.

Au bruit des turbines, elle sut qu'on inversait la propulsion pour faire machine arrière et tenter de se dégager du piège. Hélas ! le *Bluedeep* semblait prisonnier d'une masse élastique dont il ne parvenait plus à s'arracher.

Gus et David débouchèrent de la coursive. Sigrid se rapprocha d'eux dans l'espoir d'obtenir des informations.

Les officiers leur ordonnèrent de se tenir prêts à aveugler les fuites de vapeur s'il s'en produisait. Sage précaution ! Quand on poussait la machine à fond, la tuyauterie cédait fréquemment sous la pression excessive, et l'on pouvait se retrouver brûlé vif par les jets bouillants qui fusaient alors des canalisations rompues. Sigrid se dépêcha d'enfiler ses gants. L'atmosphère électrique trahissait la tension des chefs. Le lieutenant Kabler gesticulait, le visage luisant. Dans la lumière rouge du couloir, il avait l'air d'un démon jailli d'une bassine de sang frais.

« Que se passe-t-il ? chuchota Sigrid à l'adresse des garçons.

— Encore un coup des pieuvres, soupira Gus. L'une d'elles s'est approchée du vaisseau. Ses ventouses ont sécrété autour du *Bluedeep* une substance qui provoque un épaississement immédiat de l'eau de mer. D'un seul coup, la flotte s'est transformée en gélatine.

— En gélatine ?

— Oui, l'eau a pris la consistance d'une méduse, et le sous-marin s'est retrouvé englué.

— Si nous ne parvenons pas à nous dégager rapidement, intervint David dont le visage aux pommettes saillantes était surmonté de cheveux noirs, coiffés en brosse, le cocon va continuer à durcir et nous ne pourrons plus jamais en sortir. »

Sigrid sentit une suée d'angoisse lui mouiller les tempes. Elle essaya de se représenter le submersible luttant pour se dégager de la glu adhérant à ses flancs. Si les hélices se bloquaient, ce serait la fin... Ne disposant plus d'aucun moyen de propulsion, le bâtiment sombrerait dans les abîmes telle une enclume géante.

« Saletés de pieuvres ! grogna Gus. Elles ont plus d'un tour dans leur sac à malice.

— Cette variété est capable d'édifier de véritables labyrinthes de gélatine, murmura David. Il lui suffit de cracher son venin pour que l'eau se solidifie.

— C'est vrai, approuva Gus, ces bestioles peuvent construire des remparts, des murailles avec de l'eau salée. Ces architectures restent transparentes, presque invisibles.

— Des labyrinthes ? s'étonna Sigrid.

— Oui, souffla David Halloran. Des labyrinthes qu'on ne peut détecter parce que leurs parois sont translucides. Si l'on s'y engage, on est perdu.

— On raconte que ces pieuvres étaient jadis

employées par les Almohans pour bâtir des palais, chuchota Gus. Elles n'avaient pas besoin de pierres ou de machines pour construire une cité... elles utilisaient de l'eau, rien d'autre. *De l'eau solidifiée.* En un rien de temps, elles fabriquaient une ville, elles modelaient des châteaux, des forteresses pour les rois-poissons. »

Le garçon dut se taire car le lieutenant Kabler s'approchait. Très nerveux, l'officier ne cessait d'aboyer dans le téléphone intérieur pour obtenir davantage de puissance. Sigrid se raidit. On entendait gémir les tuyaux métalliques. Çà et là, de menues fuites de vapeur chuintaient. Les matelots se précipitèrent pour resserrer des écrous. La jeune fille vérifia que tous les outils nécessaires étaient bien suspendus à sa ceinture. L'inquiétude avivait les images que les confidences des deux garçons avaient fait naître dans son esprit. Elle essayait de se représenter le travail des pieuvres bâtisseuses, érigeant des villes de gélatine au fond des mers. Décidément, la civilisation almohane n'avait pas fini de la surprendre !

Enfin, avec un rugissement des turbines qui fit trembler son squelette de métal, le *Bluedeep* s'arracha au piège gluant où il s'était embourbé. La secousse jeta tout le monde sur le sol mais personne ne s'en plaignit. Chacun appréciait de sentir le vaisseau à nouveau libre de ses mouvements.

« Ne vous réjouissez pas trop tôt, grogna le lieutenant Kabler. Les pieuvres vont revenir à l'assaut. Restez vigilants et signalez toute anomalie à votre supérieur hiérarchique. Vous vous êtes assez reposés, remettez-moi ces tuyaux en état ! Et que ça saute ! »

Les adolescents se dépêchèrent d'obéir. Dès que l'officier se fut éloigné, ils reprirent leur bavardage.

« Les pieuvres constituent une véritable armée, chuchota Gus. Elles sont là, autour de nous, elles ont ordre de nous détruire.

— C'est vrai ? » s'inquiéta Sigrid.

David fronça les sourcils.

« C'est bien possible, admit-il. On ne sait pas grand-chose des gens qui vivaient sur cette planète avant notre arrivée. Il paraît qu'ils commandaient à l'océan, qu'ils étaient capables de provoquer des tempêtes en prononçant des formules magiques.

— C'étaient des sorciers ? interrogea la jeune fille.

— On le raconte, répondit David Halloran dont le beau visage se crispa. Ils lançaient des ordres télépathiques, et les animaux marins leur obéissaient. Ils avaient constitué leur armée de cette manière. Aujourd'hui, les Almohans ont tous été engloutis par l'océan, mais les monstres des profondeurs continuent à obéir aux commandements qu'on leur a donnés il y a très longtemps.

— Leur mission est claire, renchérit Gus : détruire le sous-marin coûte que coûte. Et ils s'y emploient depuis des années.

— Il existe différentes sortes de pieuvres, expliqua

David en remballant ses outils. Chacune possède un pouvoir bien particulier. Il faut demeurer sur ses gardes car on ne peut jamais prévoir la forme qu'empruntera la prochaine attaque. »

Le travail achevé, les trois amis se séparèrent. Sigrid resta en alerte, attentive aux vibrations du fuselage.

« Pour le moment, tout va bien, pensa-t-elle. Pourvu que ça dure. »

Elle alla prendre ses ordres auprès du quartier-maître, qui l'affecta au rangement des bidons de nourriture concentrée sur les étagères de l'immense cambuse[1] où se trouvaient entassées les réserves alimentaires du sous-marin.

« Attention, répétait tous les quarts d'heure une voix sortant des haut-parleurs, le *Bluedeep* se déplace actuellement au milieu d'un banc de pieuvres offensives. Une nouvelle attaque est imminente. Il est conseillé à chacun de demeurer sur le qui-vive. »

En entendant ces paroles, les matelots échangeaient des coups d'œil inquiets.

« Que va-t-il encore arriver ? » se demanda Sigrid.

Elle passa le reste de l'après-midi l'oreille tendue. Par moments, il lui semblait percevoir des raclements sur la coque.

« De quoi s'agit-il ? » interrogea Barbara, l'une des filles qui travaillaient à ses côtés.

---

1. Terme de marine désignant la partie du navire où l'on stocke les vivres et les réserves d'eau potable.

Les bruits sourds donnaient l'impression que les flancs du submersible frottaient sur des rochers.

« Des tentacules, marmonna le quartier-maître. Les pieuvres palpent le *Bluedeep.* Elles cherchent un moyen d'entrer. C'est chaque fois la même chose. Elles vont tenter de forcer une écoutille.

— C'est possible ? s'enquit Sigrid.

— Jusqu'à maintenant, elles n'y sont pas arrivées, lâcha sèchement l'homme ; mais qui peut savoir jusqu'où va leur malice ?

— Ce ne sont que des animaux, tout de même ! haleta Barbara.

— J'aimerais en être certain », grogna le quartier-maître.

L'angoisse de l'homme était manifeste et Sigrid en fut troublée. Le danger était donc réel ? C'était la première fois en dix ans qu'elle se trouvait impliquée dans une bataille contre les pieuvres.

« Il y en a sans doute eu d'autres, réfléchit-elle, mais j'étais alors trop petite, je ne m'en suis pas rendu compte. »

À l'intérieur du vaisseau, les bavardages avaient cessé. Le silence planait dans les coursives et les soutes. Tout le monde écoutait le frottement des tentacules géants sur la coque.

« Combien y a-t-il de pieuvres ? songea Sigrid. Trois ? Quatre ? »

« Parfois, elles attaquent par bataillons entiers, soupira le quartier-maître à qui elle posa la question. Certaines essayent même d'arracher notre hélice. Elles ont toujours échoué, heureusement, et les pales d'acier leur ont transformé les "pattes" en rondelles de saucisson. »

Elle comprit qu'il s'appliquait à faire rire son auditoire pour détendre l'atmosphère.

Quand Sigrid eut effectué ses huit heures de travail réglementaires, elle regagna sa cabine. La consigne circulait de bouche en bouche : cette nuit, mieux valait ne dormir que d'un œil et se tenir prêt à toute éventualité. Le lieutenant Kabler ne tarda pas, d'ailleurs, à confirmer cet état de veille armée.

« Enfilez vos combinaisons étanches, ordonna-t-il. Et gardez vos casques à portée de main. Il est possible que nous devions faire face à une intrusion. Au premier signal d'alerte, regroupez-vous dans la coursive, la hache au poing. Surtout, n'oubliez pas de boucler vos scaphandres. Ce que vous devrez affronter sera *mouillé*... et vous savez ce que cela signifie ! »

Les jeunes gens serrèrent les dents. L'eau de mer était empoisonnée, il ne fallait la toucher à aucun prix sous peine de... de... – mais la chose était si affreuse qu'il valait mieux ne pas l'évoquer.

« Allez ! intima Kabler d'un ton impatient. Profitez de l'accalmie pour prendre du repos, vous aurez besoin de toutes vos forces pour repousser l'attaque. »

Après s'être équipée, Sigrid s'allongea sur sa couchette. La combinaison de caoutchouc la faisait transpirer et elle avait l'impression de mijoter dans un bain de vapeur. Elle finit par s'assoupir et rêva des grands palais de gélatine bâtis par les pieuvres-architectes. Elle se voyait, perdue dans ce labyrinthe aux parois translucides, tandis que le roi des abîmes marins, assis sur un trône de coquillages, se moquait d'elle.

« Hé ! criait-il, je veux qu'on chasse de mon château cette étrangère à la chevelure couleur de ficelle. »

Aussitôt, ses valets ouvraient les grilles d'un chenil d'où s'échappaient des hippocampes aux yeux féroces. L'un d'eux se propulsait vers Sigrid d'un coup de queue et lui plantait ses crocs dans le poignet. La jeune fille s'éveilla en sursaut pour réaliser que Gus se tenait près de sa couchette et lui secouait la main pour la tirer du sommeil.

« Hé ! souffla le garçon, tu ferais mieux de te lever. Ça se prépare...

— Quoi ? bâilla Sigrid.

— Les pieuvres, haleta Gus. Elles ne vont plus tarder à entrer.

— Mais c'est impossible...

— Pas du tout. Ça fait des heures qu'elles palpent la coque à la recherche d'une ouverture. Le lieutenant pense qu'elles vont forcer les tubes lance-torpilles d'une minute à l'autre. On a fermé les portes étanches de manière à isoler tout l'avant du bâtiment, au cas où l'eau envahirait la proue. »

Sigrid frissonna à cette idée, et s'empressa de coiffer son casque.

« N'oublie pas ta hache de combat », murmura Gus en gagnant la coursive.

Les matelots se postèrent de part et d'autre du corridor, l'oreille tendue. Sigrid régla l'amplificateur de son casque au maximum. Des raclements métalliques résonnèrent bientôt dans les écouteurs, comme si une main gigantesque tordait l'acier, quelque part à l'avant du submersible.

« Ça vient... », pensa-t-elle en se raidissant pour dominer sa peur.

Cela rampait dans le couloir en bousculant tout sur son passage. On entendait craquer les conduits, céder les fils électriques.

« Mais *ça* ne marche pas, remarqua la jeune fille, *ça* n'a ni pieds ni pattes... *ça* rampe. »

C'était... c'était comme un énorme serpent progressant grâce aux contractions de ses anneaux.

« Tenez-vous prêts ! ordonna Kabler en brandissant sa hache d'abordage. Nous y sommes ! »

Tous les regards se tournèrent vers la porte métallique, au bout de la coursive. Jusqu'à présent, elle avait toujours paru assez robuste pour résister à n'importe quel assaut, mais voilà qu'elle gémissait, se pliait, prête à jaillir de ses gonds.

« C'est impossible ! se dit Sigrid. Je suis en train de faire un cauchemar, ça ne peut pas être réel... »

Avec un bruit horrible, l'écoutille fut projetée dans le couloir tandis qu'un tentacule interminable s'engouffrait dans l'ouverture.

« Les pieuvres ! hurla Gus. Je te l'avais bien dit ! Elles essayent de se faufiler dans le sous-marin en utilisant les évents des tubes lance-torpilles.

— Tout le monde aux haches ! vociféra Kabler. Coupez-moi ça ! Vite ! »

Encore une fois, Sigrid dut faire un effort pour se convaincre qu'elle ne rêvait pas.

L'étonnement la saisit : comment se faisait-il que des torrents d'eau salée n'aient pas giclé dans la proue à la suite du tentacule ? Si la pieuvre avait forcé la fermeture du tube, c'est ce qui aurait dû se produire, *n'est-ce pas* ?

« Elle est si grosse qu'elle a sans doute obstrué l'ouverture », conclut la jeune fille en se ruant vers le boa verdâtre qui palpitait au milieu de la coursive. Les ventouses émettaient d'affreux bruits de succion, comme si des dizaines de bouches happaient l'air.

« Attention ! prévint David, ne les laissez pas se coller sur vous, elles aspireraient le caoutchouc de votre combinaison et vous arracheraient la peau par la même occasion ! »

Les haches se levaient, s'abattaient dans la plus grande confusion, essayant de sectionner la chair élastique du poulpe. Le tentacule, lui, poursuivait son travail de sabotage, arrachant canalisations et circuits électriques.

Les blessures encaissées le laissaient de marbre. Lorsqu'on parvint enfin à le trancher au ras de la porte, on s'aperçut qu'il continuait à remuer comme si de rien n'était. Isolé du corps de la pieuvre, il poursuivait sa mission destructrice, tel un serpent.

« Si on ne trouve pas le moyen de l'arrêter, il va ramper à travers tout le bâtiment ! haleta Sigrid. C'est incroyable... On dirait qu'en le coupant, on lui a rendu service ! »

Ce coup de théâtre eut raison de la combativité des jeunes gens qui restèrent hagards, la hache levée, à regarder le tentacule tranché qui s'éloignait, par tractions successives, le long du couloir.

« Bon sang ! aboya le lieutenant Kabler. Qu'attendez-vous ? Ne le laissez pas filer. Il faut le couper en tranches, c'est le seul moyen. »

Sigrid se ressaisit. L'officier avait raison, il fallait débiter le « boa » comme on l'aurait fait d'un saucisson. De cette manière, le tentacule, réduit en tronçons de faible épaisseur, serait privé de tout pouvoir destructeur.

« Allez ! cria-t-elle à l'adresse de Gus et de David. Qu'attendez-vous ? »

Les deux garçons se ruèrent sur ses traces, et la bataille reprit.

Quand le « serpent » fut changé en un monceau de rondelles gluantes, on se demanda ce qu'il convenait d'en faire.

« Ne les mettez surtout pas ensemble, hoqueta Kabler qui luttait pour recouvrer son souffle. Les tranches seraient bien fichues de se recoller entre elles. Non... Il faut s'en débarrasser au plus vite. Les éjecter à l'extérieur. Ne restez pas les bras ballants, remuez-vous. Si la chose s'autorépare, tout sera à recommencer ! »

« Il a raison, pensa Sigrid. N'empêche, nous nous sommes bien battus, il aurait pu nous féliciter. »

On transporta les tronçons dans l'une des soutes à déchets pour les fourrer dans des bidons de fer-blanc.

« On les éjectera le plus tôt possible, commenta David. Il est hors de question de prendre le moindre risque. »

Les matelots se séparèrent dès le dernier conteneur propulsé dans le sas qui servait d'ordinaire à l'évacuation des ordures. Tous s'avouaient épuisés et n'aspiraient qu'au repos.

Malgré le sentiment d'avoir accompli son devoir, Sigrid dormit mal. Des questions la hantaient, la faisant se retourner sur sa couchette. Quelque chose heurtait son sens logique. Des incohérences, qu'elle ne parvenait à s'expliquer.

« Comment la pieuvre a-t-elle pu forcer le tube lance-torpilles sans inonder le sous-marin ? se répétait-elle. Normalement, l'eau aurait dû affluer dans les coursives, nous submerger... »

Incapable de trouver le sommeil, elle se releva et sortit dans le couloir. Seule une veilleuse bleue éclairait le tunnel d'acier où, deux heures auparavant, s'agitait encore le tentacule monstrueux. La jeune fille fit quelques pas et s'immobilisa, stupéfaite. *La porte de fer – celle-là même qu'elle avait vue s'arracher de ses gonds – était intacte !* Quant aux canalisations, aux circuits électriques mis à mal par l'action du « reptile », ils paraissaient en parfait état.

C'était incompréhensible.

« Les a-t-on déjà remplacés ? se demanda Sigrid. Si vite ? »

Elle n'avait pourtant vu aucune équipe de réparation à l'ouvrage. De toute manière, une porte blindée ne se changeait pas aussi aisément. Non, il y avait là quelque chose qui clochait.

« C'est comme si la bataille que nous avons menée contre le tentacule n'avait pas réellement eu lieu, se dit la jeune fille. Comment cela se pourrait-il puisque nous étions une bonne dizaine à y participer ? »

Se déplaçant sur la pointe des pieds, elle explora la coursive, cherchant vainement des traces de combat. Elle ne trouva rien.

Mal à l'aise, elle retourna se coucher.

Le lendemain, à la cantine, elle attira David Halloran à l'écart pour lui faire part de son étonnement.

Le jeune homme lui jeta un regard chargé d'incompréhension.

« Qu'est-ce que tu racontes ? s'impatienta-t-il. Tout a été réparé pendant que nous remplissions les bidons dans la soute à déchets, voilà tout. Je connais bien ces équipes de maintenance ; elles sont capables d'interventions extrêmement rapides. Je ne vois pas ce qui peut te choquer là-dedans ! Tu fabriques du mystère pour le plaisir.

— Tu as sans doute raison, mentit Sigrid. La bataille m'a mis les nerfs à vif, j'ai dû perdre la tête.

— Il vaudrait mieux t'y habituer, lâcha David. Ça risque de se reproduire car nous ne sommes pas sortis du troupeau de pieuvres. Elles s'obstinent à nous filer le train. Dieu seul sait ce qu'elles vont encore inventer pour nous nuire ! »

Sur ce, il se leva et partit rejoindre son poste. À la différence de Gus, David n'aimait pas « tirer au flanc ». Il avait toujours eu un sens aigu de ses responsabilités et accueillait les épreuves dont l'accablaient les officiers comme un moyen de s'endurcir. Il était terriblement « positif »... trop peut-être ? Par moments, Sigrid l'aurait préféré plus critique. Mais elle lui pardonnait volontiers ces petits travers car il était très beau.

« N'empêche, songea-t-elle. Il se passe des choses bizarres à l'intérieur du *Bluedeep.* Personne ne veut en convenir, mais ce n'est pas la première fois que je remarque des événements inexplicables. »

Elle termina de déjeuner et quitta la cantine. En atteignant le carré des équipages, elle se heurta au quartier-maître, occupé à ausculter la coque du bout des doigts, comme un médecin palpe un malade. Mécontent d'avoir été surpris, son premier mouvement fut de rabrouer la jeune fille, puis il se ravisa.

« Que faisiez-vous ? demanda Sigrid. Vous cherchiez une fuite ?

— Non, murmura l'homme. J'essayais de localiser des zones d'amollissement.

— Quoi ? bredouilla la jeune fille.

— Parle plus bas ! grogna l'homme. Pas la peine de provoquer une panique générale. Je me méfie, c'est tout. Le lieutenant Kabler m'a demandé d'ouvrir l'œil. Tu vas m'y aider.

— Vous aider à quoi ? »

Le quartier-maître saisit Sigrid par l'épaule et l'entraîna à l'écart.

« Ces foutus poulpes ont plus d'un tour dans leur sac, tu sais, souffla-t-il sur le ton du secret. Parmi eux, il y en a dont les ventouses sécrètent des acides capables de dissoudre le métal, tu vois ? C'est comme si tu arrosais la coquille d'un œuf avec du vinaigre. Elle deviendrait molle. Eh bien, c'est ce qui se passe ici. En ce moment même, une pieuvre est peut-être accrochée à la proue du *Bluedeep,* et ses ventouses nous aspergent d'un acide lent qui détruit la cohésion des atomes constituant le blindage de la coque. À ce petit jeu, les parois peuvent devenir aussi molles qu'une balle de caoutchouc. Il sera alors facile aux poulpes de les déchirer avec le bec qui leur tient lieu de bouche. »

Sigrid frissonna. L'homme ne plaisantait pas. Elle leva instinctivement la tête pour scruter le plafond.

« Nous allons nous partager la besogne, conclut son interlocuteur. Tu vas aller par là ; moi par ici. Essaye de ne pas te faire remarquer de tes camarades. Tâte les cloisons discrètement. Si tu sens l'acier devenir mou sous tes doigts, viens me prévenir. »

La jeune fille hocha la tête.

« Ne serait-il pas un peu fou ? songea-t-elle. Ou bien il a décidé de se moquer de moi... »

Mais le quartier-maître n'avait rien d'un plaisantin. Et s'il n'était pas en train de perdre la boule, c'est que les pieuvres avaient réellement des pouvoirs presque magiques...

Sigrid fit comme on le lui avait ordonné. Lorsqu'elle croisait un matelot, elle se sentait idiote mais s'appliquait à adopter l'air concentré d'un contrôleur vérifiant le bon état du matériel. Bien qu'elle affectât de prendre cette mission à la légère, elle tremblait à l'idée de sentir la coque s'enfoncer soudain sous la pression de ses doigts. Les poulpes géants d'Almoha étaient-ils véritablement capables de tels prodiges ?

Par bonheur, elle acheva sa ronde sans avoir découvert la moindre zone d'amollissement.

« On l'a échappé belle ! soupira le quartier-maître lorsqu'elle lui présenta son rapport. Je n'ai pas voulu t'affoler, mais il y avait bel et bien une pieuvre accrochée à la tourelle du *Bluedeep.* Le lieutenant Kabler était très inquiet.

— Elle est partie ? s'enquit la jeune fille.

— Oui, murmura l'homme. Ça y est ! On a enfin réussi à se dégager de la meute de poulpes qui nous encerclaient. Le danger est derrière nous... Jusqu'à la prochaine fois. »

3

Manuel de survie de la patrouilleuse de 3e classe

Sigrid avançait dans la coursive depuis trois jours déjà, et l'écho de ses pas lui donnait l'illusion qu'un fantôme courait devant elle, dans les ténèbres, pour annoncer sa venue aux autres spectres cachés à l'intérieur du sous-marin.

« Ils se rassemblent pour me tendre un piège, se dit-elle. Je vais finir par me jeter dans la gueule du loup, c'est sûr. »

Elle fit décrire un demi-cercle au halo de sa torche pour lire les signes inscrits sur les parois par les patrouilleuses qui l'avaient précédée en ces lieux. Elle distingua des flèches, des injonctions, des mots, tracés à la craie : PAS PAR LÀ ! ou encore DANGER !

Sigrid s'agenouilla, consultant le plan. Sa course y figurait sous l'aspect d'un pointillé rouge aux zigzags insolites. Elle constata qu'elle avait dévié de sa route initiale et s'en irrita.

Le submersible était d'une taille peu commune, et la jeune fille était persuadée que personne, *jamais,* n'en avait fait le tour complet. C'était une machine colossale dont les multiples niveaux communiquaient par un système de coursives et d'échelles métalliques ; un labyrinthe de fer où chaque bruit se doublait d'un écho inquiétant. Les semelles, foulant la tôle, emplissaient la galerie d'un vacarme d'armée en marche, et Sigrid ne résistait pas longtemps au besoin de regarder par-dessus son épaule pour vérifier qu'aucune horde maléfique ne s'était lancée à sa poursuite avec l'intention bien arrêtée de la tailler en pièces.

À d'autres moments, elle imaginait le vaisseau sous la forme d'une grande bête écailleuse.

« Un squale, peut-être, chuchota-t-elle un jour à David. Un requin géant d'un noir huileux, caoutchouté. C'est un animal des profondeurs, condamné à errer dans ces fosses marines où règne en permanence la nuit totale. Un prédateur qui glisse dans les ténèbres liquides d'une mer hostile. Il est là depuis si longtemps que son fuselage s'est couvert de coquillages, de coraux. Le métal des flancs a peu à peu disparu sous cette couche rugueuse qui lui donne l'allure d'un dinosaure aquatique. Les évents des tubes lance-torpilles creusent deux trous sombres de chaque côté de l'étrave, deux orbites inquiétantes qui semblent abriter des petits yeux méchants. (Comme David ne réagissait pas, elle insista :) Une murène gigantesque, à la gueule emplie de crocs coupants comme des rasoirs. Elle file au ras de la plaine de vase, le ventre frôlant les forêts d'algues... »

C'en était trop, cette fois le garçon explosa :

« Tu délires, ma pauvre fille ! siffla-t-il. Le *Bluedeep* est une splendide machine, sur laquelle les coquillages n'ont pas prise. C'est une espèce de... fusée, oui ! Un vaisseau effilé comme un poignard, et qui, au lieu de se déplacer dans le cosmos, fend les ténèbres des abîmes. »

David Halloran ne comprenait pas pourquoi Sigrid se laissait emporter par son imagination. Pourquoi tenait-elle à se raconter qu'ils vivaient dans le ventre d'une baleine ? C'était idiot, non ? Le *Requin d'acier* était un navire militaire, affecté à une mission précise, une mission de combat qui n'avait rien d'une excursion. Sigrid se mordilla la lèvre, elle avait oublié que David était un garçon ; comme tous ses semblables, il aimait les faits sans ambiguïté, les données claires. Ce qui relevait du domaine de la rêverie l'emplissait d'angoisse et suscitait toujours chez lui des bouffées d'agressivité.

« Ça sert à quoi d'inventer des choses qui n'existent pas ? dit-il. Ça n'a aucun sens, c'est une perte de temps. Vous, les filles, vous êtes toujours en train de rêver. Tu ferais mieux de te concentrer sur ton travail. Après, tu t'étonneras de ne pas monter en grade ! »

N'empêche, le sous-marin avait quelque chose d'un tunnel de fer qu'on aurait parcouru d'un pas impatient avec au cœur l'espoir d'apercevoir enfin la lumière du jour.

« On pourrait marcher droit devant soi des journées entières, marmonnait Sigrid. On s'userait les pieds avant d'en voir le bout.

— Tu es bête, intervenait David. Tu as cette impression parce que tu ne sais pas t'orienter. Tu tournes en rond. Tu manques de rigueur. Tu es comme toutes tes semblables, trop émotive. »

Il avait peut-être raison. Comment savoir si l'on suivait le bon chemin dans cet enchevêtrement de coursives où il fallait parfois se déplacer à genoux ? Ce sale boulot exigeait de la souplesse, c'est pourquoi on le laissait aux filles, plus agiles et plus minces que la plupart des garçons.

« J'ai le sentiment d'être une souris, grogna Sigrid, un jour de mauvaise humeur. Toutes ces coursives, des kilomètres de coursives où l'on ne rencontre jamais personne...

— C'est une mission de confiance, corrigea David. Quelqu'un doit s'assurer que la coque ne prend pas l'eau, tu le sais bien. Tu es une sorte de sentinelle, tu guettes l'ennemi. *L'eau.* Je trouve, moi, que c'est un travail exaltant.

— Exaltant ? riposta Sigrid. Certains passages sont si étroits que leurs boulons me griffent les épaules. Pour les franchir, je dois me mettre en maillot de bain et me frotter le corps de graisse. Je ne sais pas si tu es au courant, mais on rampe beaucoup quand on est patrouilleuse de 3e classe. Le plus désagréable, c'est de ne pas voir où l'on met les pieds. Les vieux couloirs ne disposent d'aucun système d'éclairage ; on y avance la torche à la main, comme un spéléologue à la découverte d'une caverne. J'ai beau me déplacer à l'horizontale, j'ai toujours l'impression de tomber au fond d'un puits. »

David haussa les épaules.

« Les perturbations sensorielles sont le lot quotidien du sous-marinier dès qu'il s'attarde en grande profondeur, récita-t-il (car il connaissait le manuel par cœur). Quand on reste, comme nous, en immersion prolongée, il arrive souvent qu'on ne parvienne plus à distinguer le haut du bas, tribord de bâbord, sa tête de ses pieds. Il faut s'y habituer. »

« Un jour, je ne retrouverai pas mon chemin, pensa la jeune fille avec nervosité. Je me perdrai au fond d'une galerie et personne ne saura où je suis passée. »

« C'est une situation qu'il faut admettre, lui avait expliqué David. Au fil du temps et des avaries, l'équipage a dû battre en retraite, condamnant certaines sections. Des niveaux entiers n'abritent plus personne. À force de ramper, tu vas fatalement tomber sur des cales désaffectées. Ce sont des territoires suspects, gagnés par la rouille. »

Les zones suspectes... oui, c'était ainsi qu'on désignait officiellement les parties condamnées du vaisseau, ces poches de nuit que les patrouilleuses devaient arpenter à la lumière d'une simple lampe torche. Les officiers se méfiaient de ce qui se tramait là, à la faveur de l'obscurité, de l'oubli. Loin des regards, la rouille pouvait mener son combat sournois, les fissures s'agrandir, les infiltrations se multiplier. Depuis bientôt dix années que le *Bluedeep* était en plongée profonde, son fuselage avait supporté bien des avaries. David avait tort de se l'imaginer intact, luisant comme au jour de son lancement.

Sigrid, à force de ramper, avait découvert ses points faibles : la coque renforcée à l'aide d'étais, les soudures anarchiques... Un panorama de déglingue qui faisait dresser les cheveux sur la tête. Des zones entières avaient été évacuées : des salles de cinéma, des cafétérias, des gymnases, auxquels plus personne n'avait accès. Les coursives s'étaient éteintes, les hommes avaient pris la fuite. Seules les patrouilleuses visitaient encore ces lieux désolés, avançant à petits pas, la torche électrique brandie, l'estomac noué à l'idée de ce qui pouvait tout à coup sortir des ténèbres. Souvent l'on sursautait, on glapissait de terreur devant la silhouette menaçante d'une machine morte qui, l'espace d'une hallucination, avait emprunté les traits d'un poulpe aux tentacules déployés. Heureusement, il n'y avait pas de pieuvre ; rien qu'un vieux compresseur hérissé de tuyaux oxydés.

À d'autres moments, une veste oubliée sur le dossier d'une chaise vous faisait croire que quelqu'un attendait là, dans le noir, depuis des années, les yeux grands ouverts : le cadavre d'un matelot, ou bien un officier fou s'obstinant à poursuivre une mutinerie imbécile... Mais, une fois de plus, le faisceau de la lampe tombait sur une vareuse moisie, une loque délaissée dans la bousculade de l'évacuation.

Désertée, la poupe du submersible s'était changée en une réserve inépuisable de fantômes. Sigrid s'y coulait, la main gauche crispée sur la torche. Comme les autres patrouilleuses de 3e classe, elle vénérait sa lampe. Son instructeur lui avait mille fois répété qu'une fois descendue dans le *no man's land* de la zone suspecte, ce serait sa seule amie. Avec son corps en acier et sa batterie dopée, la torche pesait un bon kilo – ce qui finissait par fatiguer le poignet. Sa réserve énergétique assurait deux semaines d'éclairage, un sacré atout si par malheur on se perdait dans le dédale des coursives.

Une patrouilleuse rapide et bien entraînée mettait

dix jours pour faire le tour complet de la zone abandonnée.

« Se dérouter, expliquait Sigrid aux candidates qu'on lui demandait de former, c'est aller au-devant de graves ennuis. Le pire ennemi de la patrouilleuse, c'est l'écoutille qui peut claquer dans son dos, se bloquant irrémédiablement. La fille se retrouve alors prisonnière d'une cabine, sans autre ouverture que cette porte de fer refusant de bouger, en dépit des coups d'épaule. Quand cela se produit, la pièce se transforme en geôle, et il faut s'armer de patience, s'organiser pour survivre, en espérant qu'une copine vous découvrira avant qu'il ne soit trop tard. »

Les anciennes s'avéraient fort prodigues en histoires de ce genre. Combien de fois Sigrid n'avait-elle pas entendu raconter par le menu la découverte d'un squelette oublié au fond d'une cabine, le squelette d'une patrouilleuse victime d'une écoutille rebelle, et qui avait vainement attendu dans l'obscurité qu'une collègue vienne la secourir ?

« N'entrez jamais dans une cabine sans avoir pris la précaution de bloquer les gonds de la porte, répétait Sigrid aux nouvelles stagiaires. Ce n'est pas compliqué, il suffit d'un bout de tuyau, d'un morceau de bois, d'une chaise. N'oubliez pas que les courants d'air sont vos pires ennemis. »

C'était vrai. Les battants de fer, conçus pour résister à d'énormes pressions, pouvaient se rabattre, et leurs charnières oxydées se verrouillaient alors telles des serrures, refusant de pivoter en sens contraire. On avait beau taper de toutes ses forces, expédier des coups de pied, se servir d'un banc, d'une table, comme d'un bélier, rien n'y faisait. La rouille soudait l'écoutille, vous interdisant de revenir en arrière. Emmurée, il fallait conserver son sang-froid, ne pas céder à la panique, et préserver ses forces.

« Si on a la chance de dénicher un robinet, répétait Sigrid, il suffit de réhydrater les rations en poudre pour obtenir une bouillie vous empêchant de mourir de faim. On ne grossit guère, soit, mais on ne s'affaiblit pas. Avec de la patience et de la chance, on peut attendre le passage d'une copine, tendre l'oreille et frapper des poings sur la paroi pour signaler sa présence. »

Quand une patrouilleuse était portée manquante, on n'envoyait pas d'équipe de secours à sa recherche. Les effectifs réduits du *Requin d'acier* n'autorisaient pas une telle démarche.

« Si les remplaçantes ne te trouvent pas à la tournée suivante, ricanaient les filles, les rats, eux, pigent très vite où tu te tiens. Ils passent par les canalisations, les tuyaux. Ils sont devenus aveugles à force de vivre dans le noir, mais leur flair est intact. Ils ne laissent que les os. Des os bien épluchés, super propres ! »

Outre la torche et les rations de survie, la patrouilleuse devait placer dans son sac l'inévitable combinaison de caoutchouc étanche qu'il lui faudrait enfiler de toute urgence si elle détectait une infiltration d'eau de mer. Le règlement prescrivait qu'on ne devait jamais quitter ce scaphandre vert grenouille ; toutefois, ramper dans cet accoutrement aurait constitué une véritable torture. Dès qu'on s'y trouvait enfermée, le plus petit effort vous faisait transpirer, et le vêtement protecteur se remplissait de sueur, vous mettant la peau à vif aux endroits les plus sensibles.

Le caoutchouc ne craignait pas trop les accrocs. Il vous enveloppait de la tête aux pieds. Votre tête elle-même se trouvait prise dans une cagoule munie d'un masque de plongée à la hauteur des yeux, et d'une pastille filtrante au niveau de la bouche. Accoutrée de la sorte, on était protégée des contacts liquides ; pas une goutte d'eau de mer ne s'infiltrait jusqu'à votre épiderme. C'était capital si l'on voulait survivre...

Du moins survivre sous la même apparence...

Sigrid glissait le scaphandre dans son sac à dos, sur le dessus du paquetage, de manière à s'en saisir sans difficulté en cas d'alerte. Jusqu'à présent, elle n'avait jamais rencontré que des ruissellements faciles à obturer, mais les « vétéranes » racontaient en chuchotant des histoires de cale à demi pleine, de soute transformée en piscine, où de pauvres filles étaient tombées la tête la première sans avoir eu le temps d'enfiler leur vêtement étanche. Quand cela se produisait, on était perdue car, dès que l'eau vous mouillait la peau, la... *la transformation commençait.*

Non, il ne fallait pas penser à cela ! Surtout au moment d'entreprendre une inspection, sinon on ne parvenait plus à quitter le couloir principal.

Si Sigrid n'avait jamais localisé de voie d'eau importante, elle savait cependant que cela arriverait fatalement ; aussi avançait-elle avec prudence, s'immobilisant dès qu'elle croyait percevoir un clapotis. Le plus souvent, il s'agissait d'un robinet mal fermé gouttant dans la cuvette d'un lavabo, mais un jour, peut-être... Un jour, sûrement...

Les patrouilleuses se relayaient, assurant une veille ininterrompue. Il y avait toujours une fille de 14 à 16 ans qui marchait dans les entrailles du submersible, la lampe à la main, sondant l'obscurité des zones évacuées. En un sens, David avait raison : c'était bien un travail de sentinelle.

Parfois Sigrid songeait qu'elle aurait préféré être affectée à une autre tâche – mais laquelle ? À l'intérieur du sous-marin, les jeunes se trouvaient cantonnés aux travaux sans qualification. Ainsi le grand Dimitri, qui avait refusé de barbouiller les tuyaux de peinture antirouille, s'était-il retrouvé muté à la manutention des torpilles, un sale boulot, où l'on courait le risque de se faire écraser les mains.

Sur le *Requin d'acier,* les officiers étaient tout-puissants. Certains d'entre eux, assez âgés pour prendre leur retraite, avaient une réputation bien établie de tyrans. Le père Lowerdall, le lieutenant Kabler...

La mission qui s'éternisait depuis dix ans les avait aigris au fur et à mesure qu'elle leur blanchissait le poil. En raison de l'humidité constante, ils souffraient de rhumatismes articulaires, et cette affection les rendait d'autant plus sensibles aux atteintes sournoises d'une vieillesse précoce. Dans l'ensemble, ils détestaient les mousses – garçons ou filles – sans qualification, embarqués pour la plupart à l'âge de 6, 8 ou 10 ans afin d'assurer la relève au cas où la mission viendrait à se prolonger au-delà des prévisions du Haut Commandement militaire. Quand on les croisait au hasard d'une coursive, il convenait d'être tiré à quatre épingles et de leur adresser le salut réglementaire si l'on ne voulait pas provoquer leur colère.

« Ils sont toujours en train de répéter que nous ne savons rien faire de nos dix doigts, grogna Sigrid, un soir qu'elle était seule avec David Halloran. Mais qui s'est jamais soucié de nous former, de nous apprendre quoi que ce soit ? La plupart du temps, on nous demande de nettoyer les cabines et de laver les plateaux-repas. Le balayage et la plonge, comme si c'était de cette manière qu'on se familiarisait avec la manœuvre d'un sous-marin nucléaire géant ! »

Le garçon, gêné, esquissa une grimace. Il détestait qu'on critique les officiers qui lui en imposaient avec leur bel uniforme galonné d'or.

« Nous sommes encore trop jeunes, objecta-t-il. Il faut avoir un peu de patience, notre tour viendra.

— Tu rigoles ? s'emporta Sigrid. Ils sont vieux, tous, tu ne les as pas regardés ? Le commandant a l'air d'un père Noël, avec sa barbe blanche qui lui tombe sur la vareuse. Nous devrions déjà avoir pris leur place. »

Pour la faire taire, le jeune homme lui posa la main sur la bouche et la conversation tourna court. N'empêche que la révolte continua de bouillir en Sigrid. La révolte, et cette certitude d'avoir été bernée.

Quand on était venu les chercher au pensionnat militaire, elle et les autres orphelins qui constituaient aujourd'hui une bonne partie de l'équipage du *Bluedeep,* on leur avait fait miroiter un avenir plein d'aventures.

« C'est une mission capitale et secrète, avait expliqué l'officier recruteur. Elle obligera les marins du submersible à demeurer dix, quinze, peut-être même vingt ans en plongée ! Pour cette raison, le Grand Quartier général tient à embarquer des enfants, afin d'assurer la relève des officiers touchés par l'âge. Certains, parmi vous, franchiront les échelons hiérarchiques qui mènent un mousse à la passerelle de commandement. Vous partirez enfants, vous reviendrez parés de l'uniforme de capitaine, des galons d'or sur les manches.

À première vue, cela semblait exaltant. Sigrid s'ennuyait à l'orphelinat. Elle était désormais trop grande ; il ne se présenterait plus personne pour l'adopter. Elle avait posé sa candidature et on lui avait fait passer un millier de tests pour déterminer sa résistance à l'enfermement, son « taux de claustrophobie », comme disaient les médecins. Quand elle avait appris qu'elle était sélectionnée, elle avait bondi de joie, et les autres filles du dortoir l'avaient enviée.

Tout cela pour ramper dans la nuit, une torche à la main, en essayant de ne pas se perdre. C'était bien la peine d'avoir passé tant d'années le nez dans les formules mathématiques !

Bien sûr, cette ronde éternellement recommencée n'était pas dépourvue de sens. Après des jours et des jours de marche nocturne, il arrivait qu'une lueur soudaine vous aveugle. Une tache de lumière bleue perdue dans la nuit, comme une déchirure de la tôle ouvrant sur un ciel d'été. Alors, votre cœur se mettait à battre car c'était là le signe manifeste d'une déchirure du blindage...

« Quand on aperçoit la lumière bleue, expliquait Sigrid aux apprenties, on est en présence d'une infiltration. *C'est l'eau de mer qui brille ainsi.* Elle possède une phosphorescence bleuâtre qui emplit tout à coup les soutes d'une espèce de miroitement céleste. Comme si le ciel était devenu liquide et coulait à l'intérieur du vaisseau, sous la forme d'un mince ruisselet. »

Elle n'exagérait nullement. Ce bleu... *ce bleu éclatant, irradiant sa propre lumière... Ce bleu qui installait le ciel au fond d'une flaque...*

« Je vous préviens, ajoutait-elle. Il est difficile d'échapper à la fascination qui s'en dégage et l'on est souvent tentée de s'asseoir pour le contempler jusqu'à en avoir les yeux brouillés. Parfois, il s'agit d'un simple goutte-à-goutte, mais cette invasion de rien du tout finit par former sur le sol une flaque, une mare, un étang. C'est là que nous entrons en scène, nous, les patrouilleuses. Nous devons aveugler la fuite avant qu'un lac ne se mette à clapoter au cœur du *Bluedeep.* »

La luminosité naturelle de l'eau faisait rapidement oublier son aspect liquide. C'était à cette minute, quand l'émerveillement vous gagnait, qu'il s'agissait d'être prudente, car ce liquide à la clarté féerique était en réalité un puissant agent mutagène. Il suffisait de s'y baigner trente secondes pour que de grands bouleversements se produisent à l'intérieur de votre corps. Tous les marins du *Bluedeep* le savaient. L'eau de la planète Almoha avait sur l'organisme terrien une action irréversible et terrifiante.

« Cette saloperie ne tentera pas de vous détruire, de vous empoisonner ou de vous dissoudre, répétaient les instructeurs. Non, *elle va essayer de vous adapter aux conditions de vie propres à ce monde.* Elle va vous transformer, vous remodeler pour faire de vous un poisson. On a analysé cette flotte, on a fait des milliers d'expériences. J'ai le regret de vous l'annoncer : il n'existe aucun antidote pour contrecarrer ses effets. Si vous y plongez, vous êtes foutus. Vos molécules vont commencer à se modifier. Votre chair, vos tripes et vos os se réorganiseront pour donner naissance à un animal marin. Vous comprenez pourquoi il est capital de ne jamais quitter votre combinaison étanche dès que vous côtoyez l'élément liquide ? »

C'était dur d'imaginer qu'une eau d'une telle pureté puisse engendrer de si grands désordres. Sa palpitation bleue n'avait rien de menaçant, bien au contraire, et l'on avait chaque fois envie d'y piquer une tête.

« Je crois..., expliqua un jour Sigrid à David, je crois que ce serait comme de nager dans un ciel d'été. Comme de voler, plutôt. Oui, ça doit vous donner l'impression d'être un oiseau. »

En l'entendant parler ainsi, le jeune homme fronça les sourcils et la rappela à l'ordre.

« Arrête de raconter des sottises ! siffla-t-il avec une colère contenue. Tu sais bien ce que disent les instructeurs : il faut se méfier du pouvoir de l'océan, cela fait partie des pièges de la planète. Bien des soldats s'y sont laissé prendre. La mer les a engloutis, les remodelant à sa fantaisie, les changeant en poissons condamnés à s'ébattre dans ses profondeurs. Ça te plairait de te réveiller dans le corps d'un thon ?

— Il n'y a pas de thons ici, corrigea Sigrid.

— C'est une façon de parler, coupa David. Tu sais bien ce que je veux dire... Ça te paraît une existence supportable ?

— Je ne sais pas, avoua la jeune fille. Est-ce qu'on garde son esprit humain ? Est-ce qu'on continue à penser comme un Terrien ou bien... ? »

David se dépêcha de changer de conversation. Ces suppositions l'effrayaient. Il avait décidé, une fois pour toutes, qu'il ne voulait à aucun prix être happé par l'océan et intégré contre son gré à la faune marine d'Almoha.

On ne badinait pas avec les infiltrations sur le *Requin d'acier*. La moindre goutte d'eau en provenance de l'extérieur était assimilée à une agression, et l'on y réagissait comme à un acte de guerre.

Sigrid avait encore dans les oreilles le récit d'un matelot ayant assisté à la chute d'un camarade lors d'une manœuvre d'accostage.

« À l'époque, disait l'homme, on se croyait malins. On refusait de porter les combinaisons de caoutchouc parce qu'elles nous faisaient transpirer et nous irritaient la peau. Quand Sven Eriksson est tombé, il a coulé à pic, la bouche grande ouverte. L'eau le suffoquait, paralysant ses réflexes. Oui... Je l'ai vu s'enfoncer, raide, les pieds joints. Et puis, au bout de dix minutes, il est remonté. Il se débattait comme si quelqu'un le tirait par en dessous. Chaque fois qu'il essayait de sortir la tête de l'eau, il s'asphyxiait et devenait bleu. Vous comprenez ? Il ne pouvait déjà plus respirer l'air de la surface... Si on l'avait hissé sur le pont, il serait mort. Il n'avait passé que dix minutes dans la mer, et il ne pouvait déjà plus vivre ailleurs ! C'était affreux... Personne ne savait comment lui venir en aide. Le pire, c'est quand il s'est mis à suivre le bateau. Il nageait dans notre sillage, et lorsqu'il s'approchait, ses ongles crissaient sur la coque pour nous supplier de je ne sais quoi. De lui lancer une bouée, un filin ? De l'achever peut-être ? L'équipage devait se boucher les oreilles pour ne pas entendre ses foutus ongles raclant la coque. Puis on a constaté qu'il commençait à se... *modifier.* Sa tête, ses yeux... Il n'était plus humain, il ressemblait à un poisson, alors on a cessé d'aller le voir. Il ne grattait plus contre la tôle. Probable qu'il n'avait plus de mains pour le faire. »

Les instructeurs avaient inlassablement diffusé ce témoignage sur le réseau intérieur de télévision. Beaucoup d'enfants en avaient eu des cauchemars.

Malgré cela, Sigrid aurait aimé assister à une vraie métamorphose. Quelque chose en elle refusait encore de croire à ce prodige. Une méfiance instinctive dont elle n'osait parler à David. *Et si les officiers men-*

taient ? Si tous ces contes n'avaient pour autre but que d'aider l'équipage à supporter l'enfermement ?

Quel effet cela faisait-il de ne pas réussir à se noyer ? De nager sans se soucier de retenir sa respiration, sans supporter sur ses épaules le poids des bouteilles ? Avait-on mal ? Sentait-on sa chair bouillonner ? Avait-on l'impression que des doigts invisibles vous trituraient pour corriger votre apparence ?

Ainsi se déroulait la vie des patrouilleuses, et Sigrid Olafssen était l'une d'entre elles. Pas la meilleure, sans doute, puisque dans son dossier figurait cette appréciation du lieutenant Kabler : *Tendance fâcheuse à la rêverie.*

4

Shampooing empoisonné

Lorsqu'elle eut bouclé sa ronde d'inspection, Sigrid tapa son rapport sur le clavier de son terminal, puis, cette tâche effectuée, se dirigea vers les installations sanitaires. C'était un rite : elle allait toujours se laver au retour d'une expédition dans la zone désaffectée, pour se débarrasser de la sueur d'angoisse qui lui collait au corps d'abord, pour oublier les cauchemars trop précis du territoire des ombres ensuite.

« Je vais me laver la tête », pensait-elle chaque fois qu'elle abandonnait ses vêtements au seuil du local, mais elle donnait à cette phrase un sens tout personnel : lorsqu'elle parlait de tête, elle ne faisait pas seulement allusion à ses cheveux – fort courts de toute façon...

Sigrid tendit la main vers le distributeur de shampooing et saisit une pochette de plastique remplie de savon liquide.

La salle des douches, avec son carrelage blanc, semblait celle d'un gymnase terrien. C'est à dessein que les concepteurs avaient privilégié cette installation ancienne, dans un but rassurant. Un tuyau courait sur le périmètre des lieux, percé à intervalles réguliers d'une pomme d'arrosage. Il n'y avait pas de cloisons de séparation, les filles se lavaient au coude à coude, comme des joueuses de volley à la fin d'un match.

Sigrid s'avança sous le jet et déchira la pochette avec les dents, prenant garde de ne pas avaler le savon gélifié.

Le bavardage de ses compagnes lui parvenait à travers le bruit de l'eau cinglant la mosaïque. Les filles parlaient d'un nouveau sergent qu'on venait de muter à la passerelle de commandement, et qu'elles trouvaient « trop mignon ». De la mousse plein les oreilles, Sigrid cessa d'écouter. C'était bon de se débarrasser de la crasse ramassée dans les soutes du vaisseau, même si l'eau des douches fonctionnait en circuit fermé. Car c'était toujours avec le même liquide qu'on se lavait depuis dix ans, une flotte qui avait rincé toutes les fesses de l'équipage, mais que le système de filtrage purifiait à chaque nouvelle utilisation. Du moins l'affirmait-on.

Soudain, on lui cria quelque chose qu'elle ne comprit pas. Elle était fatiguée, elle n'avait pas envie de se mêler aux papotages des patrouilleuses. Elle voulait juste évacuer la saleté des cales et aller dormir. Les jeunes sergents, même « trop mignons », elle s'en moquait.

Le cri se fit plus aigu. Il ne s'agissait ni d'une plaisanterie ni d'un fou rire. La voix vibrait maintenant sur une note de panique. Un cri d'alarme, pas le point de départ d'un chahut. Sigrid tourna la tête, essuya son visage ruisselant. Une gamine à la peau constellée de taches de rousseur titubait au milieu de la salle, du savon sur la tête, les yeux écarquillés par l'épouvante.

« Mais c'est la petite Maureen Doherty..., songea Sigrid. À quoi joue-t-elle ? »

Avec la calotte de mousse blanche qui lui couvrait le crâne, Maureen avait l'air ridicule, et Sigrid crut d'abord qu'elle faisait l'idiote pour amuser ses copines.

« Erreur... ! hurlait la gosse aux taches de rousseur. On a commis une erreur... On a connecté les canalisations sur le circuit des ballasts. Bon Dieu ! Sortez de là ! Vous ne voyez pas ce qui se passe ? »

Sigrid fit un pas en avant. Tout autour d'elle, les filles se contorsionnaient sous le jet des pommes d'arrosage. Plusieurs s'étaient roulées en boule sur la céramique et gémissaient telles des moribondes. S'agissait-il d'une blague ?

« L'eau ! hurla encore Maureen. C'est l'eau du dehors qu'on nous envoie dans la gueule ! *C'est de l'eau de mer !* »

Sigrid eut un hoquet de terreur, mais son interlocutrice ne mentait pas. La patrouilleuse n'avait qu'à passer la langue sur ses propres lèvres pour sentir le goût du sel. Comment avait-elle fait pour ne pas s'en apercevoir tout de suite ? Quelqu'un, quelque part, avait commis une erreur de branchement. La salle de douches se trouvait désormais alimentée par l'eau des ballasts, cette énorme masse liquide stockée dans les flancs du bâtiment et qui lui permettait de s'enfoncer dans les flots noirs de l'océan à chaque plongée.

« Tirez-vous de là ! vociférait Maureen. Séchez-vous ! Séchez-vous ! Sinon vous êtes fichues ! »

Mais la terreur tenait Sigrid figée, dégoulinante d'une eau bleuâtre à l'odeur de saumure.

« Non ! Pitié ! Non ! » sanglota encore la petite Doherty en esquissant un mouvement vers la sortie.

Ses mains tremblaient tant qu'elles ne parvenaient pas à saisir la serviette-éponge posée sur le banc, au centre de la salle.

Les gémissements formaient à présent un concert insupportable. Sigrid battit des paupières pour tenter de se débarrasser du sel qui lui brûlait les yeux.

De l'eau de mer. Elle la sentait sur sa peau, épaisse, poisseuse. Et soudain, elle prit réellement conscience de ce qui était en train de se passer. Le poison. *Le poison de la mer était sur les patrouilleuses.* Elles venaient de s'y baigner sans méfiance.

Les corps affaissés sur le carrelage mouillé étaient déjà en train de perdre leur apparence humaine. La chair des échines se fendait pour laisser passer la crête osseuse des longues nageoires dorsales. Les oreilles s'ouvraient, blessures béantes et rouges annonçant la formation des ouïes. Les visages eux-mêmes s'aplatissaient, prenant un curieux aspect fusiforme...

Alors, seulement, Sigrid réalisa qu'une affreuse démangeaison courait sur ses épaules, ses bras. Elle voulut se gratter, mais ses ongles crissèrent sur une imbrication d'écailles luisantes enracinées dans sa chair. C'était une cotte de mailles naturelle qui lui sortait de l'épiderme. L'odeur, l'odeur de la métamorphose était sur elle. Un relent de poissonnerie, d'aquarium. Elle tenta de crier, mais ses cordes vocales n'existaient plus. Tout son corps vibrait d'une interminable souffrance, comme si des mains invisibles le pétrissaient, écrasant ses membres. Elle tituba. Déjà, elle n'était plus entourée que d'énormes poissons vautrés sur le sol, et le bruit des nageoires qui frappaient le carrelage, dans les convulsions de l'agonie, la rendait folle. Les patrouilleuses empoisonnées avaient disparu, remplacées par ces monstres, ces squales aux yeux vitreux dont les queues fouettaient le vide. Il avait suffi d'une minute pour que les toxines venues de la mer attaquent le système nerveux des malheureuses et bouleversent leurs échanges chimiques. Sigrid s'affola. Elle était seule, et personne ne pouvait lui porter secours. Seule, entourée d'une douzaine d'énormes poissons qui tremblaient sur le dallage, avec leurs ouïes telles des plaies ouvertes à coups de sabre, de part et d'autre d'une tête aplatie. Les grosses bouches palpitaient, ventouses muettes par où s'échappait un dernier souffle de vie. Elles n'étaient devenues poissons que pour mourir asphyxiées, telles des truites alignées sur la pierre d'un quai. À leurs mouvements désordonnés, Sigrid devina qu'elles essayaient de se placer sous la protection des jets d'eau, mais les flaques n'étaient pas assez importantes pour leur permettre de survivre.

La jeune fille fit un bond vers les serviettes jetées pêle-mêle. Elle ne put les saisir. Ses mains... *ses mains n'avaient plus de doigts.* Ses bras raccourcis lui collaient aux flancs, voiles de peau molle tendus sur des arcs osseux. Des nageoires... Elle n'avait plus de bras, seulement des nageoires ! Elle tomba sur le ventre car ses deux jambes venaient de se souder. Ses écailles crissèrent sur la céramique. Elle étouffait. Elle allait mourir. Elle...

« Hé ! fit la voix de la préposée aux serviettes. Tu dors ou quoi ? »

Sigrid s'ébroua, ouvrant les yeux. Le plafonnier de la coursive l'aveugla.

« Tu poussais de drôles de cris, s'excusa son interlocutrice. Tu avais l'air de rêver. »

La jeune fille se redressa sur le siège où elle avait pris place en attendant son tour. Ainsi, elle n'avait fait que rêver. Toute cette horreur était le fruit d'un cauchemar.

« Tu sembles crevée, ma pauvre chérie, observa la grosse femme. Tu reviens de ronde ? Pas la peine de répondre, ça se voit sur ta figure. »

Puis elle lui tendit une serviette et ajouta :

« Si tu veux te laver, faudrait y aller maintenant ; dans un quart d'heure, on arrête le recycleur et tu devras te rincer à l'eau sale. »

Sigrid hésita, les doigts crispés sur le tissu-éponge. Tout à coup, la grande salle carrelée lui faisait peur. Pourtant, elle en avait envie, de cette douche, bon sang ! Mais les images du rêve s'attardaient dans son esprit. En tendant l'oreille, il lui semblait entendre les queues des poissons géants frapper le sol. Elle battit en retraite, terrifiée à l'idée d'offrir sa peau nue au jet cinglant.

« Non, balbutia-t-elle. Je reviendrai plus tard. C'est pas grave... Faut d'abord que je dorme. »

La surveillante secoua la tête en la regardant partir. Elle n'était guère surprise. Dix ans de claustration, ça vous usait les nerfs. Tout le monde était en train de devenir dingue, sur ce foutu rafiot. Bientôt, ce ne serait plus un sous-marin, mais un asile d'aliénés.

5

La loterie des monstres

Deux jours plus tard, une curieuse rumeur commença à circuler parmi les matelots. Au détour des coursives, on surprenait les officiers chuchotant, très excités. Le médecin-major de l'équipage – qui d'ordinaire ne sortait jamais de son laboratoire – était de tous ces conciliabules. Sigrid le voyait se rengorger, comme si, pour une mystérieuse raison, il était soudain devenu la vedette du *Bluedeep*.

« Tu as une idée de ce qui se prépare ? demanda-t-elle à Gus.

— Ouais, marmonna le rouquin. Paraît qu'ils auraient trouvé un vaccin contre la monstruosité.

— Quoi ?

— Mais oui : un truc qu'on t'injecte et qui t'empêche de te changer en poisson si tu tombes à l'eau.

— Ce serait super ! s'exclama la jeune fille.

— Ouais, grommela Gus. Moi, j'attends de voir avant de me réjouir. Avec ces guignols, faut jamais applaudir à l'avance. »

Une heure plus tard, le haut-parleur de la coursive principale ordonna à l'équipage de se rassembler dans le réfectoire pour une communication de la plus haute importance. Les matelots abandonnèrent leur poste et se précipitèrent dans le couloir métallique, qui s'emplit du vacarme de leurs pas.

Sigrid se débrouilla pour repérer Gus et David dans la mêlée, et se joignit à eux. David était fébrile, il joua des coudes afin de se propulser au premier rang. Le médecin-major se tenait devant les bacs à nourriture déshydratée, les pouces passés dans le gilet, un air de profond contentement sur le visage. Les lieutenants Kabler et Lowerdall l'entouraient.

« Mes enfants ! commença le médecin en levant les bras, nous sommes aujourd'hui à la veille d'un grand jour. Je suis près de mettre la touche finale à un vaccin formidable qui nous protégera de l'horrible menace de l'eau empoisonnée. Une seule injection de ce liquide vous prémunira contre les dangers de mutations pendant plusieurs heures... Ce qui vous mettra à l'abri du risque sournois des combinaisons trouées, des faux pas, bref, de tous les incidents imprévisibles dont vous êtes menacés dès que vous quittez l'enceinte du vaisseau pour effectuer des missions de reconnaissance, ou de réparation. Lorsque le vaccin sera définitivement au point, nous mettrons à votre disposition des injecteurs que vous pourrez utiliser dès que votre travail vous obligera à côtoyer l'élément liquide. »

Sigrid se mordillait l'intérieur des joues en observant le médecin-major. Elle trouvait que le gros homme prenait trop de précautions oratoires pour être honnête. Où voulait-il en venir ?

Devinant que le docteur risquait de se lancer dans un discours interminable, le lieutenant Kabler intervint.

« Le major a accompli un travail formidable, lança-t-il. Toutefois, le produit demande à être testé avant d'être mis en service. C'est pourquoi nous avons besoin de vous. Des essais vont être pratiqués sur des sujets vivants. Je ne demanderai à personne d'être volontaire. Je sais que, d'un seul mouvement, vous feriez tous un pas en avant. Le choix deviendrait dès lors impossible... Je ne veux pas être accusé de favoritisme en désignant l'un ou l'autre d'entre vous, je préfère m'en remettre au hasard. Les cobayes seront donc élus par tirage au sort. »

Lowerdall, resté silencieux jusque-là, s'avança et précisa :

« Chacun écrira son nom sur un morceau de papier et le déposera dans ce récipient. Le major piochera ensuite autant de papiers qu'il l'estimera nécessaire. Ceux qui seront désignés se rendront aussitôt à la salle d'expérimentation. Voilà, le tirage au sort aura lieu cet après-midi, à 15 heures. Pour ne pas gêner le service, vous viendrez par groupes de six. D'ici là, mettez vos affaires en ordre. Cette participation aux travaux du major n'est pas sans danger, vous l'imaginez bien.

— C'est vrai..., bredouilla le médecin. Certains d'entre vous auront peut-être des réactions... allergiques... des... des empoisonnements.

— C'est un risque nécessaire, trancha Kabler. Vous êtes des soldats ; vivre avec le danger fait partie de vos attributions. Nous n'allons pas pleurnicher là-dessus. Si certains meurent au cours des essais, nous les honorerons comme des héros et leurs noms seront gravés en lettres d'or à la proue du *Bluedeep*.

— Ça leur fera une belle jambe, souffla Gus à l'oreille de Sigrid. Mais ça me donne une idée : si j'écrivais le nom de quelqu'un d'autre sur mon papier, le gars aurait deux fois plus de chances de devenir un héros. Pas bête, hein ?

— Tu ne ferais pas ça ? protesta la jeune fille, scandalisée.

— Pourquoi pas ? sourit innocemment le rouquin. Ce n'est pas rien d'avoir son nom gravé à la proue d'un rafiot. Moi, par exemple, je ne m'en sens pas digne. Je préfère laisser ma place à quelqu'un qui le mérite...

— Alors tu peux écrire mon nom, si ça te chante, siffla David qui avait surpris les propos de son camarade. Et même trois fois si ça te fait plaisir, je n'ai pas peur, *moi*. Je ne suis pas un dégonflé. Je serais fier d'être choisi comme cobaye. Si l'on avait demandé des volontaires, je me serais tout de suite proposé.

— J'en doute pas, ricana Gus.

— Ça suffit ! intervint Sigrid. Ne commencez pas à vous disputer, on nous observe. »

Les deux garçons se défiaient du regard. Il aurait suffi d'un rien pour qu'ils se sautent à la gorge. Sigrid se glissa entre eux afin de les séparer.

David recula d'un pas, une expression de mépris sur les traits.

« Tu n'es pas digne de faire partie de cet équipage ! cracha-t-il à l'adresse de Gus. Méfie-toi ! Tôt ou tard ça finira par se savoir, et alors... »

Tournant les talons, il quitta le réfectoire d'un pas raide.

« Tu es allé trop loin, murmura Sigrid en serrant le bras du rouquin. Dès que tu commences à blaguer, tu ne sais plus t'arrêter.

— C'est lui qui est naïf, grogna Gus. Vous êtes tous naïfs ! Enfin, tu n'as pas compris que les officiers vont truquer le tirage au sort ?

— Tu délires !

— Bien sûr que non. Ils vont en profiter pour se défaire des mauvais éléments, comme moi. Tu verras, je ne serais pas étonné de voir mon nom sortir du “chapeau”. »

Sigrid avala sa salive, la gorge serrée. Et si Gus avait raison ? Un instant plus tôt, lors du petit discours de Kabler, elle s'était sentie coupable. Elle ne se serait pas portée volontaire et cela lui faisait honte.

Dans les heures qui suivirent, le doute la harcela. Les matelots chuchotaient entre eux dès que le quartier-maître s'éloignait. Beaucoup espéraient, comme David, être désignés par le sort.

« Quelle chance ! Tu imagines ? s'exclama Nastassia Koubilov, une fille que Sigrid fréquentait peu. Si l'on triomphe des tests, c'est la promotion assurée au grade supérieur ! Et quel honneur ! Mon nom serait gravé à la proue du *Bluedeep*... »

Cette perspective la mettait dans un état d'excitation qu'elle avait le plus grand mal à maîtriser. Encore une fois, Sigrid éprouva une pointe de culpabilité, car l'idée de voir *Sigrid Olafssen* inscrit en lettres d'or à l'avant du submersible ne l'emplissait nullement de fierté.

« Je suis peut-être comme Gus, pensa-t-elle, un mauvais élément... »

Elle frémit en songeant à ce qui risquait de lui arriver si le tirage au sort était truqué.

Tout l'après-midi, les matelots se rendirent par petits groupes au réfectoire afin de glisser le minuscule carré de papier où ils avaient inscrit leur patronyme dans la grande marmite que le lieutenant Kabler avait posée sur l'une des tables. Lowerdall et le médecin-major surveillaient le déroulement de l'opération.

« À moins qu'ils ne soient justement là pour remplacer les bulletins ? » se dit Sigrid, dont la suspicion ne cessait de grandir.

Au fur et à mesure que la marmite se remplissait, les adolescents ne tenaient plus en place. Tous se prenaient à rêver des formidables privilèges dont ils bénéficieraient une fois les tests achevés.

« Les pauvres crétins ! chuchota Gus lorsqu'il retrouva Sigrid à la pause de 15 heures. Tu sais ce qui va se passer ? Le sérum du major est probablement une cochonnerie de la pire espèce ; ceux qui s'y soumettront se transformeront en de magnifiques poissons, et on se dépêchera de les éjecter par les tubes lance-torpilles. Voilà comment les choses vont se dérouler, et ceux qui prétendent le contraire sont des imbéciles !

— Tu es trop négatif, bredouilla la jeune fille. (Mais au fond d'elle-même, elle n'en menait pas large.) Sais-tu de quelle manière ils comptent opérer ?

— Bien sûr ! pouffa le rouquin. Tous ces beaux messieurs vont revêtir leur scaphandre de protection pour se garantir des éclaboussures. L'heureux élu, lui, se verra prié de ne conserver qu'un slip de bain et d'aller s'asseoir dans une baignoire remplie d'eau de mer. Tu imagines la suite... »

Oui, Sigrid n'avait pas de mal à se représenter ce qui se produirait si le sérum du major se révélait défaillant.

Un peu plus tard, elle croisa David qui, lui aussi, semblait agité.

« Tu sais, lui confia-t-il, j'ai décidé de tricher.

— Quoi ? s'étonna la jeune fille. Toi ?

— Oui, chuchota le garçon. Je vais écrire mon nom sur trois morceaux de papier. En les pliant bien serré, j'en cacherai deux au creux de ma paume et je tiendrai le troisième entre le pouce et l'index. Au moment où je plongerai la main dans la marmite, je lâcherai le tout. De cette manière, j'aurai trois chances d'être sélectionné. (Il baissa le nez, penaud, avant d'ajouter :) Je sais, c'est un peu moche, mais je pense sincèrement être le meilleur cadet de l'équipage. C'est à moi que revient cet honneur... »

Sigrid essaya de dissimuler son ébahissement.

« Mais... mais tu cours aussi trois fois plus de risques », objecta-t-elle.

David se redressa, piqué au vif, et la considéra d'un œil méfiant.

« Tu ne vas pas te mettre à raisonner comme Gus, toi aussi ? lâcha-t-il.

— Non, non, bien sûr ! s'empressa de protester la

jeune fille. J'ai peur pour toi, c'est tout. Je t'aime bien... Je t'aime même beaucoup, alors, n'est-ce pas... »

Le jeune homme haussa les épaules.

« Les sentiments personnels n'entrent pas en ligne de compte, trancha-t-il. Il s'agit de faire son devoir, un point c'est tout.

— Oui, oui, j'entends bien, acquiesça Sigrid d'une voix mal assurée.

— Si tu avais du cran, tu agirais comme moi, murmura David avant de s'éloigner. Écris ton nom sur trois morceaux de papier et entraîne-toi à les jeter dans un récipient sans te faire remarquer. Ne sois pas une dégonflée ! »

Le premier tirage au sort eut lieu le soir même, dans le réfectoire, devant tous les cadets. Quand la main du major plongea dans la marmite, chacun retint son souffle. Une jeune fille de 16 ans – Perdita Dominguez – fut désignée. Aussitôt, Nastassia Koubilov fondit en larmes, mortifiée de n'avoir pas été choisie. Sigrid jeta un coup d'œil à David. Il était blême et serrait les dents pour masquer sa déception.

Le lieutenant Kabler demanda qu'on applaudisse Perdita. La jeune fille s'inclina, les larmes aux yeux, la bouche tremblante. Sigrid ne put déterminer si elle pleurait de joie... ou si elle mourait de peur.

Lowerdall donna aux cadets l'ordre de se disperser. Le réfectoire se vida tandis que Perdita Dominguez restait seule avec les trois officiers.

Sigrid ne devait jamais la revoir.

Dès le lendemain, des rumeurs alarmantes circulaient.

« Ça a foiré, expliqua Gus. Ils lui ont injecté leur fichu sérum mais elle n'a pas résisté plus de trente minutes à l'immersion dans la baignoire. Elle s'est changée en poisson. Ce soir, Kabler et le major procéderont à un nouveau tirage au sort. Notre copain David aura peut-être la chance de pouvoir jouer les héros.

La deuxième « loterie » se solda elle aussi par un échec.

« Ce coup-ci, la fille s'est transformée en sirène, chuchota Gus. Le sérum a bloqué la métamorphose à la hauteur des hanches. La pauvre s'est retrouvée avec une queue de poisson !

— Comment le sais-tu ? interrogea Sigrid, perdant son calme.

— Les gens parlent, ma chérie, qu'est-ce que tu crois ? ricana le garçon. Il a bien fallu que des marins viennent maîtriser la sirène qui se débattait en hurlant. Ils m'ont raconté le truc. Il paraît que c'était pas beau à voir.

— Mais... la sirène, balbutia Sigrid, qu'en ont-ils fait ?

— Fichue dehors par le tube lance-torpilles tribord, grogna le rouquin. Prête pour la troisième loterie ? »

Ce coup-ci, Dimitri Koutchine, un garçon de 17 ans, fut désigné par le sort. Tout se déroula sans anicroche, et c'est avec un certain étonnement qu'on le vit quitter la salle d'expérimentation pour reprendre son poste.

« Ça s'est très bien passé, expliquait-il complaisamment à ceux qui l'interrogeaient. On m'a fait la piqûre et je me suis assis dans la baignoire, en slip de bain. J'avais une trouille de tous les diables de voir des écailles apparaître sur mes bras, mais ce n'est pas arrivé... Je suis resté une heure dans l'eau salée, et voilà... Je crois que le toubib a réussi son coup. C'est super, quand on sera tous vaccinés, on pourra plonger dans les vagues sans avoir à s'empaqueter dans ces horribles combinaisons de caoutchouc qui nous donnaient des boutons. Et ce sera un peu grâce à moi. (Une fois son récit achevé, Dimitri ne manquait pas d'ajouter :) Mon nom sera gravé à la proue du *Bluedeep* la prochaine fois qu'on fera surface... et je vais passer sergent ! »

On commençait à se réjouir quand, au beau milieu du réfectoire, le héros du jour fut pris de convulsions. Après être tombé, la tête dans son assiette, il poussa des cris inarticulés, puis son corps se mit à bouillonner et à se couvrir d'écailles. Trois minutes plus tard, un poisson bleu d'un mètre soixante-dix se tortillait sur le sol de la cantine tandis que tout le monde s'enfuyait en hurlant. Le sérum du médecin-major n'avait fait que retarder la métamorphose.

Il n'y eut pas de quatrième loterie et, de ce jour, on cessa de parler du vaccin miraculeux.

En dépit de ce qui avait été promis, le nom de *Dimitri Koutchine* ne fut jamais gravé sur le nez du vaisseau.

6

Ce qui grattait dans les ténèbres...

Les monstres se manifestèrent alors que Sigrid, victime de l'ennui, somnolait, allongée sur un tas de sacs de farine à l'entrée de la cambuse où elle était censée monter la garde. Sur le tableau de bord de la salle des commandes, les détecteurs volumétriques se déclenchèrent, faisant clignoter un essaim de petites lampes rouges.

« Présence d'une masse mobile non identifiable en translation horizontale dans le couloir numéro 7 du 3e niveau », bourdonna le haut-parleur d'alerte dans son jargon.

Sigrid ouvrit péniblement un œil. Elle se sentait lourde.

« Comme si l'on avait remplacé la moelle de mes os par du plomb », songea-t-elle en essayant de se mettre debout. Elle était encore trop endormie pour percevoir la moindre sensation de menace.

Autour d'elle, l'immense submersible étirait ses cavernes de métal bleu. Les tuyaux, les canalisations, les câbles électriques se chevauchaient, se nouaient au détour des coursives, et l'on avait le sentiment que des milliers de serpents à la peau plastifiée habitaient le navire. Des serpents engourdis par la température trop basse et dont les corps, interminables, gisaient sur les passerelles de fer dans l'attente d'un prochain réveil. Sigrid se frotta les yeux. La solitude favorisait ce genre de délire. Il fallait se méfier de l'enfermement et des obsessions bizarres qui en résultaient. La jeune fille se redressa doucement pour laisser à son cerveau le temps de s'habituer à ce changement de position, et permettre à ses artères de modifier leur diamètre. Au fond de l'océan, ces accommodations physiologiques se faisaient plus lentement que sur la terre ferme, et il était inutile de risquer la syncope en s'agitant.

Son regard fila au ras du sol. Une fois de plus, la présence des canalisations lui remua l'estomac et elle ne put s'empêcher de penser « serpents ». Il y en avait partout. Leurs corps longilignes se ramifiaient à perte de vue, se coulant derrière les consoles des ordinateurs, se glissant dans le ventre de la moindre machine. Sigrid ne s'était jamais habituée à ce voisinage. Il lui semblait qu'une pieuvre énorme dormait, cachée dans la soute du vaisseau, et que de temps à autre elle étirait un tentacule à travers les couloirs... en quête d'un gibier. C'était une idée nocive dans un univers aussi étanche que celui d'un submersible géant, largué depuis l'espace dans les eaux d'une planète hostile. Mais chaque marin avait ses peurs secrètes, il lui fallait apprendre à les dominer.

Pour l'heure, les voyants d'alarme palpitaient sur le pupitre et il n'était nullement question de mirage ou d'hallucination. Un intrus se déplaçait dans la cambuse... Un passager clandestin dont Sigrid ignorait tout.

Comme toutes les filles embarquées sur le *Bluedeep,* Sigrid se trouvait souvent condamnée aux besognes les moins glorieuses. Ainsi, quand elle ne patrouillait pas à travers les soutes du vaisseau à la recherche d'une éventuelle fuite, elle montait la garde au seuil de la cambuse pour exterminer les rats qui auraient voulu s'en prendre aux réserves alimentaires. Au début, ce travail était effectué par des robots, mais ceux-ci avaient fini par tomber en panne.

« C'est une histoire de fou, pensa-t-elle en s'approchant du panneau de contrôle. Les chiffres affichés sembleraient prouver qu'une bête *énorme* se promène dans la cale. Les détecteurs doivent être détraqués. »

Cela s'était déjà produit. Un court-circuit avait

faussé le système d'appréciation volumétrique et l'ordinateur central, totalement perturbé, avait annoncé qu'un animal de la taille d'un éléphant rampait dans la soute. Sigrid était aussitôt descendue, un fusil en bandoulière, prête à affronter en un combat sans merci un monstre impitoyable... elle n'avait découvert qu'un rat. Les détecteurs déréglés avaient démesurément grossi cette pauvre bestiole.

Sigrid grimaça. Elle n'avait aucune envie de courir. Qu'allait-elle trouver cette fois ? Une souris ?

Elle traversa la cambuse mal éclairée et s'immobilisa au seuil du gigantesque entrepôt de nourriture. Tout était stocké sous forme d'aliments déshydratés afin d'occuper le moins de place possible. Naviguant sur une planète liquide, le *Requin d'acier* n'avait aucun espoir de toucher terre ; quant à prélever sa subsistance à l'extérieur, il n'en était pas question. Comment, en effet, se résoudre à manger un poisson dont on était à peu près sûr qu'il s'agissait d'un homme métamorphosé ?

L'idée de s'enfoncer dans les entrailles du vaisseau rebutait la jeune fille. Elle allait devoir longer les coursives... et, par là même, côtoyer les serpents de plastique tapissant les parois.

« Tentacules », pensa-t-elle à nouveau avec un frisson. Et l'image de la pieuvre enfouie dans les entrailles de la nef envahit son esprit. C'était stupide ! Il n'y avait pas de pieuvre. La cambuse contenait des bidons hermétiques remplis de nourriture. Assez de poudre nutritive pour gaver l'équipage pendant dix ou quinze ans.

Elle hésita.

Les lampes rouges clignotaient. La petite voix bourdonnante du haut-parleur d'alerte s'obstinait à annoncer une inexplicable invasion. Peut-être devait-elle s'attendre à quelque chose de plus effrayant qu'un simple rat en maraude ?

Elle ouvrit un placard, en tira un fusil pneumatique expédiant à dix mètres des décharges d'air comprimé qui vous percutaient la poitrine avec la puissance d'un pavé lancé par un colosse. On n'avait pas le droit d'utiliser des armes perforantes à l'intérieur du vaisseau. Il suffisait d'un tir mal ajusté pour que le projectile s'en aille détruire un nœud de câbles d'importance vitale. Mieux valait se servir du fusil à air pulsé ; c'était rétrograde mais prudent. Le sous-marin était déjà en assez mauvais état.

Sigrid se décida enfin à traverser la coursive. Elle évitait de frôler les tuyaux. Il lui semblait que le moindre attouchement réveillerait la pieuvre cachée, et que les tentacules déguisés en câbles électriques se refermeraient sur elle pour l'étouffer.

Elle commença à se déplacer entre les cylindres de nourriture entassés sur les étagères. Des milliers de cylindres.

Elle frissonna. Elle n'aimait pas s'engager dans les

zones mal éclairées de la réserve. Lorsqu'on risquait un œil entre les rayonnages, on ne voyait qu'un trou noir.

Soudain, elle perçut un raclement... *Des raclements !* Cela faisait penser à des pattes crochues frottant une surface métallique. Cette fois, Sigrid eut la certitude de n'avoir pas affaire à un rongeur.

Brusquement, la bête fut là, à l'angle d'une étagère. Une sorte de mante religieuse grande comme un enfant de 5 ans, et qui se dandinait sur ses pattes articulées. Elle avait un curieux aspect parcheminé, comme s'il s'agissait en réalité d'un robot recouvert de cuir fripé.

Sigrid épaula le fusil, tira.

Contrairement à ce qu'elle redoutait, l'insecte géant explosa au contact de la boule d'air comprimé. En fait, il se disloqua en multiples fragments, à la façon d'une potiche frappée par une bille d'acier. La jeune fille demeura sur le qui-vive. D'où la bestiole sortait-elle ? Elle n'avait jamais rien vu de pareil à l'intérieur du sous-marin. En s'agenouillant près des débris, elle nota que ceux-ci se changeaient déjà en poussière.

Son soulagement fut de courte durée car un nouveau raclement s'éleva soudain du fond de la coursive. Une sueur glacée perla sur le front de Sigrid. Rapidement, elle préleva une pincée de poussière dans les débris de l'insecte, et courut la déposer dans la coupelle de l'analyseur suspendu à la paroi. Elle avait à peine pressé le bouton de commande qu'un animal inconnu jaillit de derrière une poutrelle. Les mains de la patrouilleuse se crispèrent sur la crosse du fusil. C'était une grosse bête caparaçonnée d'écailles, à la mâchoire proéminente, et qui se déplaçait à quatre pattes. Lorsqu'elle aperçut Sigrid, elle sauta prestement par-dessus une rangée d'étagères et disparut dans les ténèbres de la cale.

La jeune fille hésita, ne sachant si elle devait poursuivre l'intrus ou aller voir ce qui se passait au fond de la soute. Elle opta pour cette dernière solution et s'avança, la lampe brandie.

Les bidons d'acier remplis de nourriture séchée s'alignaient à perte de vue, telle une armée de nains revêtus de brillantes armures. Sigrid fit bouger la torche de gauche à droite. Hélas ! l'ampoule en était trop faible pour éclairer la totalité de la cale.

Le bruit se manifesta de nouveau : un craquement sec, suivi d'un émiettement sourd. Sigrid pivota, et le halo lumineux de la torche tomba sur un cylindre fendu. Une poussière granuleuse, qui ressemblait à du sable, s'en échappait, immédiatement éparpillée par les courants d'air.

« Résultats d'analyse, grésilla la machine, faisant sursauter Sigrid.

— Oui ? s'enquit la jeune fille.

— Nourriture séchée, dit simplement le haut-parleur.

— Quoi ? haleta la patrouilleuse.

— Animaux extraterrestres déshydratés, précisa l'analyseur. Réduits en poudre. Gros pourcentage de protéines, consommation autorisée par le Service de contrôle des produits cosmiques. Beaucoup de vitamines.

— Attends, souffla Sigrid. Tu essayes de me dire que je suis en train de me battre avec de la nourriture ?

— Oui, confirma la machine. Il y a eu une erreur de fabrication. Les animaux ont été déshydratés entiers, *et vivants.* Or, nous sommes en présence d'une espèce qui survit à la déshydratation. Si, par la suite, elle a l'occasion de s'humidifier, elle reprend son apparence première. Un bidon s'est fissuré, l'humidité qui règne dans la cale a fait le reste. Les animaux sont en train de se recomposer. Il aurait fallu les tuer avant de les dessécher. La déshydratation les a miniaturisés, réduisant un tigre à la taille d'une tête d'épingle, un éléphant à celle d'un gravillon. Cette erreur vous autorise à porter plainte auprès du service consommateurs de la Fédération intergalactique. Il vous suffira de remplir le formulaire 334B-C que je peux imprimer sur simple demande. »

Sigrid jura entre ses dents. Les choses prenaient mauvaise tournure. Un bidon de nourriture séchée contenait sûrement assez d'animaux en poudre pour remplir un zoo, une jungle... *voire un continent !* Si elle ne réagissait pas assez vite, le sous-marin risquait de se peupler de mammouths extraterrestres qui se mettraient à gambader en barrissant le long des coursives ! Or, le submersible n'était pas conçu pour supporter une telle charge. Déséquilibré, il piquerait droit dans les abysses, là où la pression était si forte que ses tôles s'en trouveraient broyées.

Abandonnant le fusil, elle s'empressa d'ouvrir un caisson à outils et d'y prendre un rouleau de bande adhésive au moyen de laquelle elle obtura la crevasse du cylindre fêlé.

« Il est sans doute déjà trop tard, pensa-t-elle. Le courant d'air a dû éparpiller de pleines poignées de cette poussière à travers toute la cale ! »

Soudain, un oiseau nu aux ailes membraneuses passa au-dessus de sa tête, survolant les rayonnages de la cambuse.

La jeune fille sursauta. Aux quatre coins de la soute, les grains de nourriture déshydratée se gorgeaient d'humidité, libérant d'affreux pensionnaires écailleux, aux pattes armées de griffes, à la tête couronnée de cornes. C'était une faune d'enfer qui reprenait vie dans les ténèbres, gonflait au contact de l'eau comme de la purée en sachet arrosée de lait bouillant. Un zoo pustuleux dont les mâchoires claquaient déjà.

Sigrid tentait de prendre dans sa ligne de mire ces

fâcheux revenants, mais l'obscurité gênait son tir. Elle parvint toutefois à toucher une sorte de dinosaure en réduction. Le lézard préhistorique se disloqua. Sigrid poussa un soupir de soulagement. En définitive, les animaux réhydratés semblaient assez fragiles. Même s'ils se répandaient à travers le vaisseau, il serait facile de les détruire.

Déjà, d'autres bestioles non identifiables jaillissaient d'entre les étagères. Elles étaient hideuses, et, si elle ne les avait pas su aussi vulnérables, Sigrid aurait été très inquiète quant à la suite des événements.

Elle battit en retraite.

« Fausse alerte, pensa-t-elle. Ce ne sont pas des bestioles s'émiettant au moindre choc qui mettront le navire en péril. »

Désormais indifférente au zoo démentiel qui envahissait la cale, elle regagna son poste au seuil de l'entrepôt.

Toutefois, en passant près des débris du dinosaure nain, elle fut prise d'un doute et, pour plus de sûreté, décida de procéder à un prélèvement. Elle glissa quelques lambeaux de peau dans un sac en plastique et s'approcha d'un terminal pour faire analyser les restes par l'unité d'assistance biologique.

Cinq minutes plus tard, le haut-parleur émettait un bourdonnement strident. Sigrid leva la tête.

« Résultats d'analyse, crachota le synthétiseur

vocal. Nous nous trouvons en présence d'une forme particulière de vie qui perdure à travers le temps par déshydratation. L'atmosphère d'humidité de la cale a peu à peu imprégné les animaux desséchés. Ils se sont mis alors à gonfler comme le feraient des légumes secs brusquement plongés dans l'eau bouillante. C'est ce qui explique ces éclosions intempestives.

— Tu te répètes, soupira la jeune fille. Bon, ce n'est pas grave. De toute manière, ils n'ont pas l'air beaucoup plus dangereux que des légumes secs ou de la soupe en sachet. Ils se sont éparpillés sous les impacts d'un simple fusil à air comprimé. Je les pulvériserai au fur et à mesure. Pas la peine de déclencher une battue pour si peu !

— Désolé de te contredire, chuinta l'ordinateur, mais l'affaire est plus sérieuse qu'il n'y paraît. Mes analyses prouvent en effet que ces animaux, d'abord très fragiles au sortir de l'hibernation, vont peu à peu gagner en solidité. Et ceci, au fur et à mesure qu'ils se gorgeront d'humidité. »

Sigrid dressa l'oreille.

« Ça veut dire quoi, en clair ? haleta-t-elle.

— Cela signifie que les bêtes vont devenir de plus en plus lourdes, de plus en plus dures dans les heures qui viennent. Et que tu auras beaucoup de mal à les détruire. D'abord fragiles comme des bibelots de porcelaine, elles vont très vite acquérir la résistance d'un bloc de béton.

— Quoi ? hoqueta Sigrid.

— Je confirme, souligna placidement le complexe d'information vocale. Plus tu attendras, plus les animaux recomposés deviendront indestructibles. Il est même possible qu'ils occasionnent des dégâts irréparables dans l'enceinte du vaisseau. Ils sont si nombreux que leur poids additionné va nous envoyer par le fond. Tout se passe comme si la totalité des animaux d'Afrique venait brusquement de monter à bord ! Tu devrais te mettre immédiatement en chasse et les détruire avant qu'ils n'acquièrent la solidité du ciment armé. Munis-toi d'un laser portable en respectant les consignes de sécurité propres au maniement d'une telle arme. Je puis t'en imprimer le mode d'emploi si tu le désires.

— Va au diable ! » siffla Sigrid entre ses dents.

Sans attendre, elle jaillit du poste de transmission. Son cœur battait à coups redoublés. Elle venait de commettre une erreur capitale en ne détruisant pas à la minute même les animaux sortis du tonneau. Elle passa dans le carré des équipements, enfila une combinaison antithermique et se munit du laser portable. Ce gros instrument n'avait de portable que le nom, et on devait s'en harnacher comme d'un lance-flammes de la vieille époque.

Aloudie, titubante, elle entreprit de quadriller les allées séparant les rayonnages avec l'espoir de débusquer les monstres hantant la réserve.

« Si tu ne les trouves pas très vite, ils vont se changer en blocs d'acier ambulants, et ton laser de pacotille se déchargera avant d'avoir pu creuser le moindre petit trou dans leur carapace ! » lui soufflait une voix intérieure.

Elle était inquiète. Désormais, le temps jouait contre elle, et si ces bêtes n'étaient pas idiotes, elles allaient commencer par se cacher jusqu'à ce que leur corps ait pris la consistance d'une armure.

Alors qu'elle remontait l'allée B-7, Sigrid perçut l'écho d'un pas inégal venant à sa rencontre. On eût dit qu'une statue de bronze descendue de son piédestal titubait.

Sigrid avala sa salive et enclencha la veilleuse du bec laser. Le martèlement se rapprochait. Et soudain la bête surgit au fond du couloir.

C'était un petit saurien qui se déplaçait sur ses pattes postérieures et dont l'allure générale rappelait celle du *T-rex*, le monstre aux mâchoires hypertrophiées de la préhistoire terrienne. Ici, il ne mesurait guère plus d'un mètre soixante, mais sa gueule carrée lui donnait l'aspect d'un marteau géant pourvu de jambes. Il zigzaguait, donnant des coups de tête dans les cloisons qui se bosselaient à chaque impact.

« Bon sang ! jura Sigrid. Il va démolir tout l'étage s'il continue comme ça ! »

Le crâne du monstre défonçait méthodiquement les plaques d'acier de la coursive, faisant sauter boulons et rivets. De temps à autre, il se redressait, ouvrait la gueule et happait une gerbe de câbles électriques qu'il broyait entre ses dents, indifférent aux courts-circuits.

Sigrid donna toute la puissance du laser. Un trait de feu jaillit, creusant un trou charbonneux dans la peau durcie de la bête. Mais c'était un trou minuscule, à peine une piqûre d'épingle. La carapace du monstre semblait rebelle à la brûlure.

La jeune fille sentit la sueur lui dégouliner dans le dos. Elle ajusta à nouveau le saurien, lâchant une giclée de lumière cohérente sans parvenir à creuser plus qu'une balafre sur le cuir de l'animal.

« Des explosifs, constata-t-elle dans un début d'affolement. Il faudrait des explosifs ! »

C'était un choix extrêmement dangereux dans l'univers clos du vaisseau. Même les mini-bombes pouvaient occasionner des dommages considérables.

Elle recula. Avec horreur, elle constata que des martèlements sourds résonnaient à travers toute la cambuse ! Dans chaque allée, des bêtes lourdes et dures se mettaient en marche, tordant les tôles du sol sous leur poids ! Impatientes de retrouver l'air libre, elles donnaient des coups de tête, griffaient ou mordaient les parois de métal.

« Elles vont crever la coque ! » pensa Sigrid.

Cette fois, elle se rua vers l'arsenal.

Sous la voûte de l'entrepôt, un oiseau aux allures

de chauve-souris volait en faisant claquer des ailes de cuir noir. Son bec hérissé de dents arrachait les boulons des membrures. Les klaxons d'alerte ululaient sans discontinuer.

Sigrid s'agenouilla sur le seuil de l'arsenal pour mettre en joue le ptérodactyle au bec meurtrier. Le jet du laser fusa, rayant la pénombre qui régnait sous la voûte d'acier.

Les ailes épaisses de l'oiseau fossile semblaient avoir le plus grand mal à se plier. Peut-être allait-il finir par tomber, les articulations raidies par la paralysie ? Si cela se produisait, Sigrid n'aurait plus qu'à le ramasser pour le fourrer dans un sac-poubelle !

La jeune fille se déplaça pour se rapprocher d'un terminal. Rapidement, elle pianota sa question : pouvait-on envisager l'éventualité que les animaux recomposés succombent peu à peu au durcissement de leurs chairs et se changent en statues ?

« C'est effectivement possible, répondit l'ordinateur. Mais entre-temps, ils seront devenus si pesants qu'ils auront déjà déformé la coque. Il convient de les fragmenter au plus vite. Les détecteurs signalent de nombreuses pannes affectant le système de stabilisation. Nous allons piquer du nez vers les abysses. Dans une heure, nous serons trop lourds. »

Sigrid grimaça. Si le vaisseau poursuivait sa descente, la pression infernale des fonds marins l'écraserait comme une vulgaire boîte de conserve, et cela en dépit des plaques de titane constituant son fuselage.

Le ptérodactyle volait toujours en rase-mottes. Sa peau avait l'apparence grisâtre d'un blindage de char d'assaut.

Sigrid le mit en joue et le toucha à trois reprises, sans le gêner dans ses évolutions. Elle avait peur d'utiliser les mini-bombes. Si l'une d'entre elles venait à rebondir sur la carapace de l'un des monstres, elle pouvait exploser n'importe où et déchirer la paroi de métal. Les klaxons hurlaient toujours, lui emplissant le crâne d'un vacarme douloureux.

Un nouveau monstre venait justement de pointer sa tête à l'angle du corridor. C'était une vilaine licorne nantie d'un éperon frontal qui tournait sur lui-même en sifflant, comme la mèche d'une perceuse électrique. La bête plongeait cette corne dans tout ce qui l'entourait, transperçant les plaques d'acier des cloisons, crevant les écrans des consoles, ouvrant des trous dans le sol. Elle avançait lentement, gênée par la densité de sa chair en train d'épaissir. Sigrid décida de passer outre et de gagner la salle d'habillement.

Elle bondit, se faufilant entre l'animal et la cloison tordue. Le monstre mit deux secondes à réagir, c'était plus qu'il n'en fallait à Sigrid pour plonger vers la salle des scaphandres. Elle évita de justesse la terrible corne et se retrancha dans la rotonde d'équipement. Tout de suite, la bête se mit en devoir de transpercer le battant d'acier. Ses coups crevaient la porte comme s'il s'était agi d'une feuille de papier, projetant de la limaille en tous sens. Sigrid détourna les yeux, s'efforçant au calme, et enfila son scaphandre.

La licorne, elle, continuait à percer des trous dans le battant. La jeune fille verrouilla son casque et se précipita vers la console de service. Elle entrevoyait soudain l'ombre d'une solution.

« Peux-tu déshydrater l'atmosphère interne de la cambuse au point de forcer les bêtes à reprendre leur aspect primitif de poussière sèche ? demanda-t-elle à l'ordinateur.

— Possible, répondit la machine, mais si ton scaphandre n'est pas hermétiquement fermé ou s'il comporte la moindre déchirure, tu tomberas toi-même en poussière. »

Sigrid se mordilla la lèvre inférieure. Sa combinaison était-elle *réellement* étanche ? Tout était en si mauvais état sur le navire qu'une déchirure n'aurait pas été surprenante... Hélas ! elle n'avait plus le temps de le vérifier. N'ignorant pas qu'elle prenait un risque énorme, elle pressa le bouton commandant le début de la manœuvre. Un chuintement jaillit des évents de climatisation tandis que le processus d'évaporation commençait. Dans deux minutes, il ne resterait plus un atome d'humidité dans la cale. La soute à nourriture serait plus sèche qu'un désert brûlé par les feux de mille soleils. Un être humain, qui se serait par mégarde exposé sans scaphandre à l'action des déshydrateurs, aurait été réduit en moins de trois secondes en tas de cendres.

Dix minutes s'écoulèrent ainsi, seulement rythmées par le sifflement du climatiseur.

« Fin de l'opération », annonça enfin le haut-parleur.

Sigrid se mit en marche. Titubant sous le poids du vêtement de protection, elle explora les allées séparant les étagères métalliques chargées de cylindres. La licorne, le tyrannosaure, le ptérodactyle reposaient sur le sol, desséchés, translucides telles des mues de serpents. Elle les piétina, achevant de les réduire en poussière.

Elle avait réussi ! Maintenant il lui fallait détruire de la même manière tous les animaux recomposés. Cela impliquait qu'elle passât toute la cale au peigne fin.

« Voilà, se dit-elle en remontant la coursive. Je viens de sauver la vie de l'équipage, et personne ne le saura jamais. Maintenant, il ne me reste plus qu'à jouer les femmes de ménage du fond des mers ! »

Il lui fallut une nuit pour inspecter la soute. Chaque fois qu'elle découvrait une bête déshydratée, elle la broyait et la jetait dans un sac. Quand elle eut récupéré le dernier monstre de la cambuse, elle plaça le sac et le bidon fêlé dans le sas d'éjection, puis expédia le tout avec un grand soulagement dans l'obscurité des abîmes marins.

7

Les jardins de la mort flottante

Au début de la semaine suivante, le quartier-maître fit irruption dans la cabine de Sigrid en criant :

« Hé ! toi, enfile ta combinaison de survie et tiens-toi prête, nous remontons. Tu vas grimper sur le pont pour dégager l'une des hélices prise dans les algues. »

Le submersible faisait rarement surface. Pour renouveler la provision d'air, on sortait le *schnorchel* et on pompait l'atmosphère sans mettre le nez dehors. On se contentait d'aspirer l'oxygène au moyen de ce tuyau mobile qui crevait les vagues tel un second périscope. Les machines filtraient ensuite le produit de la ponction et comprimaient le butin gazeux dans un réservoir auquel on avait recours lors des plongées. Si l'on faisait surface, tout l'équipage devait revêtir sa combinaison de survie. Le quartier-maître tirait au sort ceux qui grimperaient jusqu'au kiosque pour effectuer les travaux réclamés par le commandant.

Quand sonnait votre heure, il n'y avait rien à répliquer ; aussi Sigrid escalada-t-elle l'échelle du kiosque en essayant de ravaler son appréhension.

Là-haut, le ciel lui parut du même bleu que la mer, au point qu'on ne parvenait plus à les distinguer l'un de l'autre. Seules les vagues plissant l'océan permettaient de faire la différence, mais elles n'avaient pas la puissance de la houle terrienne. Sur Almoha, l'eau avait la consistance d'un sirop. Et cette onctuosité donnait envie de s'y laisser tomber pour voir si, par hasard, on n'allait pas rebondir.

Une fois de plus, Sigrid fut abasourdie par la taille du *Bluedeep* qu'elle découvrait dans son entier, flottant au milieu de la mer infinie. La rectitude de l'immense cylindre de métal noir n'était rompue que par la tourelle du kiosque de commandement.

Dérivant à fleur d'eau, le *Requin d'acier* avait l'air d'une fusée naufragée en train de s'enfoncer, ou encore d'une bombe géante conçue pour réduire en miettes une planète hostile.

En dépit de ses inquiétudes, la jeune fille dut descendre l'échelle du kiosque pour courir à la poupe. À travers le caoutchouc de sa combinaison de survie, elle sentit la tiédeur de l'océan lui lécher les chevilles.

« T'inquiète pas, petite ! lui lança un vieux mécanicien de 30 ans. Les scaphandres sont pratiquement indéchirables, tu ne risques rien. Faudrait vraiment un sacré coup de rasoir pour les entamer. »

Sigrid acquiesça en prenant un air assuré.

Le ciel, si semblable à l'océan, lui donnait le vertige. Où se trouvait le haut ? Où se trouvait le bas ? Tout avait la même couleur, la même luminosité ; une brillance électrique qui paraissait artificielle parce que trop belle. Almoha s'avérait une immense carte postale aux teintes retouchées, un monde où le bleu avait quelque chose de vivant.

La jeune fille eut du mal à se concentrer sur son travail. Ses mains gantées plongées dans le varech gluant, elle ne pouvait résister au désir de lever la tête pour essayer de localiser Azural, le soleil du système de Tau-Ceti.

Le ricanement du mécanicien la ramena à la réalité.

« Cherche pas, lui lança-t-il comme s'il devinait ses pensées, tu trouverais pas. Et ne te fais pas d'illusions ; c'est beau mais c'est mortel. La flotte, d'abord ; et aussi la lumière. Si tu t'allongeais les fesses à l'air sur le pont pour bronzer, tu verrais ta peau se couvrir de cloques et peler comme la chair d'un poulet oublié dans un four à micro-ondes. "Trop grande concentration d'ultraviolets dans le spectre", c'est ce que disent les analyseurs. Cette planète, qu'on la prenne par le haut ou par le bas, c'est un piège. Il n'y a qu'à l'intérieur du bateau qu'on est en sécurité. Les premiers explorateurs qui se sont posés ici n'ont pas survécu longtemps, tu peux me croire. Ceux qui n'ont pas rôti tout vifs se sont changés en poissons... »

Sigrid écouta, incrédule. Elle éprouvait une réelle difficulté à imaginer qu'il n'y avait pas la moindre terre à l'horizon. Cela semblait inconcevable. En dépit de tout ce qu'on avait pu lui raconter, elle continuait à chercher une île, un atoll... Mais il n'y avait rien, qu'une immensité liquide dont les vagues molles butaient contre les ballasts du submersible, projetant en tous sens de grosses éclaboussures paresseuses.

Sigrid songea qu'une fois le débroussaillage des hélices effectué, il faudrait regagner le kiosque, puis, de là, le sas d'assèchement où une puissante soufflerie les débarrasserait de la moindre parcelle d'humidité imprégnant les combinaisons protectrices. Lorsque la dernière goutte d'eau de mer serait évaporée, un signal retentirait, et la lumière rouge virerait au blanc. Ils seraient alors autorisés à se dévêtir. La consigne était stricte : aucune substance extérieure ne devait être introduite dans le vaisseau sous peine de sanction. Si l'on devait opérer au-dehors, il fallait se sécher soigneusement avant de regagner ses quartiers. C'était là un rite que personne n'aurait osé transgresser.

Sa besogne achevée, la jeune fille ébaucha un demi-tour, mais le marin lui fit signe de ne pas bouger.

« Tu restes là, annonça-t-il. Le lieutenant Kabler va venir te parler. »

Ces mots à peine prononcés, il battit en retraite et disparut à l'intérieur du kiosque. La jeune fille en fut décontenancée. Elle n'aimait pas se retrouver seule sur le pont instable du submersible, encerclée par la mer qui clapotait au long des ballasts. C'était dangereux, très dangereux. Il suffisait d'un coup de houle pour perdre l'équilibre et rouler dans les flots.

Des idées folles lui traversèrent l'esprit : avait-on décidé de la punir ? Kabler allait-il donner l'ordre de plonger en « l'oubliant » volontairement à la surface ?

Pendant une minute, elle ne sut quelle attitude adopter... puis David apparut, suivi de Gus. Kabler fermait la marche. Les deux garçons portaient leur scaphandre d'expédition, y compris le casque intégral transparent. Le lieutenant, lui, était seulement revêtu de la combinaison de protection usuelle des sous-mariniers, une sorte de sac imperméable muni de bras et de jambes.

« Vous allez partir en mission secrète, tous les trois, annonça Kabler sans préambule. David Halloran commandera le groupe, vous lui obéirez sans restriction. C'est une expédition dangereuse, et très importante pour nous tous. Si vous en revenez, cela vous vaudra une note favorable et une promotion rapide. »

Sigrid sentit sa gorge se dessécher. Était-ce enfin l'occasion attendue depuis si longtemps ?

Toutefois, elle ne put s'empêcher de frissonner en voyant les matelots mettre un gros canot pneumatique à la mer. Par les dieux ! personne n'avait envie d'embarquer dans ces trucs-là ! Ils prenaient si facilement l'eau qu'on les surnommait des « baignoires ».

« David sait tout ce qu'il faut faire, conclut Kabler. Vous resterez cinq jours en mer pour quadriller la zone d'exploration. Nous reviendrons vous chercher le dernier jour, à midi. Nous ferons surface ici même. Si vous n'êtes pas au rendez-vous, je considérerai que vous avez échoué, et je ne vous attendrai pas plus longtemps. C'est compris ? »

Sigrid hocha la tête. Elle aurait aimé en apprendre davantage mais Kabler, de toute évidence, n'avait aucune envie de s'attarder sur le pont. Après un bref salut, il prit la direction du kiosque.

« Allez ! ordonna David, ne traînons pas. Tout le monde dans le canot. Et tâchez d'exécuter une manœuvre impeccable, le lieutenant nous observe. »

« Qu'il aille au diable ! songea Sigrid. Ce n'est pas lui qui va passer cinq jours dans une cuvette en caoutchouc gonflable. »

Les jeunes gens sautèrent dans l'embarcation pneumatique. Sigrid avait beau se répéter que le caoutchouc du dinghy était réputé indéchirable, elle ne se sentait guère rassurée.

« Attrapez les rames et souquez[1] ferme ! » lança David, soucieux de faire bonne impression.

Lentement, le dinghy s'éloigna du submersible. Le klaxon d'immersion retentit, annonçant que le *Bluedeep* allait plonger. Sigrid pagayait, les dents serrées ; déjà en sueur dans sa combinaison.

À n'en pas douter, les cinq jours à venir n'allaient pas être une partie de plaisir.

De puissants remous firent danser le canot à la crête des vagues quand le sous-marin s'enfonça. Des éclaboussures jaillirent en tous sens. Sigrid frissonna en voyant une myriade de gouttelettes empoisonnées dégouliner sur la partie vitrée de son casque. Comme ils allaient être vulnérables !

Ils pagayèrent en silence pendant vingt bonnes minutes, puis David décida de dresser le mât pour déployer la voile. Il accomplissait chaque geste avec une application de bon élève. « Comme si Kabler le regardait », songea Sigrid.

Quand l'embarcation fila vent arrière, Gus laissa échapper sa mauvaise humeur.

« Bon, grogna-t-il, à quoi rime tout ce cirque ? On joue au commando-suicide ou quoi ?

— C'est une mission extrêmement importante, répliqua David, le visage fermé. Je me suis porté garant pour vous deux. Je vous offre une chance de gagner du galon. Kabler ne voulait pas de vous, je pré-

1. « Ramez » en argot de marin.

fère le dire tout de suite, mais j'ai insisté, j'ai tenu bon, alors ne me décevez pas. »

Sigrid se glissa dans l'igloo imperméable qui occupait le centre du canot. Elle eut la surprise d'y découvrir des explosifs en quantité impressionnante.

« À qui allons-nous faire la guerre ? demanda-t-elle en ressortant.

— À des fantômes, murmura David.

— Quoi ? hoqueta Gus.

— Écoutez, fit David en levant les mains en signe d'apaisement. Nous sommes à la recherche des anciens jardins flottants d'Almoha.

— Des jardins flottants..., répéta Sigrid.

— Oui, martela David. Quand le continent almohan s'est effondré dans l'océan, ceux qui l'habitaient ont eu l'idée d'en préserver une partie. Pour cela, ils ont rempli à ras bord de grands navires avec de la terre. Avant de lancer ces vaisseaux vers le large, ils ont semé des graines dans le sol, afin que la végétation s'y développe. C'est ainsi que les bateaux pleins d'humus fertile se sont changés en jardins flottants.

— Tu veux dire : en pots de fleurs flottants ! ricana Gus. Je connais cette histoire, c'est une légende.

— Non ! gronda David, c'est la vérité. Les Almohans ont lancé douze arches juste avant que ne s'écroule la seule île de cette planète. Douze navires gigantesques qui, aujourd'hui, doivent être recouverts d'une véritable jungle.

— Tu parles ! grogna Gus. Ils ont coulé depuis longtemps, ouais.

— Y avait-il quelqu'un à bord ? demanda Sigrid.

— Sans doute, admit David. Des jardiniers, je suppose. Ont-ils survécu ? Ça, c'est une autre histoire.

— En quoi ces arches nous concernent-elles ? insista la jeune fille.

— Le commandant veut que nous les retrouvions pour les explorer. Notre mission consiste à examiner ce qui y pousse et à faire des prélèvements, répondit David Halloran en détournant les yeux. Si nous estimons que ces variétés végétales font courir le moindre risque à notre race, nous devrons saborder les navires... Les envoyer par le fond.

— Voilà donc la raison de tous ces explosifs, soupira la jeune fille. Mais comment pourrons-nous émettre un avis compétent ? Nous ne sommes ni agronomes ni biologistes ! C'est du délire.

— Il suffira de s'en remettre au verdict de l'analyseur électronique », trancha David.

Sigrid serra les mâchoires. Elle avait la fâcheuse impression que le garçon mentait. Elle aimait de moins en moins l'air sournois qu'il adoptait depuis que Kabler lui avait confié la responsabilité de l'expédition.

« Et où sont-elles, ces fichues arches ? lança Gus.

— Droit devant, affirma Halloran avec un geste de la main droite. Le *Bluedeep* les a repérées il y a deux jours. Il n'y en a plus que trois... Soit les autres ont sombré, soit les courants les ont entraînées hors de notre secteur. Nous allons nous en approcher et monter à bord.

— Si elles sont aussi dangereuses que tu le prétends, ç'aurait été plus simple de les torpiller, fit observer Gus.

— Je ne prétends rien, lâcha David que l'irritation gagnait. De toute manière, le *Bluedeep* ne peut pas se permettre de gâcher des torpilles. Les arches sont des navires en bois, à l'ancienne, et non armés. De simples jardins flottants. On pourra facilement les couler en posant des mines sur leur coque. Vu ?

— D'accord, soupira Gus. Si tu le dis. C'est toi le chef, après tout. »

Sigrid s'abstint de tout commentaire, elle trouvait l'histoire peu claire. Bien qu'inquiète à l'idée de ce qui les attendait, elle éprouvait une certaine excitation du fait de se retrouver à l'extérieur du submersible.

« Il faut se préparer à tout, chuchota David. Il est possible que des Almohans aient survécu à bord des arches. Nous ne savons rien de ces créatures. Ce sont peut-être des monstres ; il faudra les combattre. Tenez-vous prêts et n'hésitez pas à les tuer au premier geste menaçant.

— De quelles armes disposera-t-on ? demanda Gus.

— Il y a trois fusils à balles explosives dans le

paquetage de survie, annonça David. Ne gaspillez pas les munitions. »

Le vent soufflait fort et le dinghy filait bon train à la crête des vagues. Sigrid tressaillait chaque fois que l'écume ruisselait sur ses épaules.

La tension nerveuse chargeait l'air d'électricité, et les trois compagnons cessèrent bientôt de parler. Même Gus renonça bientôt à ses blagues idiotes.

Enfin, alors que le soleil, déclinait à l'horizon, les vaisseaux fantômes se dessinèrent en ombres chinoises sur le ciel rouge. Sigrid en eut le souffle coupé. Ils étaient colossaux. C'étaient trois énormes coques de bois en mauvais état. Des navires préhistoriques voguant au hasard des courants. Des écheveaux de lianes avaient poussé par-dessus les bastingages pour couler le long de leurs flancs. Du lierre, de la mousse tapissaient la proue, dissimulant les planches et les poutres de l'étrave. À la place des mâts s'élevaient des arbres au feuillage épais, bruissant, et Sigrid eut d'emblée la certitude que le pont disparaissait sous une couche d'herbe.

« Incroyable ! souffla Gus. On dirait des forêts flottantes.

— Restez sur vos gardes, intervint David. Ne vous laissez pas distraire par le paysage. Il y a dix ans qu'aucun de nous n'a contemplé une vraie forêt, mais ce n'est pas le moment de jouer aux touristes. Nous allons aborder. »

Sigrid s'ébroua. Son cœur battait vite. Le canot pneumatique avait l'air d'une coquille de noix à côté des bateaux chargés de terre. David Halloran manœuvra pour s'arrimer au vaisseau le plus proche. Les lianes cascadant le long des flancs descendaient si bas qu'elles chatouillaient le casque des adolescents.

« Je ne me souvenais pas que la végétation paraissait si... *poilue* ! songea la jeune fille. Toutes ces pousses, ces feuilles... Il en sort de partout, même d'entre les planches disjointes ou des sabords[1]. »

« Ne vous laissez pas impressionner, haleta David. Quand la terre aura épuisé ses éléments nutritifs, les plantes mourront l'une après l'autre. C'est d'ailleurs ce qui a dû se passer pour la plupart des arches. Gus a raison, ce sont des pots de fleurs flottants. »

Il essayait de se montrer prosaïque pour combattre le charme étrange qui s'emparait de ses compagnons.

« Allez ! ordonna-t-il. On grimpe ! Là, on dirait les restes d'une échelle de coupée[2]. Assurez vos prises. Si vous heurtez la coque en tombant, vous déchirerez votre combinaison ou vous casserez votre casque.

— Ça va, grommela Gus. Pas la peine de nous faire la leçon. »

Il fanfaronnait, mais Sigrid voyait bien qu'il était pâle. Elle-même n'en menait pas large.

---

1. Volets articulés permettant de masquer une ouverture sur le flanc d'un navire.
2. Escalier rudimentaire placé de part et d'autre de la proue.

« Qu'est-ce qui nous attend là-haut ? se dit-elle. Des créatures hideuses... des monstres qui nous mettront en pièces ? »

Les officiers ne leur avaient jamais raconté grand-chose sur les anciens habitants d'Almoha.

« Des gens peu fréquentables, à n'en pas douter, répondaient les instructeurs lorsqu'on leur posait la question. Les rares photos qu'on possède sont si immondes qu'on hésite à les rendre publiques. »

David prit l'un des fusils, le glissa sur son épaule, et entreprit de s'élever le long de la coque moussue, tel un alpiniste escaladant une paroi.

« Attention ! jura-t-il. Ça glisse. »

Gus et Sigrid plantèrent une amarre au ras de la ligne de flottaison, pour y accrocher le canot. À travers le filtre du casque, la jeune fille percevait l'odeur du vaisseau fantôme. Un relent puissant de moisissure et de sève, de pourriture végétale. Quand Gus se fut élevé de cinq mètres, elle emprunta le même chemin. Tout était poisseux. Heureusement, les mille racines pointant entre les planches disjointes fournissaient de bons points d'appui. Le navire ne ressemblait plus vraiment à un bateau, on aurait plutôt cru un morceau de falaise détaché d'un continent et flottant à la dérive.

Les trois compagnons se hissèrent enfin sur le pont. Devant eux s'étendait une forêt miniature : un jardin magnifique délimité par la proue, la poupe, et les bastingages. Trois arbres immenses se dressaient à la place des mâts. Sigrid ne put déterminer à quelle espèce ils appartenaient. Le vent du large jouait dans leur feuillage, produisant un bruit qu'aucun des jeunes gens n'avait plus entendu depuis son recrutement. Les frondaisons étaient si épaisses qu'il faisait nuit sous les basses branches.

« On ne va pas rester plantés là, s'impatienta David. Il faut établir un campement avant la tombée du jour. D'abord, explorons les lieux. On avance en ligne, l'arme à la hanche. On tire sur tout ce qui bouge et on parlemente ensuite. »

Sigrid ne put déterminer s'il plaisantait. Il semblait trop tendu pour avoir envie de faire le pitre.

Lentement, ils firent le tour du navire. Du moins, ils essayèrent car certains buissons étaient si touffus qu'il leur fut impossible de s'y frayer un chemin.

« C'est une jungle, se dit Sigrid dont les mains devenaient gluantes au creux des gants de caoutchouc. Une jungle en bonne santé... *Mais est-elle habitée ?* »

On n'entendait aucun cri, rien que le vent froissant les feuilles.

« O.K., ça va, capitula David. À première vue, c'est désert. On va planter la tente sous l'arbre du milieu et instaurer un tour de garde. »

Personne n'essaya de le contredire. Ils étaient tous inquiets à l'idée de se laisser surprendre par les ténèbres. Certes, la tente imperméable ne les protégerait pas des attaques d'un monstre à la gueule hérissée de crocs, mais elle leur permettrait de se débarrasser enfin des scaphandres où ils mijotaient depuis l'aube.

« Je prends le premier tour de garde, décida David. Gus fera le second, Sigrid le dernier. »

La tente à armature pneumatique fut rapidement installée. Une fois à l'intérieur, Gus et Sigrid se dépêchèrent de s'extraire des combinaisons. Ils étaient trempés de sueur et répandaient une odeur incommodante.

« Ici, pas d'eau recyclée pour se laver, pensa la jeune fille. Il faudra s'y habituer. »

Elle s'étendit, l'oreille en alerte, épiant les bruits de la forêt flottante. Les odeurs d'herbe, de mousse la grisaient.

« Je ne me rappelais pas que ça sentait aussi fort, murmura Gus. C'est... c'est bizarre, hein ? Je n'arrive pas à savoir si c'est agréable ou si ça pue. »

Sigrid n'avait pas envie de discuter. D'ailleurs, la nuit tombait. Il fallait dormir.

Quand Gus la secoua pour qu'elle prenne la relève, elle se dressa d'un bond, avec la certitude de n'avoir pas sommeillé plus d'une minute.

« C'est ton tour, lui chuchota le garçon. Fais gaffe. J'aime pas trop ce qui se passe ici, j'ai cru voir des silhouettes dans les buissons.

— Des silhouettes ? répéta Sigrid, la gorge serrée.

— Oui, confirma Gus. *Des trucs pas humains,* si tu préfères. C'est peut-être dû à la fatigue, je ne sais pas. Mais ouvre grand les yeux. »

La jeune fille saisit son fusil.

« Ils étaient de quel genre, tes "trucs pas humains" ? demanda-t-elle dans un souffle.

— Sais pas, grommela Gus, mal à l'aise. Il faisait noir, et puis, tout à coup, la lune s'est levée. Le vent a fait bouger les feuillages... Alors, je l'ai vue. Une... une espèce de pieuvre tapie dans les fourrés.

— Une pieuvre ? s'étonna Sigrid. À l'air libre ?

— Joue pas les malignes, rétorqua le garçon. On n'est pas sur la Terre, ici. On ne sait rien de la faune d'Almoha. Pourquoi les pieuvres n'y seraient-elles pas amphibies ? »

« Il a raison, admit la jeune fille. Tout est possible. »

« Elle me regardait fixement, reprit Gus après une hésitation, avec ses gros yeux brillants et mous, comme si elle voulait m'hypnotiser. Je pense que ses tentacules sont dissimulés dans les lianes qui nous entourent. Ils ont la même couleur, et quand ils bougent, on croit que c'est sous l'effet du vent, mais c'est une erreur, en réalité ils se rapprochent de la tente...

— Tais-toi, supplia Sigrid.

— Je veux juste te prévenir, haleta le garçon. Je n'en ai pas parlé à David. J'ai eu peur qu'il se moque de moi. N'hésite pas à donner l'alarme si tu repères quoi que ce soit. »

Sigrid se glissa hors de la tente, l'estomac noué. Gus s'abattit sur son matelas pneumatique, fauché par la fatigue.

« Il a sûrement tout imaginé, se répéta la jeune fille. Ses éternelles histoires de pieuvre ! C'est une obsession chez lui. »

Une fois dehors, elle regretta d'être sortie sans passer sa combinaison car le vent de la mer fit courir un frisson sur ses bras. La forêt flottante l'entourait, noire, bruissante. De temps à autre, la lune se glissait dans une déchirure des nuages pour lancer un trait de lumière dans cette jungle malmenée par les bourrasques. Les mains de Sigrid se crispèrent sur la crosse du fusil tandis qu'elle scrutait les buissons.

Elle alluma la lampe fixée sur le canon de l'arme et s'en servit pour fouiller les broussailles. Elle prenait bien garde à ne pas poser le pied sur les lianes, mais c'était difficile, car la végétation recouvrait le pont.

Soudain, alors qu'elle s'apprêtait à baisser son fusil, elle vit briller quelque chose dans la muraille de ronces qui se dressait devant elle. Un œil rond... luisant.

L'œil de la pieuvre...

« Il y a bien un truc tapi entre les branches, se dit-elle. Une grosse tête blême... Ça me regarde comme si ça n'avait pas peur. »

Elle ouvrit la bouche pour donner l'alarme, puis renonça. Non, c'était prématuré, elle devait d'abord vérifier. Si elle se trompait, David aurait beau jeu de se moquer d'elle.

Maintenant qu'elle avait localisé l'ennemi, elle y voyait plus clair. Elle repéra sans mal les tentacules mêlés aux lianes. Gus n'avait pas rêvé. Il y avait une pieuvre dans les buissons. Une pieuvre qui observait le campement, et dont les bras rayonnaient sur le sol comme une toile d'araignée.

« Et nous sommes au centre de cette toile, songea Sigrid avec un frisson. La bête n'aurait qu'à replier ses membres pour nous emprisonner dans son étreinte. »

En dressant la tente, ils n'avaient pas vu l'animal dissimulé par les plantes rampantes. Ils s'étaient stupidement installés au beau milieu du piège.

Sigrid leva son arme et progressa pas à pas vers la créature, le doigt posé sur la détente. Elle prit l'un des gros yeux luisants dans sa ligne de mire. Si le monstre faisait mine de bouger, elle ouvrirait le feu. Avec un peu de chance, le projectile exploserait droit dans le cerveau de la bête, le réduisant en miettes.

Elle fit encore deux pas... Alors, brusquement, la vérité lui apparut. La pieuvre n'était pas vivante. C'était une statue ! Une statue ensevelie dans la végétation.

« Bon sang ! souffla la jeune fille. J'ai failli me couvrir de ridicule. »

Baissant le fusil, elle s'avança dans la broussaille, luttant contre les épines qui déchiraient son T-shirt.

Derrière la pieuvre de marbre, se dressaient les ruines d'une construction effondrée. Un temple, sans doute. On devinait les restes d'un escalier encadré d'animaux marins : poissons, hippocampes... Au sommet des marches, une autre statue représentait une sirène se débattant entre les tentacules d'un poulpe géant. Les sculptures étaient abîmées. La sirène n'avait plus de visage – ce qui ne permettait pas de se faire une idée de sa physionomie.

« Lorsqu'ils ont rempli le bateau de terre, songea Sigrid, ils ont érigé ce temple pour se ménager la faveur des dieux. C'est probablement ici que vivaient les jardiniers chargés de l'entretien des plantations. »

Elle grimpa l'escalier tant bien que mal. Les statues l'effrayaient. En faisant courir le halo de sa torche sur les murs, elle constata qu'ils étaient barbouillés de grandes zébrures brunâtres assez laides, comme aurait pu en laisser une main géante imprégnée de sang.

« Ou des tentacules, se dit-elle. Des tentacules sanguinolents qui auraient fouetté les parois. »

Cette idée lui donna envie de tourner les talons sans demander son reste, mais elle se domina.

« Ce ne sont pas des peintures au sens traditionnel du terme, songea-t-elle. On dirait plutôt des éclaboussures. »

Elle n'eut pas le temps de s'interroger davantage à

leur sujet car, tout à coup, le pinceau de la lampe tomba sur les sarcophages entassés au fond du temple.

Ils étaient hideux.

Leur couvercle, à la différence des sarcophages égyptiens, n'avait aucun contour humain. On y avait représenté des pieuvres almohanes, à la gueule hérissée de crocs, et dont les yeux jaunes, enduits de peinture phosphorescente, brillaient dans le noir.

Cette fois, Sigrid battit en retraite.

« Les bateaux ne sont pas simplement des jardins, pensa-t-elle en regagnant le campement. Ce sont des sépultures flottantes. Des nécropoles abandonnées au hasard des courants. »

8

Écrit avec du sang

Dès les premières lueurs de l'aube, elle réveilla les garçons pour leur raconter sa découverte. David voulut se rendre compte par lui-même et Sigrid dut le conduire au temple à travers les broussailles.

Arrivé au pied des sarcophages, le jeune homme fit la grimace.

« Tu vois ! triompha-t-il. Je t'avais bien dit que les Almohans étaient des monstres. Tu imagines ce qu'on trouverait à l'intérieur de ces boîtes si on les ouvrait ?

— Très peu pour moi, merci, grogna Gus. Tu as regardé la tronche de cette bestiole ? Je ne tiens pas à perdre l'appétit pour le restant de mes jours. »

Sigrid dénombra douze cercueils. À l'origine, ils

étaient probablement alignés à la perfection, mais les tempêtes, en secouant le navire, les avaient jetés en vrac au fond de la bâtisse. C'étaient d'ailleurs ces mêmes tempêtes qui avaient fait s'écrouler le temple.

« Vous avez examiné les murs ? haleta Gus. Ils sont aspergés de sang séché. On devait faire des sacrifices ici. Si ça se trouve, les pieuvres attrapaient de pauvres types pour les écarteler entre leurs tentacules... Ce sont les éclaboussures de leurs membres arrachés qui ont barbouillé les parois.

— Tu délires ! intervint Sigrid. Je crois, moi, qu'il s'agit d'une sorte d'écriture différente de la nôtre, c'est tout. Ce que tu prends pour des éclaboussures s'apparente sûrement à des idéogrammes, comme les caractères chinois.

— Tu essayes de te rassurer, siffla Gus. Moi je te dis que c'est du sang séché. Si on cherchait bien, on trouverait des restes humains. Des squelettes...

— Ça suffit ! coupa David Halloran. On se fiche de savoir si Almoha était habitée par des humanoïdes ou des pieuvres bleues à points roses. On est là pour faire des prélèvements. Mettons-nous au travail en restant sur nos gardes. On ne peut pas savoir si ce qui se cache à l'intérieur de ces sarcophages est vraiment mort. »

Gus eut un sursaut.

« Tu veux dire... ? bredouilla-t-il.

— Je veux dire qu'il faut être prudent, c'est tout, lança David. Comment savoir si ces créatures ne vont pas soulever le couvercle des cercueils pour venir s'occuper de nous ? *Hein ?* Pour ma part, j'aurais tendance à penser que le sang qui barbouille les murs est celui des jardiniers. Les malheureux se sont laissé surprendre. Sans doute croyaient-ils les occupants des sarcophages vraiment morts. Vous voyez où je veux en venir ? »

Ils voyaient.

« Sigrid, tu vas rester là, en faction dans le temple, ordonna David. Au moindre signe d'activité en provenance des cercueils, tu donnes l'alerte. Pendant ce temps, Gus et moi, on effectuera les prélèvements. »

Sigrid s'installa au milieu des ruines tandis que ses compagnons allaient chercher dans la tente l'analyseur automatique grâce auquel ils testeraient les plantes du vaisseau fantôme.

Le retour du soleil ne rendait pas le temple plus réjouissant car les arbres, les lianes filtraient la lumière du jour pour n'en laisser subsister qu'une lueur verdâtre dont les rayons accentuaient l'horrible relief des sarcophages.

« Gus a raison, pensa la jeune fille. On dirait des pieuvres anthropophages avides de nourriture. »

L'aspect naïf des sculptures n'enlevait rien au caractère bestial de l'exécution. Quant aux cercueils eux-mêmes, ils semblaient taillés dans une pierre épaisse, comme si on les avait voulus assez solides pour résister à l'agitation de leurs... *occupants.*

« Allons ! s'admonesta Sigrid. Ne commence pas à te monter la tête. Reste vigilante mais ne te raconte pas d'histoires de fantômes. »

L'arme à la bretelle, elle entreprit de faire le tour des lieux. Au bout d'un moment, n'y tenant plus, elle tendit la main pour effleurer les éclaboussures brunâtres maculant les murs. Elle eut l'impression qu'un courant électrique lui traversait les doigts, pour remonter le long des nerfs jusqu'à son cerveau. La secousse lui arracha un gémissement... À la même seconde, des images étranges explosèrent dans son esprit. Des images venues d'ailleurs qui envahirent sa conscience, tel un film projeté sur un écran.

Elle voyait...

Elle voyait une terre, une terre unique, une île immense plantée au milieu de l'océan, encerclée par des vagues bleues chargées d'agents mutagènes[1].

Ceux qui vivaient là fuyaient le bord des falaises. Ils s'étaient retranchés au milieu des terres, le plus loin possible de la mer maudite. Ils avaient érigé des remparts entre eux et les flots, des murailles à la protection illusoire. Ils avaient voulu oublier jusqu'à l'existence de cet océan empoisonné toujours avide de métamorphoses. Ils avaient cru pouvoir vivre ainsi, impunément, affranchis de la menace, mais la terre les avait trahis. La planète s'était ébrouée, contractant ses plissements, ses croûtes, ses plaques tectoniques ; l'île

1. Substances provoquant des transformations organiques.

s'était fendue, émiettée. Elle avait commencé à sombrer dans les flots, pan par pan, bloc par bloc. Les monuments, les cités avaient basculé du haut des falaises pour disparaître dans les profondeurs. Certains Almohans avaient cru échapper à la mutation en prenant place à bord d'arches géantes, mais ces navires n'avaient pas résisté aux tempêtes. Les coques s'étaient fendues, ils avaient sombré, entraînant avec eux la foule de leurs passagers terrifiés.

Poissons... ils étaient devenus poissons, car ils avaient beau être nés sur Almoha, la malédiction de la métamorphose ne leur était pas épargnée pour autant. La mer les avait remodelés, les ramenant à l'élément originel, leur faisant parcourir à rebours les étapes de l'évolution. Ils étaient revenus au point de départ, eux qui avaient rêvé de s'élever dans les airs et de voler jusqu'aux confins des galaxies. Ils avaient retrouvé les abîmes, la plaine de vase, les forêts d'algues. Leur chair s'était couverte d'écailles, leurs bras étaient devenus nageoires...

Progressivement, les images pâlirent puis s'effacèrent. Sigrid émergea enfin de l'étrange crise hallucinatoire qui l'avait frappée. Encore grelottante de stupeur, elle examina sa main, ses doigts, persuadée qu'elle allait y découvrir des marques de brûlure. Il n'y avait rien.

« J'ai compris, pensa-t-elle en scrutant les éclaboussures brunâtres striant les murs. Ce n'est pas de la peinture, c'est une matière qui transmet des informations par simple contact. Il suffit de la toucher pour qu'elle injecte ses images en vous... Mes doigts se sont transformés en tête de lecture et les éclaboussures en enregistrement magnétique. Il a suffi que je les effleure pour lire leur contenu. Ces murs retracent l'histoire d'Almoha. Tout est là... Il suffirait de caresser les parois pour tout connaître du passé de la planète. »

C'était formidable ! Chaque tache brune racontait quelque chose. Chaque macule contenait à elle seule un film bourré de sensations tactiles et d'odeurs.

Sigrid hésitait toutefois à recommencer l'expérience car le « courant électrique » l'avait fortement secouée.

Sortant sur le parvis du temple, elle appela ses compagnons. Les deux garçons accoururent, méfiants. Elle leur raconta son expérience.

« Tu interprètes mal le phénomène, lança David d'une voix qui n'admettait pas la contradiction. Ce que tu as touché, c'est du venin. Un venin hallucinatoire. Si tu recommençais, cela finirait par te rendre folle.

— Ouais, approuva Gus. Sûrement un moyen de défense extraterrestre.

— Mais non ! protesta la jeune fille. Vous vous trompez, je...

— Je t'interdis d'y toucher de nouveau ! coupa David. C'est trop risqué. Je pense que c'est une drogue, elle va transformer ta personnalité. À la fin, tu te prendras pour une Almohane et tu te mettras dans la tête de nous supprimer pour protéger le temple.

— D'accord, capitula Sigrid. C'est toi qui commandes. »

Mais elle était déçue par l'attitude de David Halloran. Depuis qu'il jouait les officiers, il était proprement insupportable.

« Fais gaffe, Sigrid de mon cœur, souffla Gus avant de s'éloigner. Ça m'ennuierait de devoir te tirer une balle dans la tête parce que tu te crois la sœur jumelle d'une pieuvre cannibale.

— Fiche le camp ! maugréa la jeune fille. Vous me gonflez, tous les deux ! »

Restée seule au milieu des sarcophages, elle décida de désobéir et, s'approchant du mur, effleura de nouveau les taches brunes. Le tour de magie se reproduisit, mais de manière atténuée, et cette fois les images s'effacèrent avant que la jeune fille ait le temps de les déchiffrer.

« Le message semble épuisé, songea-t-elle. Peut-être est-il trop ancien ? La peinture a probablement atteint sa date de péremption. »

Elle eut beau toucher les autres éclaboussures, elle ne parvint pas à les « lire ». Lorsqu'elle les effleurait, elle n'éprouvait qu'un vague picotement au bout des doigts, et les scènes projetées dans son cerveau s'effilochaient aussitôt.

« C'est le vent du large, décida-t-elle, et la pluie, ils ont peu à peu décapé la peinture. »

Revenant à la première tache qu'elle avait activée par mégarde, elle essaya de s'y connecter de nouveau ; hélas ! la macule paraissait déchargée, comme si elle avait libéré toute son énergie en un seul contact.

« Ça ne fonctionne sans doute qu'une fois », supposa Sigrid.

Elle essaya de se rappeler les images de la première séquence. Montraient-elles des pieuvres cannibales ? Non, à aucun moment ! Elle se souvenait d'hommes et de femmes humanoïdes, à peau bleue... Mais la « projection » avait été brève et trop surprenante pour que sa mémoire enregistre des données utilisables.

« Attention ! lui murmura la voix de la prudence. C'est peut-être un piège. Qui te dit que ces enregistrements reflètent la réalité ? Et s'ils n'avaient d'autre but que de te rassurer pour affaiblir ta vigilance ? *Si c'étaient des mensonges ?* Des mensonges destinés à réconforter les pauvres imbéciles qui se hasardent entre ces murs... »

L'analyseur fonctionnait avec une lenteur exaspérante. À chaque nouvelle graine, chaque nouvelle feuille déposée dans le tiroir de dissociation moléculaire, il se mettait à ronronner comme un chat en train de s'assoupir. Sigrid s'était vite désintéressée de ces manipulations interminables dans lesquelles les garçons s'absorbaient avec un sérieux un peu comique.

Elle s'écarta du temple pour s'approcher du bastingage. Les images sorties du mur continuaient à la hanter ; elle ne put s'empêcher de se pencher par-dessus bord pour scruter la surface des flots. Où se trouvaient les anciens Almohans ?

Vivaient-ils encore ? Nageaient-ils autour des vaisseaux-jardins ?

Elle aurait bien aimé le savoir.

Elle se demandait également si, après cette promenade en forêt, elle allait être capable de se réacclimater à l'univers du *Bluedeep.* Elle n'en aurait pas mis sa main à couper.

« C'est comme si on m'ordonnait de me recroqueviller au fond d'un coffre-fort au terme d'un mois de vacances en pleine nature », se dit-elle.

Elle avait beau se creuser la tête, elle n'arrivait pas à extraire de sa mémoire le souvenir d'une seule journée de liberté. C'était comme si elle était née en prison.

Il y avait eu l'orphelinat, puis le sous-marin...

Des murs d'enceinte, et ensuite une coque étanche.

Des geôles, toujours des geôles...

Elle se souvenait de son séjour à l'orphelinat comme d'une période d'interminable ennui. On l'avait placée là très tôt, à 3 ans, par conséquent elle ne conservait de ses parents qu'une image floue.

Lorsqu'elle se concentrait, elle parvenait à faire

éclore dans sa mémoire une scène, toujours la même, où deux silhouettes en treillis, bottes de saut aux pieds, venaient la chercher à la crèche. L'homme et la femme la secouaient comme un ballot de linge sale avant de la projeter dans les airs en criant : « Et hop ! Et hop ! ». Puis la femme l'attirait sur ses genoux et la câlinait en l'appelant : « *Sissi... ma Sissi... ma petite fille...* »

C'était tout.

Plus tard, elle avait appris que son père et sa mère, tous deux soldats d'élite engagés dans les forces combattantes, avaient trouvé la mort au cours d'un affrontement, quelque part sur une planète rebelle au nom imprononçable. Avec une certaine gêne, elle se sentait forcée d'avouer que ce double décès ne lui avait causé aucun chagrin, tout juste de la surprise et une espèce de désorientation. Mais comment aurait-il pu en être autrement ? Elle avait très peu côtoyé cet homme, cette femme. Sa petite enfance s'était déroulée dans la nursery militaire de la base, où l'on avait coutume de regrouper les mioches des soldats montant en première ligne. Depuis que les femmes avaient commencé à s'enrôler dans les forces d'assaut, la plupart des unions réunissaient des militaires des deux sexes. Les gosses qui naissaient de ces mariages se trouvaient donc condamnés à vivre loin de leur vraie famille. Le parcours éducatif impliquait plusieurs années de nursery, puis l'entrée dans un pensionnat militaire. Les fonctionnaires qui s'occupaient des enfants en bas âge étaient presque toutes des matrones rébarbatives, des adjudants femelles maniant la cravache avec une grande facilité, et le soir, dans les dortoirs, les fillettes jouaient souvent à celle qui totaliserait le plus grand nombre de meurtrissures sur les mollets.

Voilà pourquoi Sigrid avait aussitôt levé le doigt quand le sergent recruteur s'était présenté à la pension pour sélectionner l'équipage enfantin du *Bluedeep.* Rien ne l'attachait à l'orphelinat. Elle n'y avait aucune amie. Les autres filles ne s'intéressaient qu'aux armes modernes : aux déflagrants, aux *lasercuts* capables de découper l'acier comme une lame de rasoir entaille une feuille de papier. Elles connaissaient tout des derniers perfectionnements militaires. Elles se rassemblaient pour feuilleter avec gourmandise les fiches techniques de l'arsenal. Elles aimaient les projectiles qui transpercent les murs pour aller frapper leur cible à travers trente centimètres de béton, les balles qui explosent à l'intérieur du corps, réduisant les organes en charpie.

« Le plus important, murmuraient-elles, c'est l'indice de choc traumatique. »

Plus le temps passait, plus elles ressemblaient à des garçons.

Sigrid n'avait jamais partagé leur passion. Les mains dans les poches de sa veste d'uniforme, elle faisait le tour du terrain de manœuvres, piétinant dans les feuilles mortes.

Quand le sergent était venu parler du submersible et de sa mission secrète, Sigrid Olafssen avait levé la main pour réclamer une feuille d'inscription et les filles l'avaient dévisagée avec stupeur. Ces regards l'avaient remboursée des affronts subis au cours de ses années d'« incarcération ».

« Tu as triomphé des tests, lui déclarèrent les psychologues. Tu es apte à supporter l'enfermement, la solitude. Capable aussi d'affronter avec succès l'ennui qu'implique une longue claustration. Le fait que tu aimes lire a beaucoup joué en ta faveur. Très peu d'enfants lisent encore, aujourd'hui. Pour survivre à l'intérieur d'un sous-marin sans devenir fou au bout de six mois, le calme et la patience constituent des vertus dont on ne peut se passer. Tu possèdes ces vertus, nous allons transmettre ton dossier avec un avis favorable. »

Sigrid avait donc signé sa demande d'engagement. Elle venait juste d'avoir 10 ans. C'était le bon âge, avait observé le sous-officier recruteur ; ainsi elle aurait tout le temps d'assimiler les secrets de la manœuvre et de se hisser d'une manière lente, mais sûre, aux postes de commandement.

« C'est une mission de longue haleine, avait marmonné le bonhomme. Tu auras peut-être 20 ans lorsqu'elle touchera à son but. À ce moment-là, tu auras de sacrés galons sur les manches ! »

Mais aujourd'hui, Sigrid avait 20 ans et toujours aucun galon, si ce n'était le titre peu enviable de « patrouilleuse de 3e classe ».

Elle se rappelait encore l'émotion qui l'avait saisie lorsque, au terme de la traversée cosmique, le vaisseau spatial s'était immobilisé au-dessus d'Almoha pour larguer directement le *Bluedeep* dans l'océan. Tous les marins avaient dû se sangler sur leur couchette afin de ne pas se retrouver projetés contre les cloisons. Une fois le compte à rebours égrené derrière la grille des haut-parleurs, la cale de la fusée s'était ouverte et le submersible avait plongé dans le vide, telle une énorme bombe. À cet instant, Sigrid avait cru vomir. Enfin, les parachutes s'étaient ouverts, ralentissant la course du vaisseau. Le sous-marin avait cessé de tomber comme une enclume jetée du haut des nuages pour se mettre à flotter mollement. Malgré ce ralentissement, l'impact de la pénétration dans l'eau avait été terrible, et Sigrid s'était cramponnée à son oreiller de caoutchouc-mousse, persuadée qu'ils allaient sombrer. Puis la voix du commandant avait résonné au long des coursives, annonçant que tout se passait bien et que chacun devait rejoindre son poste.

« J'ai 10 ans, avait pensé Sigrid pleine d'une jubilation qui l'étouffait un peu. J'ai 10 ans et je viens de me poser sur une planète inconnue, pour une mission secrète ! »

C'était un destin comme on n'en trouvait que dans les livres d'aventures.

Le lendemain de la première plongée, elle avait rencontré David Halloran ; il avait 11 ans, il était orphelin comme elle. Toutes les filles le trouvaient « trop beau ».

Son voisin de pupitre, à l'école des mousses, s'appelait Gus McQueen, un gamin potelé, aux cheveux carotte, à la figure constellée de taches de son. Gus...

Aujourd'hui, dix ans plus tard, Gus était devenu maigre et hargneux, lui jadis si drôle.

Quant à David...

Sigrid s'ébroua, reprenant soudain pied dans la réalité. Au-dessus de sa tête, le vent du large ébouriffa les grands arbres, et, l'espace d'un instant, le bruit des feuilles froissées domina celui de l'océan.

La jeune fille ferma les yeux et respira à fond. L'odeur de terre mouillée, de mousse, d'herbe humide lui emplit la poitrine, lui donnant le vertige.

Dans quatre jours, elle allait devoir renoncer à toutes ces merveilles. Elle réalisa tout à coup qu'elle se mordait les lèvres pour s'empêcher de pleurer.

9

Les gnomes

Alors qu'elle revenait vers le temple, Sigrid aperçut les urnes.

On les avait disposées au pied d'une statue aujourd'hui brisée. En les voyant, la jeune fille pensa aux traditionnels vases canopes de l'Égypte antique, ces récipients dans lesquels on enfermait les viscères des défunts. Les cruches de marbre qu'elle contemplait contenaient-elles les organes prélevés sur les créatures reposant au sein des sarcophages ?

« Des glandes à venin... ou d'autres trucs aussi répugnants », se dit-elle.

La curiosité la poussa à les examiner. Elles ne comportaient aucune inscription. La mousse les recouvrait. Sigrid s'agenouilla. Elle avait envie de savoir. À l'aide de son poignard de plongée, elle souleva le couvercle de la plus grosse des poteries. Elle s'attendait au pire, mais l'urne roula sur le flanc sans qu'aucun diable n'en surgisse. Elle contenait des graines. Une sorte de blé extraterrestre.

« Une offrande, songea Sigrid, déçue. Une offrande faite au dieu dont la statue se dressait sur ce piédestal. David sera content de l'analyser. »

Plongeant la main dans l'urne, elle remplit sa paume de semences. À ce moment, le bateau encaissa une lame par le travers avant tribord[1], et Sigrid, déséquilibrée, roula sur le sol. Les graines s'échappèrent de sa main. À peine avaient-elles effleuré la terre qu'elles commencèrent à germer, se développant à une vitesse incroyable.

« Hé ! balbutia la jeune fille. C'est quoi, ce truc ? »

Sous ses yeux ébahis, les semences avaient déjà développé des racines, une tige... quelque chose était en train de pousser... Une plante bizarre qui ressemblait à... *un homme !*

Sigrid bondit en arrière. Chaque graine tombée de sa paume avait donné naissance à une silhouette humaine. Un petit bonhomme végétal, gorgé de sève, qui s'agitait curieusement. Le premier tapait sur une enclume, le second maniait la faux... La dernière sil-

---

1. Terme de marine signifiant que le navire est frappé de côté par une grosse vague.

houette était féminine. Elle dansait avec des mouvements gracieux. Sigrid demeura figée, ne sachant quelle attitude adopter. À présent, la danseuse était enceinte, son ventre s'arrondissait. Maintenant elle portait un bébé dans ses bras... Et, déjà, elle était vieille, s'appuyant sur une canne.

Les plantes changeaient vite d'apparence. Une fois le cycle de leurs métamorphoses accompli, elles le reprenaient depuis le début.

« Bon sang ! hurla Gus qui venait relever Sigrid. *Des gnomes !* David ! Vite ! Sigrid est attaquée par des gnomes ! »

Avant que la jeune fille ait eu le temps d'intervenir, il avait épaulé son fusil et ouvert le feu. Les balles réduisirent les plantes en mille débris gluants.

« Tu as eu de la chance ! lança-t-il. Je suis arrivé à temps. Je t'ai sauvé la vie.

— Mais non ! cria Sigrid. Tu te trompes, je ne risquais rien.

— Il y avait des lutins ! Des farfadets ! s'entêta Gus. Je les ai vus ! Ils t'encerclaient. »

Halloran accourut, l'arme à la main. Il se pencha pour examiner les débris.

« C'était inoffensif, insista la jeune fille. Je crois que c'est un album-souvenir.

— Quoi ? aboya le garçon. Qu'est-ce que tu racontes ?

— Mais oui, plaida Sigrid. Sur la Terre, on entasse

des photographies dans un album et on le feuillette pour penser aux choses du passé, aux gens qu'on a connus. Ici, sur Almoha, ils utilisaient des graines en guise de photographies. On les met en terre et elles poussent instantanément. Elles prennent la forme d'un personnage. Elles bougent comme si ce petit bonhomme était vivant. C'est comme une plante verte, mais une plante verte qui serait en même temps une sculpture, la reproduction de quelqu'un qu'on aimait bien. Tu comprends ?

— Non, pas du tout ! lâcha David. Je crois plutôt qu'il s'agit de soldats végétaux. On les transporte dans sa poche sous forme de graines ; quand on en a besoin, on les sème et une armée se met à pousser. Une armée qui vous obéit au doigt et à l'œil. Il faut détruire le contenu de ces urnes.

— Tu es fou ! protesta Sigrid. Ce n'est pas dangereux. Ce sont juste des souvenirs. »

Comme son interlocuteur s'emparait de la première urne, elle voulut la lui prendre des mains. Le récipient se renversa au moment même où une rafale de vent fouettait le navire. Les semences s'éparpillèrent dans la bourrasque, se dispersant à travers le jardin.

« Imbécile ! rugit le jeune homme. Maintenant, nous sommes pris au piège. Les gnomes vont nous encercler ! »

Il semblait furieux.

« Tu dis n'importe quoi, s'entêta Sigrid. Nous ne risquons rien.

— Bon sang ! hoqueta Gus. Ils poussent déjà ! Je les vois bouger dans les buissons !

— Vite ! ordonna David, replions-nous à l'intérieur du temple pour nous barricader. »

Sigrid haussa les épaules. Les deux garçons brandissaient leurs fusils, bien décidés à en découdre. Elle les suivit dans l'enceinte du temple, persuadée que cette agitation n'avait aucun sens.

« Baisse-toi ! lui ordonna David. Tu es trop exposée. On ne sait pas de quelles armes ils disposent. »

Elle soupira. Dans les buissons, les petites silhouettes s'agitaient, grandissaient à vue d'œil. Sigrid n'avait aucune idée du nombre de graines éparpillées par le vent, mais elle estima qu'il y en avait probablement une centaine. Une centaine de semences pas plus grosses qu'un grain de blé et qui, déjà, donnaient naissance à une véritable foule.

Le pont du navire se peuplait d'étranges formes vertes à la gesticulation mécanique. Des silhouettes qui bougeaient entre les arbres.

Dans la pénombre de la forêt, il devenait facile de leur trouver une allure inquiétante, mais la jeune fille persistait à croire que les créatures végétales n'étaient pas réellement vivantes.

« Un album-photos, s'obstinait-elle à penser. Un album-souvenir en trois dimensions. »

Sans doute, au moment de la grande catastrophe, les Almohans avaient-ils voulu déposer sur les arches-jardins un témoignage de leur civilisation. Mettant à profit leur science de la sculpture végétale, ils avaient bourré les urnes de graines représentant les corps de métiers, les arts, les techniques d'Almoha.

« C'est de cette manière qu'ils espéraient communiquer avec ceux qui découvriraient les vaisseaux-jardins, songea-t-elle. N'importe quelle civilisation sait qu'une graine doit être plantée pour pousser. Leur message avait donc toutes les chances d'être transmis. Ce que nous voyons en ce moment, c'est l'adieu d'une race disparue. »

Dans les buissons, les silhouettes verdâtres grandissaient. Certaines dansaient, d'autres reproduisaient des gestes que Sigrid ne savait interpréter.

« Il faut économiser les munitions ! murmura David d'une voix tendue. Ne tirez que lorsqu'elles s'approcheront du temple.

— Elles ne bougeront pas, soupira la jeune fille. Elles sont enracinées là où elles sont tombées. Je te le répète : ce sont des sculptures végétales, rien de plus.

— Tais-toi ! gronda le garçon. Tu as assez fait d'idioties pour aujourd'hui ! »

Ils attendirent une heure l'assaut des gnomes végétaux, en vain. Les curieuses créatures de sève et de cellulose remuaient dans le sous-bois sans leur prêter la moindre attention.

« Elles attendent sûrement la nuit, décida David. Quand elles auront terminé leur croissance, elles nous attaqueront.

— Il faut les tailler en pièces, alors ! lança Gus.

— Elles sont trop nombreuses, on y laisserait nos munitions, objecta David. Et il nous reste encore deux arches à visiter. Non, le mieux, c'est d'évacuer les lieux avant que le jour baisse. Sitôt dans le canot, on posera des charges explosives pour envoyer cette barcasse d'enfer au fond de l'océan ! »

Les trois jeunes gens quittèrent le temple. Gus et David progressaient le fusil brandi, le doigt sur la détente. Sigrid fermait la marche, persuadée que ces précautions relevaient du ridicule.

Elle fut étonnée par la finesse des sculptures végétales. Celles-ci étaient maintenant presque aussi grandes qu'elle. Les visages verts, très beaux, paraissaient empreints de nostalgie. Quand la lumière les éclairait, par transparence on voyait la sève pulser dans les canaux qui les irriguaient, tel un sang mystérieux monté des tréfonds de la terre.

« Une armée de légumes, répéta David tout le temps qu'on mit à lever le camp. Elle attend de se faire des muscles. Si on restait plus longtemps, on y passerait tous. Il n'y a rien de bon pour nous ici. Ça, c'est sûr... »

Ils repartirent par où ils étaient venus. Quand ils furent dans le canot pneumatique, les garçons placèrent des charges à la hauteur de la ligne de flottaison, puis tout le monde pagaya avec énergie pour s'éloigner du lieu de l'explosion.

Sigrid avait le cœur serré. Lorsqu'elle entendit exploser les mines, elle ne se retourna pas. Elle ne voulait pas voir le jardin s'enfoncer dans les flots.

10

Oiseaux fantômes, fantômes volants...

« Tu t'es conduite comme une gamine ! lança David en fusillant Sigrid du regard. Tu ne te rends pas compte du danger que tu nous as fait courir ! »

Il était furieux, et la jeune fille ne perdit pas de temps à lui démontrer qu'il se trompait.

Le canot pneumatique frôla la coque de la deuxième arche. Trois arbres géants qui ressemblaient à des cyprès lui tenaient lieu de mâts. Les jeunes gens se hissèrent jusqu'au bastingage en empruntant l'ancienne échelle de coupée.

« *Il y a quelqu'un !* souffla Gus en prenant pied sur le pont. J'ai vu une ombre se cacher derrière le troisième arbre. »

David se mit aussitôt en position de combat et prit le cyprès désigné dans sa ligne de mire.

« Qui que vous soyez, hurla-t-il, sortez les mains en l'air ou nous ouvrons le feu.

— Du calme, mon pote ! répondit une voix masculine un peu moqueuse, on appartient à la même maison... Je suis le capitaine Gregory Malcom Tanner, de la 25e flotte aérospatiale. Matricule 066810. »

Une créature invraisemblable apparut. Ses cheveux, sa barbe étaient ceux d'un homme des cavernes. Il était nu si l'on faisait exception d'une sorte de pagne fabriqué à partir d'une combinaison de vol de l'armée de l'air. Sa peau, brûlée par le soleil d'Almoha, laissait voir de grandes cicatrices.

« Je pilotais le vaisseau-cargo qui a largué le *Bluedeep* dans l'océan, annonça-t-il. Nous avons percuté une météorite alors que nous quittions l'atmosphère. J'ai pu m'éjecter dans la navette de survie, avec quelques membres de l'équipage. C'est un miracle que nous soyons tombés dans la mer à proximité des jardins flottants.

— Mais alors, murmura Sigrid, cela signifie que vous êtes là depuis dix ans ?

— Mais oui ! Tu as raison, ma jolie ! s'esclaffa le capitaine. Dix ans, déjà ! Je ne les ai pas vus passer. »

Il éclata d'un rire bizarre, comme si la chose était d'une incroyable drôlerie.

« Il a l'air un peu fou, songea Sigrid. Toutes ces années de solitude ont dû lui déranger l'esprit. »

David avait baissé son arme et salué réglementairement.

« Laisse tomber les politesses, mec ! lança Tanner. Ici, on ne pratique pas ces singeries. On est *cool*... Je vais vous faire visiter mon petit jardin. Je vous montrerai les fruits et les légumes qu'on peut manger. Par contre, il est interdit de monter aux arbres... c'est bien compris ? *Je ne veux pas que vous grimpiez aux arbres,* ça me mettrait de très mauvaise humeur.

— Vous pourrez repartir avec nous, proposa David, le *Bluedeep* va refaire surface dans quatre jours, vous n'aurez qu'à nous accompagner.

— Hé ! tu délires, mon gars ! vociféra Tanner. Je suis heureux ici, pas question que j'aille m'enfermer dans une boîte en fer où tout le monde pue des pieds ! Je reste au grand air... Et si vous n'étiez pas complètement idiots, vous feriez comme moi. Laissez tomber votre sous-marin rouillé, restez ici, je vous invite. Et si vous êtes bien sages, je vous révélerai les secrets de l'arche. De toute manière, il serait temps de vous rendre compte qu'on vous a possédés sur toute la ligne. Personne ne viendra jamais le repêcher, votre *Bluedeep* ! Il y a belle lurette qu'on vous a oubliés !

— Il est raide dingo ! chuchota Gus à l'oreille de Sigrid. Qu'est-ce qu'on va faire de lui ? »

La gêne de David devenait comique. Respectueux

de l'autorité, le jeune homme ne savait quelle attitude adopter vis-à-vis du dément.

Pendant la demi-heure qui suivit, le capitaine Tanner leur fit visiter le vaisseau. Il se comportait comme un guide au milieu d'un groupe de touristes. Sigrid découvrit qu'un temple analogue à celui découvert sur la première arche se dressait dans les broussailles. Des pieuvres de pierre montaient la garde de part et d'autre de l'escalier menant à la salle des sarcophages.

« Chaque vaisseau a été équipé de la même manière », se dit-elle.

« Tu vas surveiller le capitaine, murmura David après avoir entraîné la jeune fille à l'écart. Fais semblant de t'intéresser aux absurdités qu'il débite ; pendant ce temps, Gus et moi allons poursuivre les analyses. Débrouille-toi pour que ce maboul nous fiche la paix, je ne veux pas l'avoir dans les jambes. »

Sigrid hocha la tête.

Elle aimait bien Tanner et, contrairement à David, elle ne le croyait pas si fou qu'il en avait l'air. Tandis que les garçons s'éloignaient sous un vague prétexte, elle resta seule avec le naufragé. Les cheveux et la barbe de l'officier n'avaient plus de couleur, sa peau ressemblait à du cuir de rhinocéros. Il regarda Sigrid par en dessous et laissa échapper un ricanement.

« Tes copains me croient cinglé, hein ? lâcha-t-il. Ils se trompent. Ils n'ont rien compris à cette planète... On leur a bourré le crâne avec des fadaises. J'étais comme eux, avant. Et puis j'ai eu l'illumination. En dix années, on a le temps de réfléchir. De découvrir des choses... *des secrets.* »

Il s'interrompit, et son regard se fit plus scrutateur. Sigrid en éprouva un certain malaise.

« Toi, tu n'es pas comme eux, ajouta Tanner. Toi, tu comprends ce que je raconte. Tu as été choisie... Oui, je le vois bien. *Les Almohans ont décidé que ce serait toi...* Ils vont te contacter, bientôt.

— Mais, capitaine, chuchota la jeune fille, il n'y a plus d'Almohans. Ils se sont tous changés en poissons lors de la catastrophe.

— Oui, oui... c'est ce qu'on t'a fait croire, s'esclaffa Tanner. Je connais la chanson... Tu verras bien. N'écoute pas les mensonges des officiers. Les apparences sont trompeuses. »

Il discourait en accompagnant ses déclarations de gestes désordonnés. Il prit la direction du temple et gravit l'escalier de marbre délabré. Une fois dans la bâtisse, Sigrid vit que les éclaboussures brunâtres maculant les murs étaient ici presque effacées.

« C'est Tanner, comprit-elle. Il n'a pas cessé de s'y frotter. Les décharges mémorielles lui ont calciné la cervelle. »

« Le contenu des murailles est passé en moi ! affirma le capitaine en se tapotant la tempe du bout de l'index. J'ai tout lu. Je sais tout... Toi aussi, tu as lu les murs, n'est-ce pas ?

— Un peu, avoua Sigrid, mais c'était trop fort, ça m'a presque électrocutée.

— Oui, oui, fit Tanner. Au début, c'est difficile, puis on s'habitue. »

« Ou plutôt on devient dingue, oui ! » songea la jeune fille.

« Tout était là, reprit le capitaine. Je n'ai eu qu'à frotter mes paumes sur la muraille, et c'est passé en moi, comme un film. Pas besoin de mots. Juste des images. Ça suffit pour comprendre. (Il eut une moue de tristesse et ajouta :) Maintenant, c'est fini. J'ai usé la matière. Les enregistrements sont déchargés. C'était une civilisation extraordinaire. »

Sigrid décida de poser la question qui lui brûlait les lèvres :

« Est-ce que... est-ce que c'étaient des monstres ?

— Pas du tout ! protesta Tanner scandalisé. Ils nous ressemblaient beaucoup, sauf qu'ils avaient la peau bleue.

— Mais... les sarcophages, objecta la jeune fille. Ils sont horribles. On voit bien qu'ils ont été conçus pour abriter des corps monstrueux.

— C'était une ruse, ricana le naufragé. Un stratagème pour éloigner les pilleurs de sépultures. Les Almohans pensaient qu'en donnant une apparence hideuse à leurs cercueils, ils décourageraient les profanateurs de tombeaux. Si tu soulevais les couvercles, tu verrais des dépouilles parfaitement humanoïdes.

— Ah ! bon, soupira Sigrid, vous me rassurez. »

Mais, au fond d'elle-même, elle n'était pas certaine de pouvoir faire confiance à un fou. Tanner, intoxiqué par le venin brunâtre des fresques mémorielles, ne réécrivait-il pas l'histoire d'Almoha à sa convenance ?

« Autour de nous, chuchota Tanner avec une expression de comploteur, le monde est plein de choses merveilleuses. Mais il faut savoir en user avec modération, sinon on devient victime de la magie... *Par exemple, il ne faut pas trop souvent monter aux arbres.* Ça non ! Pas trop souvent ! »

En prononçant ces derniers mots, sa bouche se convulsa en une grimace douloureuse, comme s'il luttait contre un démon intérieur.

« Pas monter aux arbres, bredouilla-t-il dans sa barbe. Pas trop souvent, sinon c'est mauvais, tu entends ? Il faut résister à l'envie.

— Oui, se dépêcha d'affirmer Sigrid. Mais que sont devenus les autres naufragés ? Vous n'étiez pas seul dans la capsule de survie... »

Tanner regarda par-dessus son épaule pour s'assurer que ni David ni Gus ne pouvaient l'écouter. Son visage avait pris une expression sournoise, assez déplaisante.

« À toi je peux le dire, souffla-t-il. Tu ne le répéteras pas... Nous étions cinq à l'origine. Cinq à prendre possession de cette arche, et puis...

— Et puis ?

— Ils n'ont pas été raisonnables, c'est tout. Ils ont commencé à grimper aux arbres, tout le temps... et puis voilà ! Ils ne voulaient pas comprendre que c'était dangereux. »

Tanner s'agitait, des crispations parcouraient ses traits.

« Vous voulez dire qu'ils sont tombés, c'est ça ? s'enquit la jeune fille. Après être grimpés dans les arbres, ils sont tombés dans la mer ?

— Hi ! hi ! s'esclaffa Tanner. Oui, oui, c'est ça ! Ils sont tombés. Ils aimaient bien ça : tomber. Ils tombaient tout le temps. Et un jour ils ne sont pas revenus. Moi, quand je tombe, je reviens toujours... Mais pour ça, il faut avoir de la discipline, se contrôler. Oui, SE CONTRÔLER ! »

Il avait hurlé les derniers mots. Sigrid sursauta. Le capitaine lui faisait peur.

Comme il tremblait, il se recroquevilla sur le pont, le dos contre un arbre. Il avait noué ses bras autour de ses genoux.

« Pas bouger, bredouilla-t-il. Rester en bas, les pieds sur la terre. »

Il transpirait d'abondance. Soudain, Sigrid remarqua quelque chose d'insolite sur le cou du pilote... une plume. Une petite plume bleue, collée sur sa peau moite. D'où provenait-elle ? La jeune fille serra les mâchoires. À vrai dire, la plume semblait *piquée* dans l'épiderme de l'homme.

« Comme si elle y poussait..., songea-t-elle en refoulant la panique qui montait en elle. On dirait... on dirait un oiseau qui s'est changé en homme, mais qui aurait gardé quelque chose de son ancienne apparence... Cette plume, par exemple. »

Mais non ! ça n'avait pas de sens. C'était juste une plume *collée* par la transpiration, rien d'autre. Allons donc ! Personne ne se métamorphosait en oiseau !

« Et pourquoi pas ? lui souffla une voix intérieure. Il y en a bien qui deviennent des poissons. »

« Vous... vous ne vous ennuyez jamais ? demanda-t-elle d'une voix qui dérapait un peu.

— Non, répondit Tanner en fouillant dans la poche des guenilles dont il était revêtu. Tu vois ces graines ? Tu les connais, bien sûr ! Tu sais l'usage qu'on peut en faire. »

Sigrid hocha la tête. Il s'agissait des semences vertes qui, une fois mises en terre, donnaient naissance à d'étranges personnages végétaux.

« Quand la solitude me pèse, dit le dément, je fais pousser quelques compagnons. De belles femmes qui dansent pour moi. Je les regarde. S'il pleut, elles ne fanent pas tout de suite. Ce sont des images du passé, tu sais ? Des photographies végétales. Les Almohans détestaient les machines, la technique. Chez eux, tout était à base de plantes. Ils faisaient pousser les statues, ils s'éclairaient avec des vers luisants. Même leurs vêtements, ils les cueillaient sur des arbres, comme des fruits. Ils cultivaient des pommes musicales ; quand ils les mangeaient, la musique s'épanouissait dans leur estomac et leur remontait dans les oreilles, amplifiée par les poumons. La musique était en eux. »

Délirait-il ? Sigrid s'abstint de le contrarier. D'ailleurs, le fou se redressa soudain en décrétant qu'il allait faire la sieste et disparut dans les buissons en direction de la poupe. La jeune fille laissa échapper un soupir de soulagement. Renonçant à le suivre, elle décida d'explorer le temple. Derrière les sinistres sarcophages, elle découvrit les lambeaux de plusieurs combinaisons de vol. Elle déchiffra quatre noms encore à peu près lisibles : *lieutenant Akira Suzuki, caporal Oswald Caine, major Peggy Meetchum, aspirant Dorana Kane*. Qu'étaient donc devenus les propriétaires de ces vêtements ?

Elle remit les guenilles en place et s'en alla rejoindre les garçons. Il faisait chaud, une torpeur sournoise s'emparait d'elle. Elle trouva Gus et David assis à l'ombre d'un arbre, à la proue. Ils transpiraient et paraissaient épuisés, eux aussi. La machine à prélèvements bourdonnait à l'écart, poursuivant son travail d'analyse. On eût dit un animal occupé à ruminer un repas particulièrement indigeste.

« Alors ? s'enquit David. Que raconte le capitaine ?

— Des choses étranges, murmura évasivement Sigrid en s'asseyant sur l'herbe. Difficile de faire le tri entre la réalité et ce qu'il invente.

— Bon sang ! grogna David. Le lieutenant Kabler va râler si on le ramène à bord du *Bluedeep.* Tanner est dingue, c'est donc une bouche inutile. On ferait peut-être mieux de le laisser là... ou de le flanquer à l'eau pour abréger ses souffrances.

— Taisez-vous ! grommela Gus. Cette chaleur me tue. Faut que je dorme. Vous devriez en faire autant. On travaillera quand il fera plus frais.

— Il a raison, capitula David. Reposons-nous. Sigrid, tu prends le premier tour de garde. De toute manière, mieux vaut dormir le jour et rester éveillés pendant la nuit. C'est lorsqu'il fait noir que les pieuvres sortent des sarcophages.

— C'est idiot ! riposta la jeune fille. S'il y avait des pieuvres, elles auraient dévoré Tanner depuis longtemps.

— *Pas s'il est leur complice,* objecta David Halloran. Il a peut-être survécu en leur faisant des offrandes. Ses compagnons, d'abord... Ensuite des poissons. Aujourd'hui, il nous a, *nous...* Trois jeunes gens en bonne santé, ça fait un sacré beau sacrifice, non ? »

Troublée, Sigrid mit son arme à la bretelle et s'éloigna. Quand elle fut sortie du champ de vision des garçons, elle ôta ses bottes de plongée pour goûter la satisfaction de sentir l'herbe sous ses pieds nus. Puis elle retira le haut de sa combinaison de caoutchouc pour se donner de l'air et continua sa ronde en T-shirt. Elle dut faire un effort pour ne pas céder à la griserie qu'elle avait déjà éprouvée sur la première arche au contact de la nature. Elle essaya de s'imaginer vivant là, en compagnie de Tanner. Le jardin flottant lui offrait la chance de ne pas retourner dans le sous-marin. Elle pouvait choisir de déserter. Refuser de se plier aux lois absurdes du *Bluedeep*. Ne fallait-il pas sauter sur l'occasion ?

Mais Tanner lui faisait peur. Il avait des secrets, elle le devinait. Que lui avaient appris les peintures murales ? Quelle révélation formidable l'avait rendu fou ?

Se faufilant dans les fourrés, elle le chercha en vain. Où était passé l'ancien pilote ? Le capitaine ne dormait tout de même pas au milieu des buissons d'épines ! Le navire recelait-il des cachettes ?

Sigrid avait chaud. Elle enviait les garçons qui dormaient déjà à poings fermés. La nuit blanche passée dans les ruines du temple se faisait à présent durement sentir.

Tanner restait introuvable. La jeune fille leva la tête vers la cime des arbres.

« Et s'il y était grimpé ? songea-t-elle. Pourquoi parle-t-il tout le temps d'escalade interdite ? »

Elle scruta les branches, essayant de vérifier si l'officier n'y avait pas installé une cabane en hauteur. Le feuillage, trop dense, en excluait tout examen.

« Je dois monter, décida Sigrid. À tous les coups je vais le débusquer là-haut, sur son perchoir. Il a dû se fabriquer une maison suspendue. »

La curiosité la torturait. Abandonnant son fusil au pied de l'arbre, elle s'accrocha à une branche basse et commença à s'élever vers la cime. Hélas ! passé la griserie des premières minutes, la tête lui tourna.

« Surtout ne pas regarder en bas, se dit-elle. Tu as le vertige, ma fille ! La vie sous-marine ne donne pas l'habitude des hauteurs. »

Elle continua, la sueur aux tempes. Elle avait beau scruter les branches au-dessus d'elle, Tanner demeurait introuvable. Comment avait-il fait pour disparaître ? Disposait-il d'un tunnel creusé dans la terre ? Rampait-il entre les racines des arbres ?

« Je le cherche en l'air alors qu'il est peut-être en bas ! » siffla-t-elle entre ses dents.

Et puis, brusquement, elle rata sa prise et perdit l'équilibre...

Elle avait presque atteint la cime de l'arbre quand elle se sentit basculer dans le vide. Elle griffa l'écorce sans pouvoir se retenir.

Elle tombait...

Si elle heurtait le pont, elle se briserait la tête et les reins... Si elle plongeait dans l'eau, elle se changerait en poisson. Dans un cas comme dans l'autre, elle était perdue.

Les yeux écarquillés par la terreur, elle voyait se rapprocher la surface des vagues. Non, elle ne se fracasserait pas sur le bastingage, elle allait s'enfoncer droit dans les flots empoisonnés. Elle ne portait pas de casque, elle avait les bras nus, son sort était réglé.

La pression de l'air lui malaxait la chair des joues. Alors, quelque chose d'étrange se produisit. Soudain, Sigrid cessa de tomber. Au moment précis où elle allait toucher l'eau, elle reprit inexplicablement le contrôle de sa chute, effectua un looping et remonta vers le soleil.

Comme si...

Comme si elle volait.

Le vent, le vent froissant les plumes, les ailes fendant le vent, les courants aériens l'aspirant dans la trouée des nuages... Elle montait, elle montait, tandis que l'océan défilait tout en bas, que le jardin flottant rapetissait. Et les nuages... La grande plongée dans le ventre des nuées...

L'impression de ne plus rien peser et de pouvoir soudain grimper jusqu'au soleil.

Après...

Après, les choses devinrent de plus en plus confuses. Quand elle reprit conscience, elle était étendue sur le pont, dans l'herbe, et claquait des dents.

« Je me suis endormie et j'ai rêvé... », se dit-elle.

Il n'y avait pas d'autre explication. Si elle avait heurté le pont, elle n'aurait plus été en mesure de penser. Alors ?

Elle s'assit doucement, attentive aux douleurs qui pourraient exploser dans ses membres. Elle n'eut pas mal. Sa peau était engourdie. Elle s'examina. En soulevant son T-shirt, elle aperçut une petite plume bleue collée au-dessus de son nombril. La saisissant entre le pouce et l'index, elle voulut s'en débarrasser.

« Aïe ! » gémit-elle.

La plume était *plantée* dans sa chair, comme un poil ou un cheveu. Elle faisait partie d'elle.

« Qu'est-ce que ça signifie ? se demanda Sigrid en se rappelant avoir vu une plume analogue sur le cou du capitaine. Essayons de récapituler, murmura-t-elle : j'ai rêvé que je grimpais dans l'arbre, que je glissais, et... »

Et quoi ? Elle ne savait pas au juste.

« J'ai rêvé, se répéta-t-elle. Il faisait chaud, j'ai succombé à la somnolence. J'ai tout imaginé. »

Tout. *Même la plume ?*

« Et si tu t'étais transformée en oiseau, lui souffla une voix au fond de son esprit. Tu y as pensé ? Si cette petite plume était tout ce qui restait de ta brève métamorphose ? Tu aurais dû t'écraser sur le pont ou t'enfoncer dans la mer. C'est-à-dire te tuer ou devenir poisson... Ni l'un ni l'autre ne s'est produit. Alors ? Moi, je ne vois qu'une solution. Il t'est poussé des ailes pendant que tu tombais... Et c'est ce qui t'a sauvée. »

Au même instant, un bruit de plumes froissa l'air au-dessus de la tête de Sigrid. La jeune fille leva les yeux une seconde trop tard, elle ne fit qu'entrevoir une silhouette ébouriffée se posant sur une grosse branche pour s'enfoncer dans le feuillage. Un oiseau ? C'était exceptionnel. Il n'y avait plus d'oiseaux sur Almoha, puisqu'il n'existait plus d'île où ils auraient pu atterrir. Les derniers volatiles de la planète s'étaient noyés au lendemain de l'effondrement du continent, faute de perchoirs, car même le plus véloce des aigles ne peut voler vingt-quatre heures sur vingt-quatre, n'est-ce pas ?

Sigrid s'approcha du tronc. Les feuilles bougeaient. Les branches grinçaient...

Quelqu'un était en train de descendre.

Pas un oiseau, en tout cas.

Tanner apparut. Au terme d'un dernier rétablissement, il émergea du feuillage et sauta sur le sol.

« Alors, souffla-t-il. *Tu as vu ?* N'en parle jamais aux autres. Ils ne comprendraient pas. Rien n'est évident, sur Almoha. Tout change, dans un sens, dans l'autre... Hi ! hi ! On ne s'ennuie jamais. Mais ça peut être dangereux... La griserie, l'oubli... Oui, oui. C'est ce qui est arrivé à mes compagnons. La perte de conscience, et hop ! c'est fini. Les Almohans sont très forts. Ils ont des pouvoirs... Ils peuvent te faire voir des choses qui n'existent pas. Ça a déjà dû t'arriver, d'ailleurs, mais tu ne t'en es pas rendu compte. Essaye de te rappeler. Dans ton sous-marin, n'as-tu pas assisté à des événements inexplicables ? »

Sigrid fronça les sourcils. Elle songea soudain au tentacule géant qu'elle avait vu ramper dans la coursive, la nuit où la pieuvre avait tenté de s'introduire dans le vaisseau par l'un des tubes lance-torpilles. Elle s'empressa de le raconter au capitaine.

« Le plus curieux, conclut-elle, c'est qu'une heure après, il n'y avait plus trace des destructions occasionnées par le poulpe. Et la porte arrachée était de nouveau intacte. »

Tanner ricana :

« *Tout ça ne s'est jamais produit !* Vous avez été victimes d'une projection hypnotique. Les poissons se sont rassemblés autour du sous-marin pour concentrer leurs ondes télépathiques sur l'équipage. Ils vous ont bombardés d'images mentales pour vous faire peur. C'est une de leurs spécialités.

— Mais pourquoi ?

— En vous effrayant, ils espéraient vous convaincre de quitter la planète. Ils n'ont pas encore compris que c'est impossible... qu'un sous-marin ne peut pas s'envoler comme une fusée.

— Alors, le tentacule n'existait pas ?

— Non, d'ailleurs il n'y a pas de pieuvres dans l'océan. Les Almohans ont choisi de vous faire croire qu'elles pullulaient parce qu'ils ont senti à quel point cet animal vous terrifiait. On appelle ça “la guerre psychologique”. Lors de ces attaques hypnotiques, les gens perdent leur sens critique ; ils admettent des choses invraisemblables, plus rien ne les étonne.

— C'est juste, se rappela Sigrid, David trouvait normal que tout ait été réparé en moins d'une heure. Pourquoi n'ai-je pas eu la même illusion ?

— Parce que les Almohans t'ont choisie, souffla le capitaine, je te l'ai déjà dit. Ils ont des projets pour toi. »

Tanner se tut, comme s'il prenait soudain conscience d'avoir trop parlé.

Saisissant les mains de la jeune fille, il les secoua, en signe de complicité.

« Tu ne le révéleras à personne, hein ? chuchota-t-il avant de s'éloigner. Ça doit rester un secret entre nous. »

Deux heures plus tard, l'analyseur explosait.

« C'est la faute de cette fichue planète, ragea David. Tout est si compliqué que les machines deviennent folles. »

Des étincelles et de la fumée s'échappaient des circuits de l'appareil.

« Il s'est transformé en four à micro-ondes, pouffa Gus. Il a cuit ce qu'on lui demandait d'analyser ! Si tu veux du ragoût de patates extraterrestres, tu peux sortir ton assiette, c'est prêt !

— Oh ! ça suffit ! siffla David Halloran. Ça n'a rien de drôle. »

Assez curieusement, Sigrid eut l'intuition que sa colère était feinte.

« Je serais prête à parier que la panne de l'analyseur ne l'embête pas tant que ça, se dit-elle. Mais pourquoi ? »

« On remballe, décida tout à coup David. On descend le matériel dans le canot et on pose les charges explosives. On fait tout sauter.

— Tu es fou ! protesta la jeune fille. Tu ne disposes d'aucune analyse pour prendre une telle décision.

— Justement ! Dans le doute, je préfère tout détruire. On ne sait jamais. J'ai la conviction que ce qui nous entoure est mauvais. Il faut s'en débarrasser.

— Et le capitaine ? hasarda Gus. On le ramène avec nous ? »

David grimaça.

« C'est un dingue, murmura-t-il. Kabler va nous écorcher vifs si on embarque un olibrius pareil. »

Sigrid serra les poings.

« Tu veux dire que tu envisages de le tuer ? haleta-t-elle.

— Pourquoi pas ? riposta Halloran. Au mieux c'est un inutile, au pire c'est un complice des Almohans. Je suis persuadé qu'il n'a survécu qu'en trahissant notre race. Je ne veux pas m'attarder ici. Tôt ou tard, les pieuvres sortiront de leurs sarcophages. »

« Y croit-il réellement ? » se demanda Sigrid.

Elle ne savait pas elle-même ce qu'elle devait penser.

« Allez ! aboya David. Obéissez ! On lève le camp. »

Gus et Sigrid durent se plier à ses ordres, la mort dans l'âme, mais ils étaient des soldats et David Halloran dirigeait la mission.

Toutefois, pendant que les garçons descendaient le paquetage dans le dinghy, la jeune fille courut au temple pour prévenir Tanner. Elle le chercha en vain ; une fois de plus il s'était envolé.

Elle n'eut pas le temps de battre les buissons car les appels de ses compagnons se faisaient impérieux. Haletante, l'estomac noué à la pensée de ce qui allait se passer, elle gagna l'échelle de coupée et rejoignit les jeunes gens.

« Qu'est-ce que tu fichais ? » lui lança David en la dévisageant d'un œil soupçonneux.

Ils posèrent les charges et pagayèrent pour s'éloigner du vaisseau.

« C'est une idiotie ! s'obstinait à penser Sigrid. Il n'y avait là rien qui puisse nous porter préjudice. »

Les explosions volatilisèrent la vieille coque.

L'arche plongea dans les abîmes en produisant d'énormes remous.

Sigrid n'eut pas un regard pour le naufrage, elle scrutait le ciel. Très haut, un point noir frôlait le ventre des nuages. Un oiseau ? S'agissait-il du capitaine Tanner, comme elle en avait l'intuition ?

Elle se dépêcha de baisser les yeux avant que David ne repère son manège. Il aurait été capable d'épauler son fusil pour abattre la pauvre bestiole.

Ils se contentèrent de s'approcher de la troisième arche pour y poser le restant des mines.

« On ne grimpe pas, décréta David Halloran. Ce serait une perte de temps. Maintenant qu'on a perdu l'analyseur, on n'a plus aucune raison de partir en exploration. »

Il parlait d'un ton sans réplique...

Le dernier des jardins flottants s'enfonça comme les deux précédents. Alors, l'oiseau se mit à décrire des cercles dans le ciel, en poussant des cris déchirants.

« Il ne dispose plus d'aucun arbre pour se percher, s'attrista Sigrid. Quand il sera fatigué de voler, il tombera dans l'eau et deviendra poisson. »

Elle baissa la tête pour que ses compagnons ne puissent voir ses larmes, qu'à cause du casque elle ne pouvait essuyer.

Ils restèrent deux jours en mer, à attendre le retour

du *Bluedeep.* Ce fut une expérience éprouvante, car, dès que le vent se levait, le canot se remplissait d'eau empoisonnée.

La nuit, Sigrid rêvait de pieuvres soulevant le couvercle de leurs sarcophages... ou d'oiseaux tombant comme des pierres du haut des nuages. D'oiseaux mouillés qui se changeaient en poissons.

Enfin, le sous-marin fit surface pour recueillir les trois jeunes gens. Au moment de descendre dans l'écoutille, Sigrid releva une dernière fois la tête pour inspecter le ciel. Il était vide.

11

Retour à la maison

Dès leur retour à l'intérieur du *Bluedeep,* Sigrid fut assaillie par une horrible impression d'étouffement. Jamais elle ne s'était sentie aussi à l'étroit dans la coquille de fer du submersible.

Seul David Halloran fut convoqué par le lieutenant Kabler pour rendre compte de la mission. Ni Gus ni Sigrid ne furent priés de donner leur avis sur les événements étranges qui s'étaient déroulés à bord des jardins flottants.

« J'ai comme dans l'idée que notre petit copain David nous a bien assaisonnés dans son rapport, murmura Gus. C'est pas encore ce coup-ci qu'on aura de la promotion, ma vieille ! »

Sigrid partageait son avis. Elle continuait à s'interroger sur les mystérieux événements des derniers jours, mais elle commençait à désespérer d'obtenir la moindre réponse.

Elle était fatiguée en permanence et passait ses nuits à rêver de pieuvres momifiées, d'oiseaux fantômes. N'y tenant plus, elle se rendit chez le médecin du bord.

« Tu dors mal, n'est-ce pas ? lui demanda le vieil homme aux paupières tombantes. Tu fais des cauchemars ?

— Oui », avoua Sigrid.

Elle ne pouvait pas prétendre le contraire.

« Tu es trop stressée, marmonna le docteur, que la jeune fille n'avait pas revu depuis le regrettable épisode du vaccin antimutation. Les patrouilleuses le sont toujours. La zone désaffectée ne doit pas être réjouissante aujourd'hui, n'est-ce pas ?

— Pas vraiment, non, souffla l'adolescente.

— Dire que j'y ai logé, soupira le vieillard. À l'époque, c'était propre et clair. J'avais une jolie cabine. »

Il s'immobilisa, l'œil dans le vague, et Sigrid crut un instant être en présence d'un robot soudain à court d'énergie.

« Mmouais..., marmonna enfin le médecin. Et puis tu reviens d'une mission à l'extérieur, d'après ce que dit ton dossier. C'est très mauvais de sortir. L'air d'Almoha est néfaste, trop chargé en gaz hallucinatoires. On finit par voir des fantômes. Tu as aperçu des choses bizarres, n'est-ce pas ?

— Oui, avoua la jeune fille sans se compromettre.

— C'étaient des hallucinations, des mirages, martela le major. *Tu ne dois plus y penser.* Il faut te changer les idées. Le mieux, dans ton cas, c'est de descendre à terre. Tu es d'accord ? »

Sigrid hocha docilement la tête.

« Je vais te rédiger une petite permission de détente, dit le médecin. Ça te fera du bien de rentrer un peu chez toi. »

La jeune fille le remercia, serra le formulaire dans sa main et salua réglementairement.

« Alors ? grogna le quartier-maître en la voyant revenir.

— Permission de descendre à terre, annonça Sigrid.

— Fichue tire-au-flanc ! gronda l'homme. Puisque c'est comme ça, prends ton barda et dégage ! »

Sigrid quitta aussitôt ses quartiers pour emménager dans la *zone récréative* du vaisseau, comme l'y autorisait le document du médecin-major.

Cette soute, immense, avait été fabriquée comme un décor de cinéma. Passé le sas d'accès, on se retrouvait dans une petite rue en bordure des quais. De vieilles maisons aux volets verts se dressaient là, entre les boutiques démodées d'un boulanger et d'un épicier. La chaussée aux pavés disjoints, les façades écaillées par le vent « soufflant de la mer » avaient été reproduites avec un luxe de détails et au moyen de matériaux légers. Des vaporisateurs dissimulés assuraient la propagation de parfums synthétiques évoquant ceux de la lessive, du savon de Marseille, du pain chaud, du ragoût aux oignons... Quant au « vent », il provenait bien sûr d'une soufflerie ! Tout avait été conçu pour donner l'illusion d'être revenu à terre et de fouler les pavés de son port d'attache. D'un seul coup, on n'était plus en plongée à l'intérieur d'un sous-marin rôdant depuis dix années pleines à travers les abîmes d'une planète hostile, non, on rentrait chez soi. On remontait la rue des Rétameurs, saluant au passage le boulanger et le patron du bar-tabac. Dans une minute, Sigrid pousserait la porte de *sa* maison, grimperait au troisième où l'attendait *sa* mère. Parfois cette dernière était brune, parfois blonde, mais elle s'appelait toujours Maman – « M'man » dans l'intimité. Elle faisait parfaitement la cuisine et n'ignorait rien des soucis de sa « fille ». C'était toujours un bonheur de la retrouver, et avec elle le petit appartement aux meubles vieillots, aux murs tendus de papier peint décoloré. La cuisine aussi, étroite, envahie de casseroles, de marmites, de bottes d'oignons, de chapelets de gousses d'ail. D'un seul coup, Sigrid redécouvrait les parfums de la Terre, ses bruits : camions, klaxons, pétarades des mobylettes. Maman l'accueillait sur le palier, sans cérémonie, des bigoudis sur la tête, dans sa vieille robe de chambre usée mais si douce.

« Je ne t'attendais pas si tôt, disait-elle invariablement. Je suis heureuse que tu aies débarqué en avance. Ça tombe bien, je viens juste de mettre au four ton gâteau préféré. »

Après, Sigrid s'installait, on mangeait, on parlait de la vie à bord. Les moments que l'on passait à terre étaient les seuls pendant lesquels on avait le droit d'insulter sans réserve les officiers et de dire du mal d'eux pour se défouler. M'man abondait toujours dans votre sens, vous invitant à vous délivrer de toutes vos rancœurs.

« Quels salauds ! s'exclamait-elle. Quelles ordures, ces types ! »

Une fois le sac de fiel vidé, Sigrid se sentait mieux.

Elle pouvait alors s'accouder à la fenêtre pour admirer les lueurs du couchant car le système d'éclairage de la zone récréative reproduisait à s'y méprendre la course du soleil dans le ciel. Certains jours, le programme incluait des variations saisonnières : pluie, vent, brouillard, qui renforçaient l'illusion. Les bourrasques emplissaient alors la chambre de cette bonne odeur de terre humide des champs fraîchement retournés. Elle entendait meugler des vaches dans le lointain, aboyer des chiens et chanter des coqs.

Alors, Sigrid descendait se promener dans le petit square pour rejoindre les copains. Elle échangeait avec eux mille plaisanteries. C'était bon de ne plus se surveiller.

C'était cela, « descendre à terre ». Sept jours... sept jours pendant lesquels on pouvait traîner en vêtements négligés, sans se soucier de l'horaire et des obligations du service.

Les mères de substitution qui travaillaient pour le service de relaxation faisaient preuve d'un grand doigté. Elles devaient être capables de s'adapter à chaque cas, de détecter intuitivement les besoins du gosse qui leur faisait face, et surtout avoir un don quasi magique pour installer un climat de complicité, en quelques minutes à peine. Cette prodigieuse capacité d'improvisation faisait d'elles des mères de remplacement parfaites, même si elles traitaient chacune une douzaine de « fils » et de « filles ».

L'équilibre mental de l'équipage enfantin dépendait d'elles. Elles aiguillaient les haines, faisaient exploser les poches de rancœur, soulageaient les esprits tourmentés. Elles donnaient à chaque gamin le sentiment d'avoir une famille, même illusoire, d'exister pour quelqu'un.

Sigrid franchit le seuil du quartier imaginaire, avec, pour seul bagage, l'adresse de sa mère d'adoption. La porte du sas refermée dans son dos, elle eut l'impression d'être entrée dans un autre monde. Les rues, les bruits, les odeurs la chavirèrent. Elle aperçut des mouettes perchées sur une gouttière et croisa plusieurs mousses qui, en guenilles, la figure barbouillée de compote de pommes, faisaient de la planche à roulettes dans une ruelle en pente.

Sa « mère » habitait un vieux logement au-dessus d'une cordonnerie. Sur le rebord de la fenêtre était posée une cage contenant un unique canari.

Comme chaque fois, Sigrid éprouva une légère difficulté à se laisser aller, mais la femme connaissait son métier. Il lui fallut dix minutes à peine pour installer un climat de complicité. À croire que Sigrid et elle étaient de vieilles amies, pour ne pas dire réellement « mère et fille ». C'était étrange, déroutant... et agréable. Après avoir tenté de résister, la patrouilleuse s'abandonna une fois de plus à l'illusion d'être revenue dans sa maison natale, elle qui justement n'avait jamais eu de demeure familiale.

Elle crut entendre la voix de Gus lui murmurer à l'oreille : « Ils sont sacrément habiles ! Ils profitent de ce que nous sommes tous orphelins. Ils savent très bien ce qui nous fait rêver. »

Mais elle avait envie d'être heureuse et repoussa ce murmure gênant.

Bien sûr, il y avait toujours des fausses notes qui gâchaient l'illusion délicieuse où vous étiez plongée.

Ainsi, aujourd'hui, Sigrid trouvait que M'man la traitait un peu trop en petite fille.

« Bon sang ! J'ai tout de même 20 ans, se dit-elle en reprenant une deuxième part de son gâteau préféré. Elle s'adresse à moi comme si j'en avais 12. »

Pour se rassurer, la jeune patrouilleuse chercha à surprendre son image dans le miroir fendu accroché au-dessus de la cheminée. Elle eut la désagréable surprise d'apercevoir une *gamine* aux cheveux ras, à la bouche barbouillée de confiture de fraises.

Se rappelant les insinuations de Gus, elle murmura :

« Dis, M'man, c'est vrai ce qu'on prétend : que les officiers nous feraient prendre des médicaments pour nous empêcher de grandir ?

— Allons donc, soupira la femme à la tête couverte de bigoudis. C'est quoi ce conte à dormir debout ?

— Des produits, insista Sigrid, qu'ils glissent dans la nourriture. Des cochonneries qui ralentissent le processus de croissance.

— Allons, ma grande, gloussa M'man, tu ne vas tout de même pas croire ces idioties ? Ce sont des trucs que les garçons inventent pour faire les malins. »

Sigrid chercha le regard de la femme. Il lui sembla surprendre une étincelle calculatrice au fond des prunelles de M'man. Un coup d'œil « médical ».

« Est-ce que j'ai l'air d'avoir 20 ans ? lança Sigrid avec un geste en direction du miroir. Je suis petite, je n'ai pas de poitrine. J'ai vraiment l'air d'une gosse... Et c'est pareil pour toutes mes camarades. »

La femme vint s'asseoir près d'elle, sur le canapé défoncé, et lui passa un bras autour des épaules pour la bercer, comme elle l'aurait fait d'un petit enfant.

« Allons, serinait-elle. Il faut chasser les idées noires. »

Mais Sigrid ne pouvait plus s'empêcher de parler.

« Ce... ce n'est pas normal, s'entendit-elle gémir. *Je n'ai jamais été amoureuse.* J'aime bien David, et Gus... Mais comme on aime des frères. Pourtant David est très beau. Il devrait me faire craquer. Mais... rien ! À mon âge, je devrais avoir un fiancé. Les garçons disent que c'est à cause des drogues cachées dans la nourriture. Les officiers ne veulent pas qu'on tombe amoureux pour éviter tout risque de mariage... C'est vrai ? Si des bébés naissaient, cela poserait des problèmes de surpopulation, alors ils ont inventé cette ruse : nous forcer à rester des gosses, pour toujours. »

Elle réalisa qu'elle pleurait. À ses côtés, sur le canapé, la femme se recula, ses gestes devinrent plus distants.

« J'ai été stupide, songea Sigrid. Je n'aurais pas dû dire ce que je pensais. Maintenant, tout cela va être consigné dans mon dossier. Oh ! quelle idiote je fais ! »

L'espace d'une seconde, elle se demanda si ce n'était pas là, justement, la vraie raison d'être des mères de substitution : rassembler des informations sur l'état d'esprit des matelots, informations qui, une fois transmises aux officiers, servaient à tuer dans l'œuf d'éventuelles mutineries ?

Mal à l'aise, elle abrégea son séjour dans la zone récréative. Dans la semaine qui suivit, elle ne put croiser un lieutenant sans tressaillir. Elle s'attendait à tout moment à voir surgir les hommes de la police militaire qui l'empoigneraient pour l'emmener. L'emmener où, du reste ? Elle n'en avait aucune idée...

Un soir qu'elle dînait seule à la cantine, son service terminé, Kabler vint s'asseoir à sa table, sans lui demander la permission. C'était un bel homme, d'une férocité froide et polie. Il avait une quarantaine d'années et, d'ordinaire, n'adressait jamais la parole aux moins de 30 ans.

« J'ai parcouru ton dossier, dit-il en fixant Sigrid droit dans les yeux. Je sais que tu t'estimes employée en dessous de tes capacités. Si tu le souhaites, je pourrais t'obtenir une nouvelle affectation. »

Essayant de ne pas trop bredouiller, Sigrid demanda ce dont il s'agissait.

« Tu ferais une bonne mère de substitution, siffla Kabler avec un sourire cannibale. Tu pourrais débuter comme mère de 3e classe. Oui, je pense que tu possèdes toutes les qualités requises. La zone de récréation manque singulièrement de personnel, tu sais ?

— Mais... je suis beaucoup trop jeune, bégaya Sigrid.

— Ça peut s'arranger, chuchota le lieutenant en rapprochant son visage de celui de la jeune fille. Nous disposons de pilules qui font vieillir. Si tu acceptais de devenir une mère de remplacement, je n'aurais aucun mal à te faire prendre trente ans en une seule nuit. Cela te conviendrait peut-être, puisque tu te plains d'être trop jeune ? »

Sigrid devint blême. La menace était claire. On venait de lui faire comprendre qu'elle avait intérêt à tenir sa langue.

12

Ma mère aux mains de caoutchouc

Sigrid n'avait pu s'empêcher de retourner dans la zone de récréation, pour voir sa « mère ». C'était stupide, elle le savait, mais un besoin obscur la poussait à prendre sa place dans cette comédie dérisoire. Elle avait beau se répéter que tout était truqué, elle éprouvait un plaisir étrange à faire semblant... Elle se surprenait à aimer prononcer « Maman », à entendre la grosse femme lui répondre « ma petite fille » ou encore « ma chérie ». Les mots roulaient comme des bonbons acidulés sur sa langue.

M'man ouvrait des tiroirs, lui faisait voir des vêtements. Des corsages, des jupes, des choses très féminines qu'elle pourrait porter quand elle « descendrait à terre ».

« Installe-toi dans ce fauteuil, devant la glace, lui dit-elle, je vais t'apprendre à te maquiller. Bien sûr, tu ne pourras pas le faire quand tu seras en service, mais ici c'est permis. »

Oui, dans la zone de récréation on pouvait jouer à mettre du rouge à lèvres, du fard à paupières, on portait des souliers à talons hauts, des boucles d'oreilles... Des choses auxquelles on n'osait même pas penser dans l'univers habituel du sous-marin.

Les mains de M'man effleuraient le visage de Sigrid, étalant des crèmes.

« Tu es trop nerveuse, déclara la femme. Ce qu'il te faut, c'est un bon bain chaud. Reste là, je vais m'en occuper. »

Sigrid l'entendit ouvrir le robinet de la grosse baignoire d'émail qui occupait presque tout l'espace de la salle de bains.

« Viens, ordonna M'man, c'est à bonne température. J'ai mis des sels parfumés. »

Sigrid se déshabilla. C'était agréable de se laisser chouchouter. Elle enjamba le rebord de la baignoire et se laissa couler dans l'eau mousseuse. Divin !

Elle ferma les yeux. Par la fenêtre ouverte lui parvenaient les klaxons des voitures, les chants des oiseaux. Elle ne voulait surtout pas penser que ces automobiles tournaient en rond dans les trois petites rues en boucle de la zone de récréation, ni que les oiseaux avaient tous reçu un matricule lorsqu'on les avait embarqués à bord du sous-marin en tant que « matériel de décoration ». Non, elle voulait croire que tout était réel ! Elle le voulait de toutes ses forces.

Sigrid conserva les paupières closes, même quand M'man entra dans la pièce et lui posa une main au sommet du crâne.

La jeune fille crut tout d'abord que sa « mère » avait l'intention de lui caresser la tête, puis elle réalisa que cette paume était gantée de caoutchouc. Surprise, elle ouvrit les yeux. M'man avait troqué son habituelle robe de chambre défraîchie contre une combinaison de plongée militaire. Sa poigne pesait de plus en plus fort sur la tête de Sigrid.

« Qu'est-ce que... ? balbutia la jeune patrouilleuse.

— Alors, ricana la grosse femme. On n'est pas satisfaite d'être trop jeune ? On voudrait vieillir, mais pas trop, c'est ça ? Pas au point de devenir une "mère" ?

— Attendez ! gémit Sigrid qui ne parvenait pas à lutter contre la force de celle qui, un instant plus tôt, lui apprenait encore à se maquiller.

— Le lieutenant Kabler en a assez des filles dans ton genre, grogna la femme. De la graine de rebelle, oui ! Il a décidé de te sanctionner. Si tu n'es pas heureuse dans le sous-marin, tu n'as qu'à aller voir ailleurs ! »

La main gantée poussait Sigrid vers le fond de la baignoire, l'empêchant de conserver la tête hors de l'eau. Elle but la tasse, le savon dilué lui brûlait les yeux. Elle eut toutefois assez de présence d'esprit pour remarquer que le filet coulant du robinet avait maintenant une odeur de saumure.

« De l'eau de mer ! » pensa-t-elle, électrisée par la peur. Encore une erreur des plombiers, un cafouillage dans les raccordements. Une fois de plus, l'eau des ballasts courait dans les tuyaux alimentant les sanitaires... À moins que... à moins que tout n'ait été arrangé par le lieutenant Kabler !

Mais oui, bien sûr ! Il avait donné l'ordre d'éliminer cette fille à l'esprit trop critique qui n'avait pas les yeux dans sa poche. Il avait chargé M'man de cette sinistre besogne.

Sigrid se débattit à grand fracas, frappant l'émail de la baignoire pour essayer de prendre appui sur les bords mais ses mains, gluantes de savon, glissaient sans s'accrocher nulle part. Elle tenta de repousser la femme, celle-ci tint bon.

« Si on n'est pas assez bien pour toi, lui hurla-t-elle au visage, tu seras sûrement plus heureuse avec tes amis les poissons ! »

Sigrid suffoqua. Il fallait pourtant qu'elle sorte du piège de la baignoire avant que la mutation ne fasse son œuvre.

Déjà ses bras se couvraient d'écailles, et, bien

qu'elle eût de nouveau la tête sous l'eau, elle respirait sans difficulté...

Elle ne toussait pas, alors même que l'élément liquide envahissait ses poumons à gros bouillons.

Non, c'était impossible ! Elle n'allait pas finir ses jours dans cet aquarium improvisé, trop étroit pour lui permettre de nager. Elle voulait s'ébattre dans les grands fonds, au milieu des algues. Elle n'avait rien d'un poisson de compagnie...

Allons ! *Qu'est-ce qu'elle racontait ?* Elle ne voulait pas devenir poisson, pour rien au monde.

Dans un dernier sursaut, Sigrid lança son bras gauche vers le rebord de la baignoire. Elle s'aperçut alors qu'elle n'avait plus de bras gauche ! Une sorte de grosse nageoire l'avait remplacé. De la peau grise, translucide, tendue sur une armature cartilagineuse...

Elle hurla, de toutes ses forces, poussant son dernier cri de femme, essayant d'appeler au secours, mais elle ne réussit à émettre qu'un vagissement dérisoire.

Elle hurla... et se réveilla, entortillée dans le fatras des draps trempés de sueur de sa couchette.

Elle avait rêvé, encore une fois.

Toujours le même cauchemar absurde. Toujours.

13

Cadeau mortel

De ce jour, Sigrid se tint sur ses gardes. Elle avait conscience d'avoir commis une erreur. Elle avait eu tort de se faire remarquer par le lieutenant Kabler.

« Messieurs les officiers n'apprécient pas que les mousses soient au courant de leurs manigances, songea-t-elle. Maintenant, ils savent que je sais. Ils pourraient bien envisager de me faire taire. »

L'histoire des pilules de jeunesse l'obsédait.

« Gus a raison, se disait-elle, c'est ainsi qu'ils nous empêchent d'éprouver des sentiments les uns pour les autres. Si cela continue, nous n'aurons pas de vraie vie. Jamais nous ne deviendrons adultes. »

Elle frissonna en s'imaginant sous les traits d'une

vieille petite fille aux cheveux grisonnants. Elle comprenait à présent les manies enfantines de certains de ses compagnons de captivité. Billy Shonacker, un garçon qui travaillait à la cantine, dissimulait dans son paquetage un train électrique avec lequel il jouait en cachette. Sonia Lewine, elle, gardait une poupée au fond de son sac de marin, et cela alors même qu'elle possédait un brevet de plongeuse de combat. De temps à autre, quand elle se croyait seule, elle sortait la poupée de dessous ses chemises d'uniforme et s'amusait à lui brosser les cheveux. Parfois, elle lui chantait des berceuses.

« Chez certains, pensa Sigrid, l'élixir de jeunesse doit déclencher une régression. On a des poussées de fièvre enfantine. Il suffirait que le lieutenant Kabler me fasse octroyer une double dose pour que je retombe carrément en enfance. Ce serait un excellent moyen d'obtenir mon silence. »

Elle serra les dents et se promit de demeurer aux aguets. Si la nourriture se révélait encore plus mauvaise qu'à l'accoutumée, elle cesserait de manger.

Le lendemain, alors qu'elle entassait des bouteilles d'air comprimé sur un chariot, elle vit un garçon se faufiler dans le vestiaire des scaphandres, un couteau à la main...

C'était pour le moins surprenant, car il ne serait venu à l'idée de personne d'agir ainsi. Les combinaisons de plongée constituaient la seule protection des marins lorsqu'il fallait sortir du *Bluedeep*. On les bichonnait comme des armures fidèles, allant jusqu'à les masser avec des produits nourrissants pour les empêcher de se crevasser.

Que faisait ce type, armé d'un poignard, au milieu des costumes de caoutchouc alignés sur les tringles ?

Sigrid retint son souffle. Elle n'aimait pas ça. Avant de donner l'alarme, elle préférait voir de quoi il retournait. Se plaquant contre la paroi de métal, elle se glissa à son tour dans le vestiaire. Les combinaisons dégageaient une odeur entêtante de vieux pneu. À présent, elle distinguait mieux l'intrus. Il s'agissait de Piotr Vassili, un garçon effacé que les officiers prenaient plaisir à rudoyer car il était maladroit.

À pas de loup, Sigrid entreprit de se rapprocher de lui. Piotr haletait sous l'effet de la tension nerveuse. Écartant les cintres les uns après les autres, il se mit à déchiffrer les plaques d'identité fixées sur chaque combinaison.

« Il cherche quelqu'un, pensa Sigrid. Mais qui ? »

Elle se raidit en voyant Vassili arrêter son choix sur un vêtement de caoutchouc affichant la mention *Sigrid Olafssen* au-dessus du sein gauche.

« Il est venu saboter mon scaphandre ! songea-t-elle en se mordant la lèvre. Ou plutôt, quelqu'un l'a envoyé percer un trou dans ma combinaison...

Quelqu'un ? Suis-je idiote ! Pourquoi ne pas dire : le lieutenant Kabler ? »

C'était criminel. Il suffisait d'une déchirure minuscule pour que l'eau s'infiltre. En outre, il n'était pas utile d'être trempé de la tête aux pieds pour se transformer ; une seule goutte suffisait à déclencher le processus de métamorphose cellulaire.

Piotr leva son couteau... Sigrid s'interposa et lui saisit le poignet. Le garçon blêmit. La surprise lui fit lâcher son arme.

« Qui t'a ordonné de faire ça ? souffla la jeune fille avec rage. Tu sais ce que ça implique de saboter un scaphandre ? C'est Kabler, n'est-ce pas ? »

Piotr Vassili se débattait mollement. Il ressemblait davantage à un lapin affolé qu'à un saboteur. Son attitude déconcerta Sigrid qui finit par le libérer.

« Tu te trompes, balbutia le jeune homme. Les apparences sont contre moi, mais je ne te voulais pas de mal. Bien au contraire.

— Quoi ? rugit Sigrid en le saisissant par son T-shirt. Tu fais un trou dans mon scaphandre, mais c'est pour me rendre service ?

— Ne crie pas, supplia Piotr, on va nous entendre. Je t'ai choisie, toi, parce que tu es la plus gentille. Jamais tu ne te moques de moi, jamais tu ne me fais de sales blagues. Je voulais te faire un cadeau. »

« Il est fou, s'inquiéta Sigrid en relâchant son

étreinte. Il allait me condamner à devenir poisson, mais il pensait me faire plaisir ! »

« J'ai dressé une liste, chuchota Piotr avec un pauvre sourire. Une liste des gens que j'aime bien. J'ai décidé de trouer leur scaphandre pour qu'ils se métamorphosent à la prochaine plongée.

— Te rends-tu compte de ce que tu dis ? haleta Sigrid.

— Bien sûr, chuchota Piotr. Tu n'as pas encore compris ? Devenir poisson, c'est le seul moyen d'échapper à cet enfer ! Personne n'en a le courage, bien sûr, mais si nous avions du cran, nous profiterions de la prochaine remontée à la surface pour plonger dans la mer. En slip de bain. »

La jeune fille hocha la tête. Elle venait de comprendre que le pauvre mousse avait fini par perdre la tête à force de brimades répétées.

« C'était un cadeau, bredouilla-t-il. Un cadeau pour toi. Je pense que tu ferais un beau poisson. Je voulais te sauver. Si tu restes ici, tu es perdue. Il faut s'échapper. Une fois dehors, les officiers ne pourront plus rien contre nous. Je sais ce qu'ils manigancent dans notre dos, je les entends parler. C'est pour ça qu'ils ne m'aiment pas. Ils se doutent que je n'ignore rien de leurs combines.

— De quelles combines parles-tu ?

— Les produits dans la nourriture... Ils s'arrangent pour nous empêcher de grandir, mais ce n'est pas tout.

Ils utilisent également des substances qui éteignent les sentiments. À force d'en prendre, on n'éprouve plus rien, ni colère, ni haine, ni amour... Rien ! On devient une parfaite machine, obéissante, sans états d'âme. Ils veulent faire de nous des jouets mécaniques. Tu n'as pas remarqué comme les gens vivent dans leur coin depuis un moment ? Au début, il y avait des bandes de copains, de sacrées paires d'amis. Aujourd'hui c'est terminé. Chacun court s'enfermer dans sa cabine sitôt son service achevé. Il n'y a plus de camaraderie. Personne n'en éprouve le besoin. »

Sigrid recula d'un pas. Elle avait tout à coup l'intuition que Piotr disait vrai. Elle avait, elle aussi, noté un relâchement des liens qui l'unissaient jadis à Gus, à David. Elle n'éprouvait plus tellement le besoin de les voir. En vérité, il lui arrivait même de mentir pour les éviter et, comme remarquait Piotr Vassili, rester seule dans sa cabine, à fixer le plafond.

« Tu sais bien que j'ai raison, insista le garçon en lui étreignant la main avec fébrilité. Parfois, tu as des éclairs de lucidité, toi aussi. C'est grâce à moi. Quand je te sers, à la cantine, j'essaye de te donner de la nourriture non trafiquée que je vais moi-même chercher à la réserve. Je ne remplis jamais ton assiette avec ce qui sort des bacs amenés par le chef cuistot. Malheureusement, je ne suis pas toujours de service, et tu t'intoxiques pendant mon absence. Peu à peu, tu vas devenir comme les autres. Tu ne seras plus choquée quand on me maltraitera. Tu n'auras plus de sentiments, pour personne.

— C'est pour ça que tu voulais trouer mon scaphandre ? demanda doucement Sigrid.

— Oui, confirma Piotr. Je ne pourrai plus te protéger bien longtemps. Ils sont après moi. Ils veulent me faire taire. Je voulais t'offrir ce dernier cadeau avant qu'ils me tuent. Je suis sûr qu'on nous ment. *Il n'y a pas de monstres au-dehors. Pas de pieuvres géantes.* Ce sont des foutaises. »

Sigrid entreprit de le calmer. Le prenant par le bras, elle le reconduisit au seuil du vestiaire et lui fit promettre de ne pas recommencer. Elle répugnait à le dénoncer. Piotr était déçu qu'elle refuse son aide. Elle lui jura qu'elle saurait se protéger. Il se décida à partir. Sigrid le regarda s'éloigner, le cœur serré. Les divagations de Piotr Vassili éveillaient en elle d'angoissants échos qui venaient confirmer ses soupçons.

« La prochaine fois que je devrai sortir, se dit-elle, j'aurai intérêt à vérifier l'étanchéité de ma combinaison. »

Deux jours plus tard, un accident se produisit. Alors que les matelots déplaçaient des fûts métalliques dans l'une des cales, un baril roula dans la coursive et percuta un marin, lui écrasant la cage thoracique. Le malheureux mourut dans l'heure qui suivit.

Il s'agissait de Piotr Vassili.

14

Une cargaison de fous

Depuis quelque temps, Gus était de mauvaise humeur, et ses critiques ne faisaient que s'accentuer lorsqu'on passait à table. Il fallait alors le voir triturer le contenu de son plateau-repas du bout de sa cuiller tandis que sa bouche se convulsait de dégoût.

« Tu sais ce que c'est ? siffla-t-il ce soir-là entre ses dents. De la poussière. De la bouffe déshydratée. De la poussière qu'on mouille avec un peu d'eau recyclée pour lui donner l'allure d'une purée. C'est de la nourriture de fantôme, pas d'homme normal. »

Et il répéta plusieurs fois entre ses dents :

« Nourriture de fantôme... »

Sigrid haussa les épaules ; elle avait fini par s'habituer aux aliments déshydratés dont les soutes du vaisseau étaient remplies.

« Un bébé, ragea Gus. Ça me fait l'effet d'être un nourrisson à qui on va bientôt enfourner le biberon. »

À ce moment de son discours, il saisit son verre pour l'examiner dans la lumière tombant des plafonniers.

« Quand je pense que c'est notre propre urine qu'on nous fait avaler, marmonna-t-il. Un coup de désinfectant, trois ou quatre filtrages et le tour est joué. »

Sigrid hocha la tête tandis que l'angoisse s'insinuait en elle. Elle n'ignorait pas que les membres de l'équipage s'inquiétaient de leur état général. On se plaignait de plus en plus de la mauvaise qualité de l'air.

« Tu ne sens pas comme ça pue ? grommela Gus. Ça ne fouettait pas autant au début. Les compresseurs déconnent, les filtres sont encrassés. On nous bombarde avec un air vicié qui nous asphyxie à petit feu. Notre cerveau est mal oxygéné, il va rétrécir et nous deviendrons tous idiots. »

Beaucoup de marins se plaignaient de perdre leurs cheveux, leurs ongles, leurs dents. Certains prétendaient que la claustration les avait fait rapetisser. À force de se déplacer courbés dans les coursives au plafond trop bas, ils étaient devenus bossus. Bientôt, leurs bras toucheraient le plancher.

« Les adultes vieillissent plus vite que sur la Terre,

haleta Gus. Regarde les officiers : à 40 piges, on dirait des vieillards. Tu sais que je commence à grisonner ? J'ai l'air d'avoir 12 ans mais il y a déjà un moment que je m'arrache des cheveux blancs. »

Sigrid ne s'observait guère dans le miroir, mais elle avait néanmoins remarqué que plusieurs garçons de l'âge de Gus présentaient des signes de calvitie avancée. Quant au commandant et à ses lieutenants, les barbes blanches, les rides profondes leur conféraient une apparence de grands-pères.

De temps à autre, quelqu'un cédait à une crise de claustrophobie aiguë. On voyait alors un homme aux traits égarés se mettre à courir dans les coursives en arrachant ses vêtements. « J'étouffe ! hurlait-il. Donnez-moi de l'air ! Je ne veux plus respirer l'odeur des pieds du commandant ! » Il bondissait en se cognant la tête contre les murs. Parfois, il s'emparait d'un marteau et tambourinait sur les cloisons. Il fallait le ceinturer, lui passer une camisole. On l'emportait, vociférant et bavant, vers quelque geôle dont Sigrid ignorait la localisation exacte. Gus prétendait qu'il existait un asile de fous au sein du vaisseau. Un asile qui se remplissait régulièrement depuis dix ans.

« Ça commence à être plein, chuchotait-il. Tous les mecs qui ont viré mabouls sont parqués là. »

Sigrid aurait bien voulu savoir où se dissimulait cette fameuse prison. Elle l'imaginait sous l'aspect d'une cale sombre et puante emplie d'hommes enchaînés. Une cargaison de fous... Le *Bluedeep* cachait donc entre ses flancs une armée de déments persuadés que l'air artificiel des compresseurs les empoisonnait. Combien de pensionnaires comptait cette prison dissimulée ? Dix, vingt, trente ? Davantage ?

Et s'ils s'échappaient un jour ? S'ils parvenaient à tromper la vigilance des gardiens et se répandaient à travers les couloirs en une course que rien ne pourrait ralentir ? S'ils entreprenaient de percer des trous dans la coque pour fuir le vaisseau, s'ils se mettaient à découper les blindages au chalumeau pour se ménager un passage vers la liberté ?

Elle confia ses inquiétudes à son ami, mais Gus se contenta de murmurer :

« Si ça se trouve, les officiers se sont débarrassés d'eux et personne ne le sait. On les a évacués par le tube lance-torpilles, en secret, et il y a belle lurette qu'ils se sont changés en poissons. »

Sigrid refusait d'envisager cette éventualité. Gus voyait les choses en noir, il ne fallait pas prêter trop d'attention à ses délires.

S'il se laissait aller, il finirait comme Piotr Vassili.

15

Octopus calorosaurus

Au début de la 523e semaine de plongée, le *Bluedeep* dut se dérouter pour donner la chasse à une cible mouvante dont l'écho venait de s'inscrire sur l'écran radar. Cela se produisait de temps en temps. Alors, les sirènes d'alerte retentissaient, la lumière virait au rouge, avertissant l'équipage qu'on passait en procédure de combat. La nature exacte de l'ennemi demeurait classée « secret militaire », mais grâce aux bavardages des agents du sonar, on finit par apprendre qu'il s'agissait d'animaux marins de très grande taille, semblables à des pieuvres – encore ! – et dont le corps avait la propriété de dégager une chaleur intense, réchauffant la mer aux alentours. Cette élévation de température entraînait une prolifération de la végétation sous-marine ainsi qu'un surdéveloppement de la faune dont nombre d'espèces évoluaient alors vers le gigantisme. Sigrid consulta son encyclopédie almohane pour tenter de savoir quel était l'aspect de l'animal en question. Elle dénicha une image horrible – un dessin – montrant une espèce de calmar aux tentacules tapissés de ventouses et dont la gueule avait l'apparence d'un bec de perroquet. Les petits yeux de la bête luisaient de méchanceté. La légende de l'illustration indiquait qu'il s'agissait d'un *Octopus calorosaurus* adulte, espèce nuisible à l'origine de grands bouleversements de l'écosystème. L'aspect outrancier de la gravure gêna la jeune fille. Elle aurait préféré une photographie, même mauvaise. La pieuvre bizarre qui trônait au centre de la page semblait davantage échappée d'un dessin animé que d'un ouvrage d'histoire naturelle. On l'imaginait très bien en train de ricaner – *Yark yark !* – au moment d'avaler un marin sans défense.

Dès que le vaisseau entra dans le sillage de la bête, la température s'éleva d'une dizaine de degrés et une atmosphère de bain de vapeur s'installa dans les cabines. On ne cessa plus de s'éponger le visage et la tension nerveuse grimpa, aggravée par le fait qu'il était devenu difficile de dormir.

Comme d'habitude, le commandant refusa de fatiguer la climatisation pour assurer le confort des marins. Cet entêtement mit l'équipage de mauvaise humeur, et chacun n'obéit plus qu'en renâclant. Consultant les thermomètres, Sigrid constata qu'il faisait maintenant 35° dans les coursives et 40° à l'intérieur des cabines.

« Nous sommes encore loin de la bête, lui fit remarquer Gus. Ça veut dire qu'on n'a pas fini de cuire au court-bouillon. Quand on sera tout près d'elle, il fera presque 60° à l'intérieur du sous-marin. »

Il n'exagérait pas. Les pieuvres almohanes avaient le redoutable pouvoir d'amener l'eau à ébullition dans leur entourage immédiat. Quand on s'approchait d'elles, en phase de torpillage, on entendait le glouglou déchaîné des bulles contre les parois. La mer bouillait, comme le contenu d'une casserole posée sur le feu, et les turbulences des remous faisaient naître des grondements sourds au sein du *Bluedeep*. Les hommes savaient qu'à ce moment précis, la température extérieure frôlait les 160° et que le revêtement thermique du submersible était mis à rude épreuve. Dans le ventre du vaisseau, on respirait par à-coups, la sueur ruisselait des visages, dessinant de grandes taches sombres sur les uniformes.

Curieusement, les Terriens étaient les seuls à souffrir de cette chaleur, que la faune marine des parages accueillait avec une évidente satisfaction.

Sigrid aurait aimé jeter un coup d'œil aux écrans de surveillance du poste de commandement car l'absence de hublot ne permettait pas de voir ce qui se passait au-dehors. Dépourvu d'ouvertures sur l'extérieur – si l'on faisait exception des tubes lance-torpilles et de l'écoutille de sortie du kiosque –, le *Bluedeep* était aussi aveugle qu'étanche. Les seules images en provenance des profondeurs étaient retransmises par les caméras installées sur la coque, et personne à part les officiers n'avait le droit de les observer. L'équipage, s'il voulait se faire une idée des animaux peuplant les abîmes, devait se reporter aux habituels albums d'histoire naturelle s'empoussiérant sur les étagères de la bibliothèque. Sigrid aurait voulu voir réellement ce qui se passait dehors. Elle le dit à Gus qui se contenta de hausser les épaules.

« Reluquer des monstres ? s'étonna le rouquin. Quelle drôle d'idée ! Y a que toi pour avoir des envies pareilles. »

Les choses en restèrent là, mais Sigrid continua à couler des regards envieux en direction du poste de commandement, tout en sachant qu'elle n'avait pas le droit de franchir le seuil de ce sanctuaire strictement réservé aux officiers. Elle ne pouvait s'empêcher de penser à ce qu'avait dit le capitaine Tanner, lors de son séjour sur le jardin flottant, au sujet des hallucinations projetées par les poissons télépathes. Le *calorosaurus* existait-il réellement ?

« Nous imaginons peut-être tout cela, se répétait la jeune fille. Même la chaleur... »

On se rapprochait de la pieuvre géante et la température ne cessait de s'élever. Un plongeur muni d'un scaphandre refroidissant n'aurait pu résister longtemps au milieu d'une telle ébullition. Suffoqué, il aurait vite perdu connaissance et commencé à cuire, à son insu, ballotté par les turbulences des eaux surchauffées.

Le vaisseau devait frôler l'animal d'assez près pour être certain de le toucher. La réserve de torpilles n'était pas inépuisable, et l'on ne tirait qu'à coup sûr, le nez sur l'ennemi, quitte à faire machine arrière dès l'ordre de lancement donné. L'onde de choc faisait vibrer les tôles du submersible, jetant les matelots les uns contre les autres, mais le monstre marin explosait toujours, frappé de plein fouet par les projectiles.

Pourquoi tuait-on ces animaux ? Sigrid aurait voulu le savoir. En quoi l'action de porter l'eau de mer à ébullition était-elle criminelle ? Les poissons évoluant dans l'eau devenaient plus gros, et alors ?

Sigrid Olafssen reçut l'ordre de partir à nouveau en exploration. On craignait que le réchauffement de l'océan n'ait une influence fâcheuse sur les différents rapiéçages de la coque. Il fallait entamer au plus vite une ronde de contrôle afin de s'assurer que le bâtiment se comportait bien.

Sigrid ne protesta pas. Elle était déprimée car, le matin même, David Halloran était venu lui dire au revoir ; il avait en effet reçu son affectation pour la passerelle de commandement, en tant qu'aspirant. Désormais, il ne pourrait adresser la parole à ses amis que pour leur donner des ordres ou les réprimander. Il s'en allait rejoindre son poste, très excité, les yeux brillants. Il avait embrassé Sigrid sur les deux joues, distraitement.

« Quand on se croisera dans les coursives, avait murmuré la jeune fille, fais-moi un clin d'œil, en souvenir du bon vieux temps.

— Tu n'y penses pas ! s'était indigné l'aspirant Halloran. Ce serait contraire au règlement. Ne pleurniche pas, c'est la vie. On ne peut pas toujours rester un gosse... Tu es trop rêveuse, un de ces jours il va falloir te secouer. Si tu veux qu'on puisse bavarder ensemble, tu n'as qu'à passer les tests pour grimper sur l'échelle hiérarchique. Quand on sera tous les deux du même grade, on pourra de nouveau être amis. En attendant, je serai forcé de me comporter comme si je ne te connaissais pas. »

Il avait tourné les talons sans rien ajouter, et Sigrid, le cœur serré, une boule dans la gorge, l'avait vu disparaître à l'angle de la coursive. Elle n'était pas même certaine de désirer le revoir dans son déguisement d'apprenti officier, fidèle et attentif. Les choses ne seraient plus jamais comme avant, mais il ne semblait pas le comprendre. Ou peut-être s'en fichait-il ?

16

Le secret du labyrinthe

Quand le quartier-maître réclama une patrouilleuse pour une ronde supplémentaire, Sigrid se porta volontaire. Elle n'avait aucune envie de rester inactive, à remâcher sa tristesse.

Cette fois, elle s'engouffra dans la nuit avec une détermination froide, décidée à pousser son exploration aux confins des territoires désaffectés, ces zones que même les patrouilleuses les plus aguerries évitaient systématiquement.

Alors qu'elle s'engageait dans une coursive secondaire, le quartier-maître lui remit un bocal contenant une *ignite,* un insecte aux allures de gros scarabée et qui résultait de croisements biologiques compliqués.

« Elle peut repérer la présence de l'eau empoisonnée bien mieux que toi, lui affirma le bonhomme. La moindre goutte d'humidité la rend dingue ; tu n'auras qu'à la conserver à la main : si elle s'allume, c'est que tu te trouves à moins de dix mètres d'une infiltration.

Sigrid regarda la bestiole immobile au fond du bocal et fit la grimace. Elle ressemblait à un gros cafard. À un *très* gros cafard. Dans la vie quotidienne, l'ignite était allergique à l'élément liquide et se complaisait dans les atmosphères arides. Les laborantins du *Bluedeep* avaient trafiqué son code génétique de manière à lui rendre insupportable la présence de l'eau de mer. Dès qu'il détectait une infiltration, l'insecte se mettait à briller comme un ver luisant, et ses élytres dégageaient une chaleur destinée à assécher la source d'humidité. Dans la nature, l'ignite procédait ainsi pour neutraliser les méfaits de la pluie. Une fois rouge comme une braise, elle était à l'abri des gouttes qui s'évaporaient dès qu'elles touchaient sa carapace.

Lorsqu'il s'affolait, l'insecte diffusait autant de lumière qu'une lampe torche. Son corps devenait incandescent et l'on ne pouvait plus distinguer ses contours dans le halo éblouissant qui l'enveloppait alors. Si l'infiltration était importante, le carabe atteignait un tel degré d'échauffement qu'il prenait feu et se consumait dans un craquement de brindille. Mais cela ne se produisait qu'en cas d'extrême danger, lorsque l'océan entrait à flots dans les cales.

Le bocal levé à la façon d'une lanterne, Sigrid s'enfonça dans la galerie. Au fond du récipient, l'insecte paraissait plus mort qu'un hanneton piqué sur une planche d'entomologie.

Il faisait chaud et humide dans les tunnels, la jeune fille avançait en haletant, avec l'impression de se déplacer dans un bain de vapeur.

Les premières heures se déroulèrent selon la routine habituelle, et elle ne détecta rien d'alarmant. Les soudures tenaient bon, les pansements de caoutchouc, appliqués ici et là, ne donnaient aucun signe d'effritement.

Elle marcha jusqu'à ce que la fatigue lui scie les jambes et choisit de dormir dans une cabine abandonnée dont elle avait pris la précaution de bloquer la porte en position ouverte.

Ce scénario se répéta le lendemain, et encore le jour suivant, puis, soudain, alors que Sigrid pénétrait dans une zone d'accès difficile, l'ignite se mit à briller. Elle s'alluma d'un coup, irradiant une faible lueur verte qui l'enveloppait d'un halo fantomatique, et ses antennes émirent un grésillement ténu, comme si un courant électrique s'était mis à circuler entre les deux pôles de leur arc tendu.

Sigrid s'immobilisa, l'œil fixé sur le bocal qui ressemblait maintenant à un lampion. La bestiole avait pivoté sur elle-même, faisant face à « l'ennemi ». Ses antennes indiquaient la source d'humidité aussi sûrement que l'aiguille d'une boussole pointe en direction du nord. Il n'y avait plus qu'à suivre la piste. L'eau se trouvait quelque part derrière le fouillis de tôles effondrées obstruant le passage. Sigrid hésita, consulta la carte. Elle avait dérivé vers un embranchement que le relevé topographique ne mentionnait pas. Une zone bouleversée où les poutrelles tordues, les cloisons déchiquetées avaient été soudées de manière à former une barricade impénétrable. C'était comme si l'on avait voulu interdire l'accès à cette partie du vaisseau.

La jeune fille tendit la main, caressant les lambeaux métalliques qui se hérissaient en tous sens, telles des lames de sabre incurvées. Si elle voulait continuer, il lui faudrait ramper dans ce buisson de fer aux épines tranchantes. Elle n'en avait guère envie mais l'ignite s'agitait dans son récipient. *Il y avait de l'eau.* Derrière l'enchevêtrement des poutrelles se trouvait une brèche par laquelle l'océan pénétrait goutte à goutte à l'intérieur du vaisseau.

Dans une cabine poussiéreuse, Sigrid récupéra deux vieilles couvertures qu'elle déchira en bandes pour s'envelopper bras et mains. En dépit de la chaleur, elle s'emmaillota de la tête aux pieds pour se protéger des coupures et, s'allongeant sur le sol, entreprit de ramper entre les structures d'acier. Elle poussait le bocal devant son visage, s'orientant grâce à la luminosité qui s'en dégageait. Le scarabée s'agitait et brillait davantage de seconde en seconde. Il émettait un grésillement continu qui rappelait celui de la viande en train de cuire. Sigrid progressait avec difficulté. À plusieurs reprises, elle dut s'asseoir et batailler pour s'ouvrir un passage dans les ferrailles tordues. Jouant des pinces, du marteau, des cisailles, elle repoussait la tôle, aplatissait les arêtes tranchantes. Les bandelettes qui la couvraient s'effilochaient et elle saignait par une demi-douzaine d'entailles. Elle savait qu'elle aurait dû passer sa combinaison protectrice, mais il faisait trop chaud et elle craignait de tomber en syncope une fois affublée du costume de latex. L'agitation de l'insecte commençait à lui faire peur. *Une voie d'eau s'était ouverte...* L'un des vieux pansements de la coque avait sauté et la mer était en train de s'infiltrer dans les cales. Dans trois minutes elle l'entendrait clapoter. Encore dix mètres et elle se découvrirait au seuil d'une piscine empoisonnée. Des centaines de litres glougloutant entre les parois d'une soute rongée par la rouille. À présent, elle ne pouvait plus reculer, il lui fallait enfiler le scaphandre de caoutchouc.

La peur la saisit quand l'ignite prit feu. Depuis un moment, elle brillait comme une ampoule électrique, répandant un éblouissant halo de lumière blanche. Puis Sigrid entendit un craquement et l'insecte se changea en une boule magnésique dont les flammes noircirent les parois du bocal. Le verre surchauffé se fendit.

Le brasier, en s'éteignant, laissa subsister une pincée de chitine[1] charbonneuse au fond du récipient. Sigrid se passa la main sur le front. La sueur l'aveuglait. L'embrasement du scarabée mutant impliquait la présence d'une *énorme* quantité d'eau. Les marins ne se privaient pas de le répéter : lorsqu'une ignite s'enflammait, on était près de faire naufrage.

Au moment où le passage s'élargissait, la jeune fille repéra une coulée de lumière bleue au ras du sol. Au premier abord, elle crut se trouver en présence d'une flaque et réprima une convulsion de terreur car elle avait failli y plonger la main. La proximité du poison mutagène avait couvert ses bras d'une chair de poule due à la peur rétrospective. Un regard plus attentif lui révéla qu'il s'agissait en réalité d'un rai lumineux provenant de dessous la porte d'une cabine.

Elle se redressa, les jambes tremblantes. Le danger était là, tout proche, derrière cette porte bosselée. La lumière bleue jaillissait en rayon rectiligne par le trou de la serrure. C'était comme un faisceau laser découpant l'obscurité, une traînée si dense qu'elle semblait solide.

Cette fois, Sigrid s'habilla de manière réglementaire. Enveloppée de caoutchouc, la poitrine serrée

1. Matière qui compose la carapace des insectes.

par l'angoisse, elle marcha vers le battant. Le halo bleuâtre rendait inutile le faisceau de la torche, mais une terreur superstitieuse l'empêchait de l'éteindre. Elle s'arrêta devant la porte, en effleura la poignée du bout des doigts.

« Si tu l'ouvres, pensa-t-elle, des milliers de litres d'eau vont te dégringoler dessus et t'emporter. Cette pièce est remplie de flotte jusqu'au plafond. En posant ton oreille sur la paroi, tu l'entendrais clapoter comme une piscine. N'ouvre pas, bon sang ! N'ouvre pas, ou bien la mer va s'engouffrer dans les coursives et submerger le *Bluedeep*... »

C'était idiot, bien sûr, mais elle grelottait de peur. La cabine ne pouvait pas être remplie car la pression aurait depuis longtemps arraché la porte de ses gonds ! En outre, le battant n'étant pas étanche, l'eau aurait jailli du trou de serrure comme d'un robinet.

Sigrid s'efforçait de discipliner son imagination en se répétant qu'elle était le jouet de reflets lumineux, mais la terreur lui chuchotait qu'elle allait causer le naufrage du vaisseau si elle commettait l'imprudence de tourner la poignée. Décidée à en finir, elle serra les dents et poussa le battant dont les charnières rouillées hurlèrent.

Le seuil à peine franchi, la jeune fille eut un hoquet de stupéfaction et demeura figée, les yeux écarquillés. La lumière bleue baignait la cabine, l'éclairant tel un projecteur. Elle provenait d'un trou rond découpé dans la coque. Un énorme trou aussi vaste qu'un hublot et...

Sigrid se mordit la langue, se traita d'idiote.

C'était un hublot !

Un hublot en verre blindé, épais d'une trentaine de centimètres. Une fenêtre ronde s'ouvrant sur l'abîme. Une fenêtre oubliée dont personne ne se rappelait l'existence et par laquelle la lumière des fonds marins entrait dans le vaisseau.

La patrouilleuse resta paralysée de stupeur.

Un hublot. Une lucarne bâillant sur le mystère des grands fonds. Une ouverture béant sur les secrets de l'océan.

« Ce n'est pas possible, se répétait-elle. Je dois donner l'alerte. Cette découpe constitue un point d'affaiblissement dans la structure de la coque. Une aberration de construction. Il faut prévenir le commandant, obturer l'orifice, souder des plaques de blindage... »

Mais tandis que son cerveau égrenait les différents points de la procédure d'alerte, elle demeurait immobile, éblouie par le rayonnement bleu.

Le hublot au pourtour boulonné semblait l'œil d'une pieuvre géante posé sur la paroi de métal. Un œil bleu comme un ciel sans nuage. Sigrid eut l'illusion de regarder le reflet d'un jour d'été scintillant au fond d'un puits. C'était liquide, palpitant, azuréen.

Contrairement à ce que prétendaient les manuels d'instruction militaire, le monde sous-marin d'Almoha ne baignait nullement dans une nuit hostile. L'extérieur ne se réduisait pas à cette encre empoisonnée, peuplée de poissons aveugles aux formes hideuses, que se plaisaient à décrire les officiers.

La jeune fille avança, les mains tendues. Il n'y avait aucune flaque, pas davantage d'infiltration. Le hublot, en faisant « flairer » au scarabée la présence de la mer, l'avait trompé.

Sigrid ne se décidait pas encore à poser les doigts sur la vitre, à approcher son visage de l'ouverture magique.

Pourquoi personne n'avait-il jamais entendu parler de cet observatoire ? Pourquoi faisait-on croire à l'équipage que l'océan était un abîme de ténèbres ? De quoi avait-on peur ?

De quel danger avait-on voulu les protéger ?

« Seuls les officiers connaissent l'existence du hublot, songea fiévreusement Sigrid. C'est leur observatoire secret. Le seul endroit d'où ils peuvent contempler l'océan dans sa réalité matérielle. Ici, pas d'écran, pas de reconstitution électronique, de simulation graphique en trois dimensions... La réalité. Seulement la réalité. »

Ses mains tremblaient. Le commandant et ses lieutenants se rappelaient-ils encore l'existence du hublot ? Victimes de la vieillesse rampante qui les rongeait, avaient-ils fini par oublier que le sous-marin n'était pas cette coque aveugle dont ils se plaisaient à vanter la totale étanchéité ? Était-ce pour cette raison qu'on avait évacué la zone avant d'en rendre l'accès excessivement difficile ?

Sans doute. On n'avait pas osé obturer l'ouverture, préférant se ménager un moyen d'observation direct en cas de panne du système de surveillance électronique, mais on avait fui son voisinage.

« Personne, pensait Sigrid avec une étrange exaltation, personne ne se souvient du hublot, j'en suis sûre. Le commandant est gâteux, ses officiers ne valent guère mieux. Il n'y a que moi... *que moi.* »

Elle respirait mal dans le masque où son souffle produisait un chuintement. Elle éprouva soudain le besoin de se dépouiller du scaphandre. Cette peau de caoutchouc gâchait tout. Elle voulait être nue, nue dans la lumière, nue à quelques centimètres seulement de la masse gigantesque de l'océan.

Elle arracha la combinaison gluante, la repoussa d'un coup de pied et se colla contre la vitre. Elle ne savait pourquoi elle agissait ainsi, mais brusquement elle s'oxygéna mieux. Le couvercle qui pesait sur son cerveau se souleva enfin. D'un seul coup elle ne souffrait plus de l'environnement oppressant du submersible.

« Rhabille-toi, lui soufflait la voix de la raison. La couleur va déteindre sur ta peau, tu vas devenir bleue. Rhabille-toi avant qu'il ne soit trop tard. »

Elle ne savait plus si elle devenait folle ou si elle courait un risque réel, mais elle ne parvenait pas à s'arracher de la lucarne sous-marine.

Pourtant, elle ne voyait rien. Ses yeux dilatés par l'obscurité des coursives étaient encore trop éblouis pour discerner quoi que ce soit au milieu des vibrations liquides. Elle se laissait bercer par le vertige.

Soudain, la peur la reprit. La peur d'avoir touché quelque chose d'interdit, d'avoir osé regarder en face le visage d'une divinité exilée aux confins d'un temple de fer. Elle se vêtit à tâtons et tituba vers la porte qu'elle referma soigneusement derrière elle.

Personne ne devait savoir, non. *Personne.*

Elle était ivre, elle flottait dans un corps allégé, invulnérable. Subitement, les ténèbres ne l'enserraient plus comme une armure étroite aux articulations rouillées. Elle était devenue plus forte.

Elle s'assit dans la coursive, le dos plaqué contre la paroi bosselée, les yeux tournés vers la porte. La lumière bleue continuait à filtrer de la serrure, longue aiguille trouant la nuit. Sigrid se sentait dans la peau d'une héroïne qui vient de découvrir un trésor. Un trésor terriblement dangereux.

17

Confidences mystérieuses

À partir de cet instant, elle perdit la notion du temps. Au lieu de s'en retourner, elle décida de camper dans la coursive, couchée en travers de la porte, tel un chien montant la garde. Quand elle estima avoir recouvré ses forces, elle tourna de nouveau la poignée et s'en alla contempler le hublot. Elle avait oublié quelle était sa mission, rien n'avait plus d'importance que cette lucarne ouvrant sur l'océan et qui faisait d'elle une espionne fabuleuse, une guetteuse d'abîmes. Peu à peu, ses yeux s'habituèrent à la lumière liquide, son regard pénétra les profondeurs, s'égara dans les diaprures des courants sous-marins. L'eau n'avait nulle part la même couleur. À certains endroits, elle était foncée comme l'horizon à l'approche du soir, à d'autres, elle se décolorait jusqu'à prendre l'aspect d'un ciel brûlé de soleil. Ces coulées se mêlaient, sinuaient, stagnaient, dessinant dans l'immensité liquide des routes éphémères, des chemins qui finissaient par se diluer. Sigrid les observait entre ses doigts écartés. Le vertige la terrassait parfois, et elle devait se retenir de hurler d'épouvante quand elle avait soudain l'illusion de basculer en avant, telle une promeneuse qui sent s'effondrer sous ses pieds la falaise au bord de laquelle elle s'est trop avancée. Il lui semblait alors que le hublot l'aspirait, bouche géante, et qu'elle traversait le verre pour plonger dans l'océan. Une bouche, oui... Une énorme bouche aux lèvres de cuivre. Sigrid ne parvenait pas à déterminer si cette sensation l'horrifiait ou la comblait d'aise.

Au fond de sa conscience, la voix de la raison lui murmurait qu'elle était en train de perdre du temps et qu'au retour il lui faudrait inventer un prétexte convaincant pour justifier son retard aux yeux du quartier-maître.

Dès le deuxième jour, elle distingua des ombres dansant dans le halo bleu. Des ombres qui, venant de très loin, s'approchaient doucement. Elles ondulaient, se déformant dans les vibrations liquides. Il lui fallut un moment pour comprendre qu'il s'agissait de grands poissons curieux attirés par son apparition. Son premier réflexe fut de s'enfuir avant l'arrivée des monstres et de claquer la porte de la cabine derrière elle pour se protéger de leur aspect, sans doute épouvantable. Les manuels militaires ne lui avaient-ils pas toujours donné de la faune marine d'Almoha une image atroce ? D'un chapitre à l'autre, ce n'étaient que créatures à tentacules, poulpes géants, espadons colossaux capables de transpercer d'un coup d'éperon la coque d'un submersible. Pendant une minute, elle fut sur le point de se mettre à courir, puis les poissons surgirent de la lumière, beaucoup plus proches qu'elle ne l'avait cru tout d'abord.

Ils étaient beaux...

Sigrid écarquilla les yeux. Les poissons s'étaient rassemblés devant le hublot, battant des nageoires pour se maintenir à la hauteur de la lucarne. Ils lui semblèrent très grands : un mètre cinquante à un mètre quatre-vingts, de la tête à la nageoire caudale. Leur peau n'était pas écailleuse, plutôt lisse et charnue comme celle des dauphins, et elle sembla à la jeune fille douce au toucher. Leur taille mise à part, les poissons ne différaient en rien les uns des autres, comme si une race, une seule, emplissait l'océan. Ils étaient bleus, et dès qu'ils s'éloignaient, ils se confondaient avec l'environnement, devenant du même coup invisibles.

Pour l'instant ils étaient six ou sept, flanc contre

flanc, fixant le hublot avec une attention insolite. D'abord amusée, Sigrid se sentit vite mal à l'aise sous ces regards convergents. Leurs yeux... leurs yeux la gênaient. Ils n'avaient rien d'animal, il y avait en eux quelque chose... d'humain. *Ces bêtes la regardaient avec des yeux d'homme.* Leurs pupilles ne reflétaient pas cette habituelle curiosité bovine des animaux attirés par un spectacle inaccoutumé, elles paraissaient habitées par un bouillonnement de questions.

« C'est comme si..., pensa Sigrid, c'est comme si des hommes déguisés en dauphins me scrutaient à travers les trous d'un masque. »

Elle eut un frisson. L'un des poissons se détacha du groupe pour nager vers le hublot, s'en approchant jusqu'à toucher la vitre ronde. Sigrid dut faire un effort pour ne pas reculer. Le « visage » du poisson, grossi par l'effet de loupe, avait envahi toute la lucarne, soudain énorme. *Le visage du poisson...* Sigrid s'en voulut d'avoir employé ces mots, mais ç'avait été instinctif. L'animal ouvrait et fermait la bouche, laissant échapper des bulles argentées qui filaient vers la surface. Ces bulles roulaient telles des perles sur sa peau, s'accrochant à ses barbillons. Sigrid ne parvenait pas à fixer la bête en face tant son regard la gênait.

« Des yeux d'homme », songea-t-elle de nouveau, et elle comprit qu'elle contemplait une victime de l'effrayant pouvoir de métamorphose des eaux.

C'était un humain qui l'observait de l'autre côté du hublot, un homme dont le corps avait subi le remodelage de l'océan.

Rien n'avait subsisté de son apparence première, rien, sauf ses yeux qui continuaient à charrier des pensées muettes, des sentiments, des regrets.

Sigrid se contraignit à relever la tête pour fixer le pauvre monstre. Il n'y avait rien de menaçant chez l'animal, juste une volonté pathétique de communication qui le poussait à coller sa grosse tête contre la vitre.

« C'était un homme, pensa Sigrid. C'était un humain comme moi. Un jour il est tombé à l'eau et... »

S'agissait-il d'un marin, ou bien d'un autochtone ? Contemplait-elle un ancien habitant d'Almoha, l'un de ces indigènes que l'écroulement de l'unique continent de la planète avait précipités dans les flots empoisonnés ? Obéissant à une impulsion, elle posa les mains sur le hublot et approcha sa figure de la face bleuâtre du poisson, comme si elle allait l'embrasser. Elle ne ressentait aucun dégoût, juste une grande tristesse. Elle aurait voulu improviser des phrases de réconfort, poser des questions.

Mais c'était absurde, on ne discutait pas avec un poisson, n'est-ce pas ? À moins d'être folle.

Et pourtant, elle aurait aimé lui demander si la métamorphose était douloureuse et surtout, surtout, si la mémoire humaine demeurait prisonnière de la forme nouvelle. Oubliait-on sa vie d'homme, ses souvenirs, pour entamer une existence entièrement animale ?... Ou bien tout cela restait-il coincé en vous, à jamais ? On devenait poisson de corps, mais la tête, le cœur restaient-ils humains, vous condamnant à une torture sans fin ? Était-ce ainsi que cela se passait ?

C'était... c'était peut-être une bête avec des sentiments d'homme. Un être qui souffrait de se retrouver enfermé dans une structure organique incongrue, sans bras, sans jambes, tellement différente de sa première enveloppe corporelle.

Pourtant, il n'y avait ni souffrance ni peine dans les yeux qui fixaient Sigrid avec une attention terrible, sans ciller. Plutôt le désir de transmettre un message. Le poisson voulait parler. Cette bête essayait de lui faire comprendre quelque chose. Mais quoi ? Sigrid s'énervait. Ses mains moites dérapaient sur le verre. Impuissante, elle regardait remuer la bouche rectiligne de l'animal. Elle eut l'impression qu'elle ne se contentait pas de laisser échapper des bulles, mais formait des mots, comme une bouche humaine. Ses lèvres boursouflées se contractaient en une grotesque parodie d'articulation.

« Je... je ne sais pas lire sur les lèvres ! cria Sigrid. Je ne vous comprends pas ! »

Voilà qu'elle disait « vous » à un poisson ! Si elle restait là, elle serait bientôt bonne pour la cellule capitonnée des grands agités. Peut-être était-ce la lumière ? Quelque chose dans la lumière qui vous irradiait, vous carbonisait le cerveau. Elle devait rompre au plus vite, tourner les talons et ne plus revenir.

À ce moment le poisson recula, réintégrant le groupe d'où il était sorti. Avec un début d'épouvante, Sigrid réalisa alors que les animaux répétaient tous la même chose. Oui, leurs bouches se tordaient pareillement. C'était comme un chœur scandant les paroles inaudibles d'une même chanson, et les notes de musique s'échappaient de leurs lèvres bleues sous forme de bulles argentées qui grimpaient vers la surface telles des perles de cristal. Cette fois Sigrid se cacha le visage dans les mains et s'enfuit, se meurtrissant l'épaule au montant de la porte. Elle referma le battant avec l'espoir que les charnières se bloqueraient, la préservant des mystères du hublot, mais il n'en fut rien... et dès le lendemain elle put reprendre son observation.

Les poissons l'attendaient, sagement alignés, comme s'ils savaient qu'elle allait revenir. Une fois de plus ils tentèrent de lui parler, articulant des mots que la jeune fille ne parvenait pas à déchiffrer.

« Ils essayent de me prévenir, pensa-t-elle. De me dire quelque chose d'important... »

Elle aurait voulu posséder la faculté de lire sur les

lèvres ; mais ces animaux parlaient-ils seulement sa langue ?

Accablée, elle décida de reprendre la route. Il fallait qu'elle se donne le temps de réfléchir.

« Réfléchir ? lui soufflait la voix de la raison. Réfléchir à quoi ? Tu dois rebrousser chemin au plus vite pour prévenir le commandant. Tu as découvert une faille dans l'étanchéité du sous-marin. Un point faible qu'il convient d'obturer sans attendre. Il faut souder une plaque de blindage sur cette ouverture. Tu sais ce qui risque d'arriver si le vaisseau s'aventure à une trop grande profondeur ? Le hublot se transformera en voie d'eau potentielle. Il explosera sous la pression et la mer s'engouffrera dans la zone désaffectée. Le *Bluedeep* n'est pas aussi étanche que se l'imaginent les officiers. Tu dois les en informer. Si tu ne le faisais pas, ce serait un crime. »

Ce monologue ne cessa de la hanter tout le temps qu'elle mit pour bâcler son inspection.

18

Chaussette bleue, chaussette rouge...

Quand elle émergea enfin dans la lumière jaune de la coursive principale, au terme de son interminable ronde, le quartier-maître l'accueillit d'un grognement maussade. Où diable était-elle passée ? Elle avait quatre jours de retard sur le plan d'inspection. On commençait à penser qu'elle ne reviendrait plus. Sigrid s'en tira en inventant une histoire de porte bloquée.

Le mensonge était tombé de ses lèvres avec une facilité qui l'épouvantait. Pourquoi n'avait-elle pas tout bonnement déclaré :

« Chef, j'ai mis la main sur un drôle de truc, un hublot. Vous saviez que la coque n'était pas totalement aveugle ? »

Le quartier-maître aurait poussé des cris de stupeur, l'aurait traitée de folle, l'aurait fait répéter, puis serait parti au rapport. Une telle trouvaille pouvait propulser une patrouilleuse de 3e catégorie à l'échelon supérieur. Pourquoi n'avoir pas tenté sa chance ? Pourquoi avait-elle choisi de couver ce secret dont elle n'entrevoyait pas l'utilité ?

Un hublot... un hublot oublié, derrière lequel d'anciens hommes métamorphosés en poissons essayaient de parler. Peut-être avait-elle rêvé ? C'est pour cette raison qu'elle hésitait à donner l'alerte. Elle se rappelait les insinuations de Gus au sujet de l'asile de fous ; elle ne tenait pas à finir la mission dans une cellule.

Qui croirait à son histoire ? N'avait-elle pas été victime d'une illusion, d'un mirage né des ténèbres, de la solitude et de la fatigue ?

« Tu es une traîtresse, pensait-elle. Tu as découvert une faille dans le système de protection du bâtiment et tu n'as pas averti le commandement. Tout le monde croit le *Bluedeep* solide, alors qu'il n'en est rien. Il y a cette ouverture dans la coque, cette lucarne fragile qui explosera si l'on descend trop bas. C'est criminel... »

Criminel. Le mot dansait dans sa tête, privé de sens, n'éveillant aucune sensation en elle. Aucune culpabilité non plus. Elle ne comprenait même pas pourquoi elle agissait ainsi.

Lorsqu'elle retrouva Gus au réfectoire, elle fut à deux doigts de lui parler de sa découverte, mais le rouquin remâchait ses habituelles rancœurs et ne paraissait guère disposé à l'écouter. Entre deux bouchées de bouillie nutritive, il parlait de mutinerie, de reprise en main, d'incompétence...

« Séniles, chuchotait-il. Tous séniles, nos chefs, ils ne savent même plus ce que nous faisons ici. »

Sigrid se contenta de hocher la tête, par politesse. La découverte du hublot secret avait relégué ces vieilles histoires aux oubliettes.

La nuit, elle fut incapable de fermer l'œil ; sa conscience la tourmentait. Elle ne dormit qu'une heure, mais ce court laps de temps lui suffit pour rêver que la lucarne mystérieuse se fêlait sous la pression des grands fonds. Le bruit atroce du verre s'étoilant la dressa sur sa couchette, le visage ruisselant de larmes, et elle alluma la lumière pour vérifier que l'eau n'envahissait pas les coursives. Si cela se produisait, le *Bluedeep* serait aspiré par l'abîme en deux minutes à peine. Devenu incontrôlable, il tomberait au plus profond des fosses marines et la pression l'écraserait telle une vulgaire boîte de bière.

« Je dois prévenir le commandant, décida-t-elle en s'essuyant la figure. Demain. Demain j'irai moi-même le trouver. »

Elle s'abattit sur sa couche. Avait-elle une seule

chance d'être crue ? Ne risquait-elle pas plutôt de passer pour une détraquée ? *Un hublot ? Allons donc !* Et pourquoi pas un balcon avec des pots de géraniums ! Elle entendait les officiers ricaner. Le lieutenant Kabler, surtout, avec sa moustache soigneusement taillée, si noire – lorsqu'il la teignait – qu'elle semblait peinte à l'encre de Chine sur sa lèvre supérieure.

« David ne saura plus où se mettre, pensa-t-elle. Il aura honte de moi. C'est vrai qu'il est du côté des chefs, à présent. »

Au matin, elle se força à passer un uniforme propre, astiqua les boutons dorés de sa vareuse, et prit la direction du carré de manœuvre. Elle savait qu'elle commettait là une faute énorme, un manquement total au respect de la voie hiérarchique. En court-circuitant le quartier-maître, elle se mettait hors la loi, mais elle agissait en état second. Et puis il lui semblait qu'en faisant son rapport à un subalterne, elle courait davantage le risque de ne pas être crue.

« T'as halluciné, ma cocotte, lui dirait le quartier-maître. Tu ne crois pas que je vais aller déranger le commandant pour de pareilles bêtises ! »

Non, tant qu'à parler, autant que ce fût devant l'autorité suprême. D'ailleurs, n'en allait-il pas de la survie du vaisseau ?

L'estomac serré, les mains moites, elle franchit le

seuil du carré de manœuvre, ce territoire où les mousses n'avaient pas le droit de mettre les pieds. C'était comme si elle était entrée dans un temple barbare et qu'elle allait, au détour d'un pilier, découvrir la figure épouvantable d'une idole vociférante. Pendant les cinq premières minutes elle s'attendit à être foudroyée par un éclair tombant du plafond. Le sacrilège qu'elle était en train de commettre ne pouvait connaître d'autre sanction. Jamais un mousse de la « relève » ne s'était aventuré aussi loin en territoire interdit. Ceux qui, par mégarde, s'étaient laissés aller à franchir la ligne frontière avaient tous été empoignés par la peau du dos au bout de trois pas et roués de coups.

Elle se glissa entre les tableaux de commandes, les manettes, les canalisations, en retenant son souffle. Elle connaissait cette partie du bâtiment grâce aux descriptions qu'en donnaient les plans du service pédagogique, rien de plus. Une excitation sourde la faisait transpirer. Ainsi c'était là le cœur du vaisseau, l'endroit où se trouvaient concentrés les organes qui permettaient d'agir directement sur la course du submersible ? Ses regards allaient et venaient, courant sur les manomètres, les indicateurs à bulle, les myriades de boutons, de connecteurs et de voyants. La machinerie mangeait tout l'espace, réduisant la place des hommes à d'étroits couloirs. Les gaines rassemblant les faisceaux de fils électriques se tordaient au plafond comme de gros tentacules lovés sur eux-mêmes. Partout, des aiguilles tremblotaient sur des cadrans, prenant des mesures mystérieuses. Les ampoules de contrôle palpitaient, rouges, vertes, jaunes...

Sigrid essaya vainement d'identifier les appareils. La complexité de l'installation la terrifia, car elle lui faisait prendre conscience de l'étendue de sa propre ignorance. Perdue dans le labyrinthe de la machinerie, elle n'aurait su quelle manette tirer, quel bouton presser pour modifier la course du *Bluedeep.*

Lorsqu'elle croisa le lieutenant Kabler, son cœur s'arrêta de battre et elle crut que l'officier allait l'empoigner par le revers de sa vareuse pour l'expulser, mais le second la dépassa sans la remarquer. Sigrid fut frappée de constater à quel point il avait vieilli au cours des dernières semaines. Sa moustache était d'un gris sale, comme sa chevelure qui s'échappait en mèches trop longues de sa casquette. Il se tenait voûté, le dos rond, et marchait les yeux baissés en marmonnant entre ses dents. Les poils cendreux d'une barbe de trois ou quatre jours hérissaient ses joues. Mue par un réflexe, Sigrid le salua réglementairement sans que Kabler lui réponde.

Indécise, la jeune fille poursuivit son exploration. Dans la chambre des cartes, deux sous-officiers jouaient aux dominos, des lunettes en équilibre sur le bout du nez. Leurs mains tremblaient et ils paraissaient éprouver beaucoup de difficulté à se saisir des petits rectangles d'ivoire. Ils bavardaient d'une voix chevrotante... ou plutôt monologuaient chacun de leur côté, n'écoutant personne, en définitive. Tous étaient négligés, sales, et portaient des vêtements trop étroits. Bedonnants, souvent chauves, les pieds dans des pantoufles, ils se déplaçaient en grimaçant, comme si leurs articulations abîmées ne supportaient plus la moindre sollicitation.

Il régnait sur le carré des officiers une étrange odeur de vieillesse. Sigrid rasait les cloisons, n'en croyant pas ses yeux. Ces hommes avaient 40 ans, 50 tout au plus, et l'on aurait dit des ancêtres au dernier stade du délabrement physique.

Les matelots installés aux pupitres de surveillance ne valaient guère mieux. La plupart somnolaient, effondrés entre les bras de leur fauteuil. Sigrid se déplaçait au milieu d'eux comme un fantôme. Elle comprenait soudain pourquoi l'on voyait rarement les officiers : l'âge les tenait cloués dans leurs cabines, et s'ils avaient dû inspecter le vaisseau, ils n'auraient pu le faire qu'appuyés sur une canne.

Les paroles de Gus résonnaient à ses oreilles : *dix ans... dix ans à respirer de l'air en conserve, à boire de l'eau recyclée, à se nourrir d'aliments déshydratés.*

Le régime antinaturel avait eu raison des organismes les plus résistants.

« Bientôt, ce sera notre tour, pensa-t-elle en essayant de juguler la panique qui s'emparait d'elle.

Le sous-marin tout entier se changera en asile de vieux. Voilà pourquoi les gens de l'Amirauté voulaient qu'on embarque des enfants ! Ils savaient... ils savaient d'avance que le *Bluedeep* allait user les hommes d'équipage à un rythme accéléré. »

Dans la salle du périscope, elle découvrit enfin le commandant. Mâchonnant une pipe éteinte, le vieillard essayait maladroitement d'emboîter les minuscules pièces de bois d'un modèle réduit de voilier. Mais ses doigts tremblaient trop et il ne cessait de rater ses assemblages, désagrégeant les parties déjà constituées.

Sa barbe blanche couvrait tout son plastron, ses cheveux neigeux passaient par-dessus le col de sa vareuse. Il marmonnait, s'aidant d'une loupe pour essayer d'identifier les menus éléments étalés sur une carte des fonds marins constellée de taches de soupe au vermicelle.

« Foutu bossoir[1] tribord, grommela-t-il. Où a-t-il bien pu passer ? »

Remarquant enfin la présence de Sigrid, il agita une main tavelée pour lui signifier d'approcher.

« Viens m'aider, petite fille, souffla-t-il. Tu as de bons yeux, toi, tu vas trouver ce que je cherche. Une paire de bossoirs pour accrocher ce mignon canot de sauvetage. »

Entre un pouce et un index jaunis par le tabac, il

1. Portique où l'on suspend les embarcations de sauvetage.

tenait une embarcation microscopique. Sigrid se mit à fouiller d'un doigt tremblant dans les pièces en vrac. Le commandant respirait bruyamment en soufflant par le nez. Sa peau était jaune, écailleuse comme celle d'une tortue marine. Les rides s'entassaient au-dessus de ses sourcils tels les plis d'une pâte molle. La chair n'adhérait plus à ses os.

« Quel âge a-t-il ? songeait Sigrid dont la vision se brouillait. *Il ne peut pas être si vieux, c'est impossible.* Il devait à peine avoir 40 ans au moment de l'embarquement ! »

Elle finit par trouver la pièce désirée et le vieillard s'en empara avec une convoitise puérile. Le trois-mâts qu'il essayait de construire était assemblé en dépit du bon sens. Sa ligne générale évoquait davantage une épave qu'un bâtiment en état de prendre la mer.

Pendant que le commandant manipulait la maquette, Sigrid lui raconta en chuchotant la découverte du hublot. Elle parla d'une traite, sans reprendre son souffle, par peur de ne pouvoir continuer si elle s'arrêtait.

Ses aveux ne provoquèrent aucune réaction. Le commandant s'obstinait maintenant à emboîter un guindeau[1] dans un trou qui n'était pas le bon, et cette manœuvre le faisait souffler comme un phoque. Sa

---

1. Treuil manuel permettant de remonter ou de descendre des charges : l'ancre, par exemple.

salive, allant et venant dans le tuyau de la pipe vide, produisait un gargouillis déplaisant.

« Commandant, insista Sigrid, le hublot... »

Alors, seulement, elle comprit que le bonhomme était plus sourd qu'un morceau de gruyère.

Cette fois, une réelle terreur fondit sur elle et elle s'éloigna de la table à reculons. Le commandant ne lui accorda pas un regard. Muré dans son occupation maniaque, il piochait dans sa réserve de pièces éparses.

« Figure de proue, grognait-il. Il y avait bien une figure de proue, fichtre de fichtre ! »

Au moment où elle quittait la salle du périscope, Sigrid aperçut les chaussettes de l'homme, sous la table. L'une était bleue, l'autre rouge.

Elle se dépêcha de battre en retraite. Dans son esprit, le ronronnement des machines se confondait avec les ronflements des vieux matelots assoupis. Toute cette partie du vaisseau semblait avoir succombé à la maladie du sommeil. Là où aurait dû normalement se déployer une activité intense, s'était organisé une sorte d'hospice douillet où chacun s'engourdissait en occupations dérisoires.

Enlisé dans sa sieste sénile, l'équipage du poste de manœuvre ne s'était même pas rendu compte de l'intrusion de Sigrid. Elle avait pu aller et venir sans qu'aucun rappel à l'ordre n'éclate à ses oreilles.

Kabler lui-même l'avait croisée sans s'offusquer de sa présence.

Tandis qu'elle regagnait le quartier des équipages, la jeune fille se rappela l'œil glauque du second, cette figure de somnambule, sa démarche boiteuse de vieillard arthritique. La dernière image qu'elle emporta du carré de manœuvre fut celle d'un cartographe chauve, environné de feuilles de papier jaunies et qui feuilletait avec une infinie lenteur un énorme album photographique rempli de clichés de bébés souriants.

Était-ce là une conséquence directe du syndrome des hautes pressions ? On racontait qu'à vivre trop longtemps au fond des océans – « au rez-de-chaussée des abîmes », comme disait Gus – la boîte crânienne finissait par rétrécir, comprimant le cerveau qui se trouvait, peu à peu, broyé par son enveloppe osseuse.

« Ça paralyse les centres nerveux, lui avait expliqué un infirmier. À la fin, on ne peut même plus parler. On reste stupide, à fixer un point invisible, droit devant soi. On vire crétin. Puis, au fur et à mesure que le crâne continue à rétrécir, la cervelle se change en chair à pâté. »

Ayant quitté le carré des officiers, elle éprouva le besoin d'aller conter son aventure à Gus. Le rouquin ouvrit des yeux éberlués et sa mâchoire se décrocha sous l'effet de la surprise.

« Toi ? haleta-t-il. Tu veux dire que tu as osé aller

te promener chez le commandant ? Et personne ne t'a arrêtée ? Tu rigoles ? »

Sigrid raconta par le détail ce qu'elle avait observé dans la zone de manœuvre. Gus l'écoutait sans rien dire, pâlissant au fil du récit.

« Si tu n'exagères pas, on est foutus ! souffla-t-il enfin. Ça signifie que le commandant est gâteux. Voilà pourquoi on ne le voyait plus depuis un moment. Il n'est plus montrable. Kabler le cache. Mais il y passera lui aussi, comme les autres. Ces abrutis nous ont tenus à l'écart, nous les gosses de la relève. Ils ont refusé d'admettre qu'il leur faudrait un jour passer le relais aux plus jeunes. Ils se sont crus malins ; ils nous ont maintenus dans l'ignorance. Maintenant, ils sont séniles... Tu comprends ce que ça signifie ? Même s'ils voulaient nous transmettre leur savoir, ils n'en seraient plus capables. Ils ont tout oublié. Je suis prêt à parier ma tête que le *Bluedeep* fonctionne depuis plus d'un an en pilotage automatique. »

Sigrid se demanda si elle devait évoquer le problème du hublot devant Gus, mais le rouquin semblait si irrité qu'elle préféra ne pas insister.

« L'Amirauté avait dû les mettre en garde, grommela-t-il ; malgré ça, ils se sont crus invincibles. Ils se sont imaginé qu'ils auraient achevé la mission avant que le délabrement physique ne se fasse sentir. Les abrutis ! »

De retour dans sa cabine, Sigrid s'examina dans le miroir accroché au-dessus du lavabo, traquant sur son visage les signes d'un vieillissement précoce.

La porte s'ouvrit brusquement derrière elle, livrant le passage à David. Il était en uniforme d'aspirant, en proie à une vive colère.

« Que fabriquais-tu là-bas ? aboya-t-il. Tu n'avais pas le droit de pénétrer dans la zone de commandement sans autorisation !

— Ne t'excite pas, fit Sigrid. Personne ne m'a vue. Dans l'état où ils sont, je ne courais pas grand risque. »

La rage déforma le visage de David Halloran, mais il crispa les lèvres pour se reprendre.

« Il est en train de changer, pensa la jeune fille. Ce n'est plus le garçon avec qui je jouais à cache-cache dans les soutes. Il semble plus... *âgé.* »

« Tu ne sais pas de quoi tu parles ! haleta le jeune homme. Tu ne dois pas manquer de respect à ceux qui nous commandent. Ils se sont sacrifiés pour nous. Longtemps, ils ont avalé des pilules de jeunesse pour se maintenir en forme, pour retarder les effets de la vieillesse, mais c'est une tricherie qu'on finit par payer au centuple. Aujourd'hui, le temps leur présente l'addition. L'âge leur tombe tout d'un bloc sur les épaules. Ils sont sujets à des crises de sénilité momentanée. Ça dure quelques jours, puis, à force de se gaver de médicaments, ils reprennent le dessus. Mon travail consiste à leur faire avaler ces pilules. Sans moi, ils se laisseraient engloutir par le vieillissement. Ce sont des martyrs, des héros... Tu ne peux pas comprendre.

— Qui va diriger le sous-marin quand ils seront morts ? » s'enquit Sigrid.

David baissa les yeux et détourna la tête.

« Ne t'occupe pas de ça, siffla-t-il. Tout est prévu. »

Mais la jeune fille eut la conviction qu'il mentait.

« En tout cas, grogna-t-il en quittant la cabine, ne remets jamais les pieds là-bas, ou bien... ou bien, je serai forcé de prendre des sanctions contre toi. »

Sigrid se retourna une bonne partie de la nuit sur sa couchette. Quand elle réussissait à fermer l'œil, c'était pour rêver que ses organes se liquéfiaient. Tout à coup, elle n'avait plus de cœur, plus de poumons ; ses viscères se dissolvaient. Elle était remplie d'eau de mer.

Le rêve l'obséda toute la journée du lendemain. Le moindre gargouillis stomacal la faisait sursauter. Elle comprit qu'elle devait se reprendre.

Un peu plus tard, Gus l'entraîna dans une remise à matériel sous prétexte d'entamer un inventaire des lampes torches et lui glissa à l'oreille :

« Avec quelques copains, on a décidé de réagir, pas question de laisser les choses suivre leur cours.

On a pris contact avec un vieux mec du carré de manœuvre, il est d'accord pour nous apprendre comment diriger le sous-marin. Il a bien compris qu'on courait à la catastrophe. Il nous donnera des cours en secret, dans la salle de boxe. Est-ce que tu veux en être ? Y a tellement de trucs à apprendre qu'il vaut mieux qu'on se répartisse les tâches.

— Mais c'est un complot ! murmura Sigrid.

— Bien sûr ! s'emporta Gus. Comment veux-tu faire autrement ? C'est notre seule chance de nous en sortir. Ce type n'est pas encore trop ramolli de la cervelle et il nous aime bien. En s'y mettant maintenant, on peut être opérationnels dans six mois, c'est ce qu'il espère. Alors, tu en es ? »

Sigrid ne pensait qu'au hublot, la perspective d'une mutinerie la laissait indifférente. Gus accueillit sa froideur avec colère.

« T'as la trouille ! cracha-t-il comme un défi. T'as la trouille ! T'es qu'une dégonflée ! Tu finiras comme David ! »

La jeune fille ne chercha pas à se défendre.

Il n'était pas question pour elle de partager son secret avec d'autres matelots. Le hublot était sa propriété, elle n'en accorderait la jouissance à personne.

De retour dans sa carrée, elle s'allongea sur la couchette. Si elle confiait sa découverte à Gus, il lui semblait qu'elle ne retrouverait jamais le chemin de la cabine ouverte sur l'ailleurs. De toute façon, elle n'aurait aimé dévoiler sa trouvaille qu'à David Halloran, à David, seulement. Hélas ! le *vrai* David était loin à présent. Le David d'aujourd'hui prenait la défense des officiers et leur inventait mille excuses grotesques. Bientôt, il se laisserait pousser la moustache, comme le lieutenant Kabler, et il aurait l'air parfaitement ridicule !

19

Rez-de-chaussée des abîmes

Dès le lendemain, elle ne tenait plus en place.

« Je dois y retourner, pensa-t-elle, et le plus vite possible. »

Du strict point de vue du service, elle était en période de repos, son absence passerait donc inaperçue. Ne la voyant plus au réfectoire, on supposerait qu'elle avait demandé à « descendre à terre » et profitait de ses courtes vacances dans la zone récréative. Si personne ne se donnait la peine de vérifier, cela pouvait marcher. Gus lui battait froid, le quartier-maître ne lui accordait aucune attention ; il n'y avait pas à hésiter : elle n'avait qu'à prendre sa torche, son barda, et se glisser en secret dans le boyau d'une galerie secondaire.

« L'aller et retour, se jura-t-elle. Juste l'aller et retour. »

Saisissant son paquetage, elle se faufila dans la coursive sur la pointe des pieds, rasant la paroi jusqu'à l'embranchement des tunnels auxiliaires.

Elle plongea dans la nuit avec une hâte fébrile, tremblant de ne pas retrouver l'emplacement du hublot. Mais elle avait pris des repères, dressé une carte : elle atteignit sans difficulté la jungle de poutrelles défendant le territoire magique. Elle dut ramper pour atteindre la cabine mystérieuse et c'est dans un état d'extrême excitation qu'elle posa les doigts sur la porte. Le rayon de ciel bleu qui coulait par le trou de la serrure la fit frissonner de gourmandise. Aussitôt, elle arracha ses vêtements, se mit en maillot de bain et courut au hublot. Elle avait mis tant de vivacité dans son élan que son front cogna contre la vitre tiède.

Les poissons vinrent tout de suite la saluer. Sigrid se demanda s'ils étaient restés là, à l'attendre, tels des spectateurs devant un téléviseur. Comment savaient-ils qu'elle reviendrait ?

Elle se laissa aller. Une force étrange l'emplissait, une vibration puissante qui courait à travers son organisme. Elle n'avait plus ni faim ni soif et toute sa fatigue s'était envolée.

Perdant la notion du temps, elle passa plusieurs heures collée au hublot, à essayer de découvrir le panorama sous-marin. La densité de l'eau ne permettait pas au regard d'aller très loin, mais on devinait d'immenses prairies couvertes d'algues bleues, des landes où des coraux gigantesques tressaient des monuments baroques. Un monde infini, avec ses montagnes, ses vallées. Les poissons parlaient toujours et leurs bouches articulaient au ralenti des mots que Sigrid ne savait déchiffrer.

À la fin, irritée par son impuissance, elle sortit de la cabine et déambula dans la coursive qu'elle n'avait pas pris la peine d'explorer lors de sa précédente intrusion.

C'est ainsi qu'elle découvrit le sas, au bout du corridor, une pièce minuscule munie d'une énorme écoutille à volant. D'abord elle ne voulut pas en croire ses yeux, puis elle comprit qu'il s'agissait d'une sortie auxiliaire. Trois scaphandres de plongée se balançaient, suspendus à une tringle. Les bonbonnes d'air étaient piquetées de rouille, tout comme les gros casques. Sigrid se mordilla l'ongle du pouce, voulut battre en retraite, mais demeura figée sur le seuil, son regard allant et venant au long des parois, enregistrant chaque détail de la chambre de plongée – une rotonde étroite, où presque toutes les manœuvres devaient se faire à la main. Deux des combinaisons étaient dissoutes, la troisième semblait utilisable.

« Arrête ! s'ordonna-t-elle mentalement. Arrête ! *Je sais à quoi tu penses !* »

Mais déjà l'idée faisait son chemin, tentatrice.

Si le système de soufflerie asséchant était toujours en état, il serait facile de s'offrir une petite promenade au fond de la mer et d'en revenir impunément. Le séchoir ferait s'évaporer jusqu'à la dernière goutte d'eau empoisonnée et le tour serait joué. Facile... *très facile.*

Sigrid tendit la main vers la manette commandant la soufflerie en priant pour qu'on l'ait déconnectée. C'était peu probable. On avait coupé le courant dans les coursives, soit, mais on avait dû maintenir le dispositif d'évacuation en état de marche, par mesure de sécurité. Dès que la manette eut claqué, un ronronnement puissant fit vibrer les tôles tandis qu'une bouffée d'air chaud jaillissait des évents disposés au ras du sol. Le sas était opérationnel.

« Le sort en est jeté ! » songea Sigrid avec fatalisme. Cette fois, elle n'avait plus d'excuse pour reculer. Elle fit le tour de l'installation pour vérifier qu'elle saurait s'en servir. La machinerie en était fort simple, à la portée d'un mousse. Un seul individu pouvait l'activer depuis le banc de plongée, il suffisait d'enfoncer de gros boutons caoutchoutés sur un pupitre. Le jaune vous isolait, le vert laissait entrer l'eau, le rouge déverrouillait la trappe de sortie, *ensuite...*

« Tu es folle ! » se dit la jeune fille.

Personne n'avait jamais quitté le sous-marin alors que celui-ci se trouvait en plongée. Personne n'avait jamais posé le pied sur la vase du fond... Cette manœuvre était trop risquée. Chaque fois qu'on avait dû intervenir sur un point externe de la coque, on l'avait fait en surface.

Sigrid ferma les yeux. La sueur coulait sur son front, lui chatouillait le bout du nez.

Une porte, une porte à déverrouiller et, derrière, *l'immensité*... Un univers s'étendant à l'infini. Une porte à pousser et l'on sortait de la boîte à sardines, du sarcophage nommé *Bluedeep*.

« Arrête ! pensa à nouveau la jeune fille. C'est de la folie. »

À l'absence de ronron sous ses semelles, elle savait que le submersible était à l'arrêt, posé sur la vase, en phase d'observation. C'était le moment ou jamais de tenter une sortie.

Dix minutes. Pas davantage.

Et si le vêtement de plongée était défectueux ? S'il se remplissait d'eau ? Si les bonbonnes d'air étaient vides *et si*... ?

Elle fit le point sur l'état du matériel. La bouteille était chargée, le respirateur fonctionnait. Il y avait bien, ici et là, des piqûres d'oxydation sur les chromes de l'équipement, mais rien d'alarmant. La combinaison semblait intacte. Pendant qu'elle procédait, d'instinct, à ces vérifications, la sirène d'alarme ne cessait de hurler au fond de son crâne, lui serinant le même discours : elle allait enfreindre le principal tabou[1] du vaisseau, elle allait sortir sans raison valable, elle...

Sans l'ombre d'une hésitation, elle entreprit de passer l'un des scaphandres de plongée. Elle ne réfléchissait plus, une nécessité la poussait à agir. C'était comme si quelqu'un la manipulait au moyen de fils invisibles. Ses mains ne lui obéissaient plus, elles saisirent le casque, le posèrent sur sa tête, assujettirent bouteilles et harnais. Le bloc du respirateur lui sciait les épaules, la forçant à se tenir courbée. Ses pieds disparaissaient dans le carcan de grosses chaussures lestées qu'elle avait peine à soulever. Elle s'assit sur le banc de plongée et pressa le bouton de remplissage. La machinerie émit un « clong » sourd au moment où s'ouvraient les évents, puis l'eau envahit la pièce en bouillonnant, extraordinairement bleue, transportant avec elle sa lumière interne. Sigrid la regarda mousser à ses pieds. Il ne lui restait plus que dix secondes pour tout arrêter. Elle devait se décider maintenant, avant que le niveau du liquide n'atteigne son casque. Elle tremblait à l'idée d'une fêlure, d'une soudure défectueuse... Et si la vitre du masque explosait ? Si l'eau s'engouffrait dans cette lézarde, lui aspergeant le visage ? Toutefois, en dépit du danger, elle demeura assise sur le banc de bois, maintenue en place par le

---

1. Interdiction religieuse qui, si elle n'est pas observée, est censée déclencher une catastrophe.

lest de fonte suspendu à sa taille. Elle ne pouvait plus reculer, l'eau atteignait sa poitrine, clapotait contre ses bouteilles. *C'était du poison...* Un poison qui pouvait lui faire perdre son apparence d'être humain, et elle était en train de s'y baigner ! Le bouillonnement se referma sur elle, l'engloutissant, emplissant la pièce jusqu'au plafond. Elle était à présent dans l'antichambre de l'océan, le souffle court. Elle remua pieds et mains, tremblant de détecter une trace d'humidité à l'intérieur du scaphandre, une fuite...

Lorsqu'elle s'estima au sec, elle enfonça le bouton de l'ouverture extérieure. Il y eut un grondement quand l'écoutille se déverrouilla et une fine poussière de rouille se dilua dans l'eau, y dessinant des traînées sanglantes. Enfin, le panneau blindé coulissa, démasquant l'orifice de sortie qui trouait le flanc du submersible. Sigrid se leva et marcha vers la porte. Elle s'arrêta sur le seuil, soudain écrasée par l'immensité du paysage marin. Le vertige s'empara d'elle. Les dix années passées dans le ventre du *Bluedeep* avaient fait d'elle une naine... les vagues allaient la balayer comme une particule de plancton. Elle n'était rien qu'un organisme microscopique vacillant au bord de l'infini.

Elle faillit reculer, rentrer à l'abri du sas et fermer l'écoutille, mais elle domina sa peur et se jeta dans l'immensité comme on saute du haut d'une falaise. Ses souliers plombés foulèrent la vase du fond, soulevant un nuage d'un bleu foncé qui semblait de l'encre en poudre. Comme s'ils avaient deviné son appréhension, les poissons l'entourèrent. Longs fuseaux de peau azuréenne, ils se déplaçaient d'un coup de nageoires imperceptible, sans aucune torsion du corps. Ils étaient très grands.

« La taille d'un homme allongé », songea Sigrid qui n'osait les toucher. Elle leva les yeux vers la surface. Le bleu l'enveloppait. La jeune fille sentit le danger qu'il y aurait à s'abandonner à une telle contemplation. C'était l'une de ces fascinations qui vous amènent à oublier qu'une bouteille d'oxygène n'est pas inépuisable. D'ailleurs, les poissons lui donnaient des coups de tête, sans qu'elle puisse déterminer si ce contact était amical ou hostile. Sigrid aurait aimé les caresser du bout des doigts, elle estima cependant la chose prématurée.

Elle reçut un nouveau coup de nageoire.

« C'est drôle, pensa-t-elle, on dirait qu'ils veulent me conduire quelque part. »

Elle se résolut à avancer, brassant la lumière liquide qui l'enveloppait. Son regard explora la plaine sous-marine. Elle avait sous les yeux un continent fracassé, des falaises réduites en miettes, dont les tronçons avaient basculé dans la mer pour s'échouer dans les abîmes telles d'immenses épaves rocheuses. Sur ces blocs mal imbriqués se dressaient des maisons. Des maisons préservées, quoique juchées de guingois.

Sigrid s'arrêta. Les bâtisses différaient à peine des

constructions terriennes, elles auraient pu provenir d'une région méditerranéenne : la Grèce, par exemple. Le cataclysme les avait épargnées et – chose incompréhensible – elles étaient demeurées intactes malgré leurs nombreuses années d'immersion. Le bois des volets n'avait pas pourri, la peinture des façades ne s'était pas écaillée.

« On dirait qu'elles viennent d'être englouties », constata Sigrid.

Elle était décontenancée. Normalement, les bicoques auraient dû se présenter sous l'aspect de masses lépreuses, éboulées. C'est un théorème bien connu des plongeurs : aucune charpente ne peut résister à l'immersion prolongée ; le bois gonfle, s'émiette, les poutres se désagrègent... Il ne faut guère de temps pour qu'une épave disparaisse, digérée par l'océan, et pourtant, ici, sur cette planète aux lois étranges, les choses ne semblaient pas fonctionner ainsi.

Sigrid s'immobilisa dans le nuage de vase soulevé par ses semelles de plomb. Il y avait là quelque chose d'incompréhensible.

Un poisson qui s'impatientait lui expédia un coup de museau entre les omoplates, la forçant à reprendre sa marche. Lorsqu'elle fut assez près de l'immeuble, elle nota la présence d'une cage à oiseaux sur le rebord d'une fenêtre. Un poisson y tournait, prisonnier. Un petit poisson bleu pâle, qui zigzaguait entre les perchoirs. La porte était fermée. L'intervalle entre les barreaux était bien trop réduit pour que la bestiole ait pu se faufiler à l'intérieur de la cage. Fallait-il en conclure qu'elle y était enfermée depuis la catastrophe ? La cage, quant à elle, ne présentait aucune trace d'oxydation. Elle brillait dans le clair-obscur des abîmes. *Neuve.*

Les contours de la maison ondulaient dans les courants. Au rez-de-chaussée, on avait disposé des pots de fleurs où s'enracinaient désormais les longues branches d'un corail bleu vif. D'anciens géraniums victimes de la mutation, probablement. Exception faite de trois grosses crevasses zébrant sa façade, la bâtisse n'avait pas souffert de son plongeon dans la mer. Elle était là, pimpante, préservée. Comme si une main géante l'avait cueillie au sommet d'une falaise pour la déposer au fond de l'océan, en prenant soin de ne pas trop la secouer.

Sigrid escalada une éminence rocheuse. Elle distingua, au loin, d'autres masures. Elles n'arboraient pas cette allure fantomatique qui est le propre des ruines sous-marines. L'océan ne les avait pas enveloppées de concrétions coralliennes, elles avaient conservé un aspect vivant, propre.

Sigrid piétina dans la vase, le nez levé. Quelqu'un allait-il ouvrir la fenêtre du deuxième étage pour s'inquiéter de sa présence ? Prête à toutes les fantasmagories, elle s'attendait même à voir s'avancer sur le pas de la porte une sirène affublée d'un balai, faisant office de concierge.

« C'est une hallucination, décida-t-elle. Un début de narcose. Le mélange gazeux des bouteilles est mal équilibré en azote. Je suis en train de perdre la tête. »

Mais elle se trouvait maintenant au bas du perron et sa main gantée effleurait la rampe. La maison existait bel et bien. Elle la touchait. Mystérieusement préservée, elle se dressait au sein des profondeurs, défiant les atteintes du temps. Au grand étonnement de Sigrid, les Almohans avaient bâti des demeures semblables à celles des Terriens. Jusque-là, elle avait imaginé ces créatures sous la forme de pieuvres intelligentes habitant des temples barbares. Au lieu de cela, elle découvrait des immeubles vieillots... des cabanes de bergers, des fermes, empilées en vrac, au hasard de la plaine sous-marine.

Elle entra. Pouvait-elle faire autrement ? Les poissons la pressaient, impérieux. La jeune fille traversa le hall. Elle essaya de ne pas regarder les boîtes aux lettres d'où dépassaient des journaux, des enveloppes...

Du courrier intact. Des journaux intacts. Comment était-ce possible ? Le papier aurait dû se dissoudre depuis longtemps !

Elle grimpa l'escalier, les dents serrées, s'attendant à ce que les marches pourries cèdent sous son poids, mais elles étaient solides, comme le reste. Un tapis les recouvrait. Un tapis que le glissement au fond des eaux avait laissé tel qu'au sortir du métier à tisser. Sur le palier du premier étage, deux portes s'entrebâillaient sur des appartements déserts. Sigrid poussa celle de gauche. Elle tremblait à l'idée de voir surgir un triton grincheux, une sirène furibonde, mais le logement se révéla dépourvu d'occupant. Il était meublé avec sobriété. Une immense bibliothèque en couvrait les murs. Les courants sous-marins, s'introduisant par les fenêtres, bousculaient les livres qui dérivaient à travers les pièces, tels de curieux poissons rectangulaires. Un gros volume frôla le casque de Sigrid, s'ouvrit, faisant bruire ses pages comme autant de fines nageoires tachetées. La jeune fille s'en saisit, l'examina. Elle ne comprenait pas les caractères imprimés qui ne s'apparentaient à rien de connu, mais son étonnement ne venait pas de là. Il suffisait de feuilleter le livre pour se rendre compte que ses pages étaient de papier – *un papier ordinaire.* On pouvait les froisser et pourtant elles ne paraissaient pas mouillées. Elles craquaient sous les doigts, se déchiraient avec un bruit sec, alors qu'elles auraient dû présenter l'aspect d'une bouillie collante. Sigrid s'avança vers la bibliothèque, s'emparant d'autres volumes. Ils étaient tous miraculeusement préservés des méfaits de l'engloutissement. *Secs.* Immergés au fond de la mer, mais néanmoins secs, comme les journaux de tout à l'heure, dans les boîtes à lettres. L'encre d'imprimerie ne s'était pas délayée, les reliures ne s'étaient nullement désagrégées.

Effrayée, Sigrid changea de pièce. Les meubles de bois dérivaient au gré des courants, comme tout ce qui n'avait pas été fixé au sol. Des tableaux frémissaient contre les murs, en parfait état de conservation, eux aussi. D'une facture orientale, ils montraient les paysages d'un monde défunt, mais également quelques nus féminins. Sigrid put constater que les Almohanes étaient fort semblables aux Terriennes. Plus minces, plus félines, peut-être – avec de courts cheveux crépus et une bouche très charnue –, mais guère différentes quant à l'anatomie.

Sigrid caressa les images du bout des doigts. La peinture n'avait pas cloqué, les couleurs ne s'étaient pas dissoutes.

Les Almohans avaient-ils l'habitude d'utiliser des substances conservatrices préservant les objets de la dégradation ? Elle ne trouvait pas d'autre explication au prodige. Elle se retourna instinctivement, cherchant du regard les poissons qui la suivaient. Ils la fixaient de leurs yeux ronds, comme s'ils attendaient d'elle une déclaration importante.

« Qu'est-ce que vous voulez ? s'irrita Sigrid. Pourquoi m'avez-vous amenée ici ? Pour que je remette de l'ordre ? C'est ici que vous habitiez quand le cataclysme vous a surpris ? Vous étiez les locataires de cette maison ? Depuis, vous vivez dans les parages ? »

Pour se donner une contenance, elle s'empara d'un livre dérivant à sa portée et alla le replacer sur les étagères de la bibliothèque. Elle ne savait quelle attitude adopter. Les pauvres monstres désiraient-ils qu'elle fasse le ménage dans les appartements bouleversés par la catastrophe ? Pour ne plus les voir, elle se dirigea vers la fenêtre dont elle repoussa les volets. Accoudée à la barre d'appui, elle dominait le fond de l'océan et ses yeux découvraient un paysage de décombres. Des maisons fracassées, mais aussi de grandes statues émergeant des pierres, toutes très belles en dépit de leurs mutilations. Sur Terre, les lithophages – ces animaux minuscules qui grignotent la pierre – les auraient rongées. Les maisons seraient devenues des monceaux de pierrailles se confondant avec la géographie du fond. On n'aurait trouvé ni livre ni tableau.

« C'est comme si le temps n'avait pas de prise sur les choses », songea Sigrid.

Son coude heurta la cage à oiseaux au centre de laquelle tournait le petit poisson bleu. Un ancien canari, sans doute, qui s'était métamorphosé au moment de l'immersion. Mais comment avait-il pu survivre tout ce temps, *sans nourriture* ? Cette nouvelle énigme lui donna la migraine ; elle n'eut plus qu'une envie : retourner au submersible et claquer la porte du sas derrière elle pour se préserver des mystères des grands fonds.

Battant des bras, elle écarta les poissons mutants et descendit l'escalier.

« Pauvre idiote, marmonna-t-elle dans son casque. Et si le *Bluedeep* a fait mouvement pendant que tu te promenais, comment te débrouilleras-tu, hein ? »

Elle voulut presser le pas, mais l'épaisseur de l'eau la freinait, lui opposant sa muraille élastique. Elle plissa les yeux, essayant de repérer la silhouette du sous-marin. Son cœur s'emballait. Elle ne savait plus depuis combien de temps elle avait quitté le vaisseau... En outre, elle s'était trop éloignée, beaucoup trop. Le bâtiment avait pu reprendre sa course à son insu, l'abandonnant ici, au milieu de ces ruines pimpantes.

Si cela s'était produit, il lui restait – d'après le cadran d'estimation – une demi-heure à vivre, le temps d'épuiser le contenu de la bouteille accrochée à ses épaules. Trente minutes avant l'asphyxie, pas une de plus.

« Mais non, lui chuchota une voix intérieure. Ce n'est pas vrai. Lorsque ta réserve d'oxygène sera épuisée, il te restera encore un moyen d'échapper à la mort : enlever ton casque, te dépouiller de ta combinaison et accepter la métamorphose. Il est impossible de se noyer dans cette eau ensorcelée. *On change, c'est tout.* »

Sigrid se débattit dans les tourbillons, s'enveloppant d'un brouillard de vase. Elle n'avait pas envie de changer ! Elle voulait rester une femme, même ordinaire, même sans grandes qualités. Une femme, pas un monstre au corps remodelé par la magie de la mutation.

La sueur lui piquait les yeux, elle commençait à céder à la panique quand elle aperçut enfin la silhouette du *Bluedeep* posé sur le fond. Le submersible n'avait pas bougé.

Les derniers mètres lui parurent interminables. À chaque pas, elle s'attendait à voir s'élever le vaisseau, à entendre la palpitation des hélices.

« Il va partir sous mon nez ! pensait-elle. Et je resterai comme une idiote pendant qu'il s'éloignera à toute vitesse. »

Alors qu'elle se dépêchait de s'engouffrer dans le sas, l'un des poissons qui l'avaient suivie au long de son escapade se rua dans l'ouverture, la bousculant. Il avait presque la taille d'un petit requin et Sigrid n'osa le toucher. Déjà, la porte se refermait, emprisonnant la plongeuse et l'animal au centre de la rotonde d'acier.

« Fiche le camp ! cria la jeune fille en agitant les bras. Si tu restes là, tu vas crever ! »

Mais le poisson s'était posé sur les tôles du sol, comme s'il n'avait aucune intention d'obéir. Ses yeux reflétaient une incompréhensible détermination et il semblait bien décidé à se suicider. Sigrid haletait. Dans sa bouche, l'oxygène prenait maintenant un goût métallique, annonçant que le contenu de la bouteille s'épuisait. Elle ne pouvait pas attendre plus longtemps sans courir le risque d'étouffer. Elle renonça à faire sortir la bête. La porte claqua ; aussitôt, les pompes refoulèrent l'eau empoisonnée. Très vite, le niveau baissa. Quand il se vit échoué sur la grille d'évacuation, le poisson commença à se débattre, donnant des coups de queue qui ébranlèrent les parois. Sigrid recula. L'agonie du mutant la bouleversait, mais elle ne pouvait lui porter secours. L'animal était plus grand qu'elle ; elle s'imaginait mal en train de le maîtriser.

Le ronronnement de la soufflerie résonna. Les bouches de ventilation asséchaient la rotonde. Dans dix minutes, les détecteurs d'humidité exploreraient les surfaces. La lumière rouge d'alerte s'éteindrait dès que l'ordinateur ne relèverait plus aucune trace d'eau de mer.

À présent, le grand poisson gisait sur le flanc ; ses ouïes sanglantes palpitaient dans les spasmes de l'agonie. Ses écailles séchaient elles aussi, perdant leur bel aspect brillant.

« Il va mourir », pensa Sigrid. L'œil rond de l'animal, fixé sur elle, la désespérait.

La lumière vira au blanc ; une sonnerie annonça que le sas avait été asséché. La jeune fille se dépêcha d'ôter son casque car elle suffoquait. La combinaison dégageait une odeur de caoutchouc chaud. Sur le sol, le poisson moribond agita sa nageoire caudale. Un puissant remugle de saumure s'élevait de sa chair frémissante. Durant une seconde, Sigrid crut qu'il allait se décomposer sous ses yeux, puis la silhouette de la bête se modifia. Une sorte de bouillonnement organique s'était emparé de lui, brouillant ses formes. Les nageoires se transformaient, la queue se séparait en deux, donnant naissance à des jambes approximatives.

La mutation... la mutation était en train de s'effectuer à l'envers. *Tiré de l'eau, le poisson redevenait homme.* Sigrid se passa la main sur le visage, éberluée. Jamais on ne lui avait dit que la métamorphose était réversible. Elle avait toujours cru le changement irrémédiable. Oui, c'est bien ce qu'avaient répété les officiers pendant dix ans... Or, elle avait sous les yeux la preuve du contraire.

Le poisson avait des bras, des jambes, une tête. Les écailles s'effaçaient ; une peau légèrement bleutée les remplaçait. C'était... Bon sang ! C'était un jeune homme ! Un garçon qui haletait et toussait pendant que ses poumons se réadaptaient à la respiration aérienne. Sigrid s'agenouilla. C'était bien un homme, nu, le torse large. Il avait des jambes très musclées et son corps, endurci par la nage en grande profondeur, trahissait une puissance fluide, harmonieusement répartie. Ses traits se précisaient de minute en minute. Son visage, d'abord anonyme, se sculptait comme sous les pouces d'un modeleur invisible. Il avait un front haut et des pommettes saillantes. Une bouche aux lèvres très charnues, presque violettes. Une figure où l'asiatique se mêlait à l'africain. Ses yeux reflétaient la peur, la douleur, et ne cessaient de parcourir son corps, à la recherche d'une anomalie corporelle. Même son odeur avait changé : il ne sentait plus le poisson, mais la sueur humaine.

C'était un Almohan, un survivant des abîmes, et Sigrid Olafssen, la patrouilleuse de 3e classe, venait de le faire entrer à l'intérieur du *Bluedeep*.

20

Le prince des abysses

L'inconnu palpait son corps, comptant et recomptant ses orteils, ses doigts. De temps à autre, il penchait la tête pour surprendre son reflet à la surface d'une structure chromée. Alors, il effleurait ses pommettes, suivait le contour de son nez, de ses sourcils.

« Je ne savais pas, dit Sigrid d'une voix étranglée. Je ne savais pas que le phénomène était réversible. Je croyais la métamorphose définitive. »

L'Almohan la regarda, les yeux dilatés. Il respirait vite, une sueur légère piquetait sa peau. Il posa la main sur sa gorge, ouvrit la bouche mais ne parvint à produire qu'un gémissement à peine audible.

« Un cri de poisson », pensa Sigrid. Voulait-il signifier qu'il était muet ? Était-ce une conséquence de la métamorphose ou bien sa race n'usait-elle pas de la communication verbale ?

« Il est resté trop longtemps sans parler, décida-t-elle, ses cordes vocales se sont atrophiées. »

À cause de la nervosité, elle étouffait dans sa combinaison de caoutchouc. Sans penser qu'elle était presque nue sous le derme de latex, elle se déshabilla. L'homme venu des abîmes regarda sa peau blanche avec une sorte de curiosité qui fit se lever ses sourcils et s'entrebâiller sa bouche. Il se tenait recroquevillé sur lui-même, comme s'il avait perdu l'usage de ses membres inférieurs.

« C'est un ancien poisson, songea Sigrid. Il doit réapprendre à marcher ; probablement ne tiendrait-il pas debout, même s'il le voulait... »

L'Almohan fit un signe de la main pour lui demander d'approcher. Tirant la langue, il humecta de salive le bout de son index. Sigrid supposa qu'il s'agissait d'un rituel de bienvenue et décida de s'y soumettre pour ne pas offenser le naufragé. Elle savait par cœur son manuel de premiers contacts avec les populations indigènes ; au fil des pages, elle avait appris à ne pas sous-estimer l'importance des échanges symboliques. Elle s'avança, docile, bienveillante. Le jeune homme tendit le bras, posant son index humide sur le front de la patrouilleuse. Le geste avait été très doux, mais la salive inscrivit entre les sourcils de Sigrid une tache fulgurante, froide et brûlante à la fois. La jeune fille hoqueta, suffoqua, tomba sur le dos à la manière d'une épileptique foudroyée par la crise. À la seconde même, des images incroyables explosèrent dans son cerveau. Elles vibraient, scintillaient. Leurs bleus, leurs rouges, leurs jaunes avaient quelque chose de douloureux. De vivant. Ce n'étaient plus seulement des couleurs, mais des idées, des sentiments. Sigrid se cambra, ne touchant plus le sol que par la tête et les talons. Un reste de conscience lui souffla qu'elle n'avait pas été empoisonnée, c'était quelque chose d'autre... quelque chose d'encore plus étrange.

« Transmission chimique d'informations, bégaya la partie de son cerveau qui s'efforçait de rester lucide. La salive. La salive contient des données sous forme liquide. Il s'agit d'une méthode de communication transcutanée. Ne t'affole pas. Reste calme. »

Aveuglés par le flash, ses yeux ne percevaient plus la réalité du sas, un autre spectacle s'était superposé au paysage de fer du sous-marin. *Elle voyait.* Elle voyait par les yeux d'un inconnu une scène surgie du passé.

Il y avait une cage accrochée à un volet. Une petite cage de fer contenant un oiseau au plumage jaune, un canari. Le minuscule animal poussait des piaillements aigus et sautillait sur son perchoir. Il avait peur. Peur d'un bruit sourd, d'un grondement montant du centre du monde.

Sigrid hurla. D'un seul coup, la grande horreur de la catastrophe fut en elle. Elle entendait la terre craquer, elle sentait le continent basculer sous ses pieds. L'immeuble glissait sur un toboggan. Cramponnée à la fenêtre, la jeune fille voyait le bout de la rue plonger dans les vagues, telle la proue d'un paquebot surpris par la tempête. Tout le pâté de maisons faisait naufrage. La marée remontait l'asphalte, écumeuse, chargée d'algues, elle s'engouffrait sous les porches, fracassait les vitrines. À son contact, les fleurs des squares se changeaient en goémon, les arbres en coraux. Tout ce qui était vivant subissait la loi de la métamorphose. Les chats, les chiens devenaient poissons, sans même avoir le temps de pousser une dernière plainte.

Sigrid essayait de s'écarter de la fenêtre, mais déjà la vague s'engouffrait en grondant dans le hall du bâtiment, et la concierge, surprise le balai à la main au beau milieu des escaliers, devenait sirène. Prisonnier, le canari sautillait d'un perchoir à l'autre. La maison sombrait dans un glouglou de grosses bulles. À présent, l'oiseau se cognait aux barreaux, mais l'écume changeait ses plumes en écailles indigo. Et subitement il n'y eut plus de canari dans la cage, rien qu'un petit poisson bleu, éberlué de sa transformation.

Sigrid haletait. Chaque nouvelle image était un élancement de souffrance, une aiguille fichée dans son cerveau. Elle venait de comprendre que le jeune homme lui avait injecté ses propres souvenirs comme un serpent injecte son venin. Elle voyait par ses yeux ; ses terminaisons nerveuses sentaient ce que la peau du garçon avait enregistré au moment du drame. Elle percevait le contact de l'eau sur ses membres, tout lui était restitué, dans le moindre détail. Elle suffoqua quand l'écume salée envahit ses poumons.

« Assez ! » hurla-t-elle en roulant sur le flanc.

La main de l'Almohan se posa sur son front, apaisante, lui signifiant qu'elle devait se laisser aller. La jeune fille eut une brève perte de conscience générée par l'angoisse de la métamorphose ; ce répit dura deux minutes. Quand elle revint à elle, le message chimique continuait à se dérouler. Il disait...

Il disait que la mer, c'était le non-temps, la suspension de l'usure organique. L'immortalité liquide. Il suffisait de s'y tremper pour échapper à jamais au vieillissement. On n'avait pas besoin de se nourrir. Sur Almoha tout corps plongé dans l'eau salée cessait à la seconde même d'être soumis aux lois ordinaires de la biologie.

« C'est pour ça ! murmura Sigrid en se rappelant l'aspect pimpant des maisons. Voilà pourquoi les livres étaient intacts.

— Oui, lui dit une voix imaginaire qui n'était que la transcription approximative des informations inoculées. Oui, l'eau, c'est du temps suspendu. On peut y nager mille ans sans vieillir d'un seul jour. Tous les processus de dégradation s'immobilisent, l'âge n'a aucune prise sur votre corps.

— Alors, balbutia Sigrid, les poissons sont immortels ? »

Personne ne lui répondit, mais la solution s'imposa à sa conscience, comme si elle découlait de ses propres réflexions. Oui, les poissons demeuraient intacts, comme au premier jour de la métamorphose. C'était cela, la loi de l'océan : la perte de l'apparence humaine alliée à l'impossibilité de mourir.

Sigrid s'affaissa sur le sol métallique du sas. Elle avait la tête lourde.

À présent, elle se voyait sous l'apparence d'un poisson, d'une torpille vivante trouant les eaux à une vitesse vertigineuse. Une ivresse terrible grésillait au long de ses nerfs. La joie animale de jouir d'un corps aux pouvoirs fabuleux. Elle plongeait au cœur des abîmes, roulait sur le dos, virevoltait dans les courants sous-marins. Ses nageoires déchiraient l'élément liquide, y inscrivant de longs sillages de bulles argentées. Contrairement à ce qu'elle avait pensé jusque-là, ce n'était pas une torture d'être poisson, c'était prodigieux !

« Tu te trompes, chuchota la voix qu'elle imaginait rauque, teintée d'un accent indéfinissable. Être poisson, c'est devenir stupide, incapable de penser, c'est n'être plus qu'un corps se satisfaisant de sensations primaires. »

La voix parlait maintenant de la malédiction de la bestialité, de l'engourdissement de l'esprit, du cerveau dont les facultés réflexives s'éteignaient les unes après les autres.

À force de nager, on finissait par oublier qu'on avait été un homme, une femme. On se croyait poisson depuis toujours. Peu à peu, les souvenirs de votre ancienne vie s'estompaient. Le grand piège de l'océan se refermait sur vous. Alors, vraiment, on devenait une bête.

« Certains luttent pour rester mentalement des hommes, expliqua la voix. Ils se répètent jour après jour :“ Je ne suis pas un poisson. Je m'appelle Exius Ethan, je suis un Almohan... ”, mais le sens des mots finit par leur échapper et ils en arrivent à remâcher cette phrase comme pourrait le faire un perroquet, sans rien comprendre de sa signification. »

Ainsi, dans les profondeurs de l'immortalité, l'amnésie vous guettait, sournoise, effaçant vos souvenirs. Le passé mourait, se délayant dans le brouillard des sensations épidermiques. Au fil des ans, votre cerveau se vidait et vous deveniez un poisson heureux, sans autre but que nager d'un bout à l'autre de la planète, forer son trou dans les algues et bondir au-dessus des vagues, pour retomber au milieu d'une gerbe d'éclaboussures. Des joies simples. Des joies de poisson.

« Nous sommes encore quelques centaines à nous

rappeler, poursuivit la voix. Des milliers d'autres sont devenus amnésiques. Si on les sortait de l'eau, ils seraient comme des nouveau-nés. De vieux bébés, à qui il faudrait tout réapprendre. »

Sigrid avait mal à la tête. Les hallucinations marines l'aveuglaient, s'inscrivant sur sa rétine alors même qu'elle avait les yeux grands ouverts. Là où aurait dû normalement s'étendre un paysage de coursives et de portes blindées, elle voyait un tapis d'algues, des coraux, des anémones de mer.

« Je suis empoisonnée, gémit-elle en rampant sur le sol. Empoisonnée... »

L'Almohan la saisit par le poignet pour l'immobiliser. Ses mains avaient la dureté d'un gant de boxe et Sigrid ne put échapper à leur étreinte. La sueur qui imprégnait les paumes de l'homme-poisson pénétra l'épiderme de la jeune fille comme une pommade. C'était chaud, c'était froid, et chaque goutte de transpiration véhiculait une nouvelle information. Sigrid se débattit, en vain ; mille écrans de télévision venaient de s'allumer dans sa tête, diffusant chacun un documentaire différent. Tout s'embrouillait : les images du cataclysme, le vertige de la métamorphose.

Elle voyait...

Elle voyait des torpilles jaillir du nez d'un submersible géant. Des torpilles de guerre conçues pour la destruction systématique de l'ennemi. Elle voyait les missiles sous-marins frapper l'assise rocheuse d'une grande île perdue au centre d'un immense océan. Les charges explosaient, fissurant les falaises, ouvrant de terribles crevasses dans le sous-sol. La terre se disloquait, s'émiettait dans la mer. Des plaines, des forêts basculaient dans les flots. Des lièvres, des renards, des sangliers se changeaient en poissons au moment même où les vagues les avalaient. La mer mangeait la faune des grands bois. Puis la ville faisait naufrage à son tour, ses murailles s'écroulaient, ses tours blanchies à la chaux s'affaissaient au sein du flot écumeux, condamnant les hommes à plonger dans les vagues.

Et les torpilles... Les torpilles qui ne cessaient de jaillir du museau du sous-marin. Sigrid connaissait cette silhouette de fer. C'était celle du *Bluedeep*...

« Non ! hurla-t-elle en griffant le sol. Tu mens ! Tu mens ! »

Mais l'homme l'étreignait comme un lutteur, la clouant à terre. Son corps moite sécrétait chaque seconde plus d'informations.

« Arrête ! supplia Sigrid. Tu vas me tuer ! Arrête ! »

Elle redoutait de succomber à une fièvre méningée, tant la migraine lui broyait les tempes. L'Almohan parut comprendre le sens de ses paroles, il s'écarta, laissant la sueur sécher sur la peau de la jeune fille.

Sigrid demeura pantelante. Les images mouraient dans sa tête en échos douloureux. Les yeux du jeune homme ne la quittaient pas, ils avaient l'air de dire : « Alors, tu as compris maintenant ? »

Qu'avait-il essayé de lui transmettre ? Une vérité ? Un mensonge ? Elle ne savait plus... Sa peau irritée lui faisait mal. Ses terminaisons nerveuses étaient à vif, la caresse d'une simple plume l'aurait fait hurler.

« Qui es-tu ? murmura-t-elle en essayant de se relever sur un coude. Tu as un nom ? »

Mais l'Almohan toucha à nouveau sa gorge pour lui faire comprendre qu'il n'utilisait pas le langage vocal.

Sigrid s'adossa à la paroi. Les sensations physiques s'étaient effacées, toutefois les informations restaient fichées dans son cerveau, données implantées par effraction et qu'elle ne pourrait plus ignorer, désormais.

« Ça fonctionne comme les éclaboussures sanglantes sur les parois du temple, là-bas, sur les jardins flottants, se rappela-t-elle. C'est donc ainsi qu'ils communiquent entre eux ? En s'effleurant du bout des doigts ? »

Elle ferma un instant les yeux, elle n'avait pas envie de réfléchir. Il fallait qu'elle mange pour se réconforter, qu'elle boive. Clopinant, elle alla chercher son paquetage et humecta la nourriture déshydratée qui se reconstitua au creux des écuelles. L'Almohan la regardait faire avec curiosité. Il ouvrit la bouche et posa la main sur son ventre pour signifier qu'il avait faim, lui aussi.

Ils mangèrent en silence, assis sur leurs talons comme des indigènes au cœur d'une jungle oubliée. Ils s'observaient l'un et l'autre, par-dessus les gamelles, à la dérobée.

« Je vais t'appeler Koban, décida Sigrid en s'essuyant la bouche. C'est un joli nom. Tu es d'accord ? »

L'Almohan ne répondit pas. Probablement ne pouvait-il communiquer que par contact, en mêlant sa sueur ou sa salive à celles de son interlocutrice ? Il mâchait avec une application insolite, comme s'il n'avait pas absorbé d'aliments solides depuis des années. Ses mouvements de déglutition paraissaient douloureux et il hésitait à avaler ce qui lui emplissait la bouche. Sigrid se rappela ce qu'il avait « dit » : au fond de l'océan, il n'était pas utile de manger pour continuer à vivre. Le pouvoir conservateur de l'eau vous affranchissait de cette obligation.

Sigrid repoussa son écuelle. Elle ne savait plus depuis combien d'heures elle était là. Les hallucinations transcutanées avaient bouleversé son appréciation du temps. Son corps lui faisait mal et elle ne se sentait pas le courage de regagner le quartier des équipages. Koban la fascinait. Elle avait honte de le dévorer des yeux, mais elle ne pouvait s'en empêcher. Le jeune homme bougeait peu, cependant il avait conservé quelque chose de fluide dans sa manière de se mouvoir ; le moindre de ses gestes ondulait comme au sein d'un liquide.

« Je suis dingue, pensa Sigrid. Que vais-je faire de lui ? »

Elle n'avait pas encore réussi à se persuader de l'existence réelle du garçon. Elle avait vu de ses propres yeux un poisson devenir humain, mais cette métamorphose lui paraissait relever de l'hallucination. N'avait-elle pas imaginé tout cela ? Pour se convaincre de la présence matérielle de Koban, elle éprouva le besoin de tendre la main et de lui toucher la cuisse. Il ne se déroba pas et même se méprit sur le sens du geste, car il mouilla de nouveau son index pour entamer une autre transmission de données.

« Non, protesta Sigrid, ne recommence pas ! »

Mais le garçon avait déjà posé son doigt humide en travers des lèvres de la patrouilleuse. La salive chargée de neurotransmetteurs[1] chimiques pénétra rapidement la chair fragile de la muqueuse, s'infiltrant dans le sang. Sigrid eut l'illusion d'être frappée par un poing invisible et, sous la contraction, ses épaules heurtèrent la paroi métallique.

Les images revinrent. Toujours aussi atroces.

... Les torpilles jaillissant du nez du *Bluedeep,* sapant les fondations de l'île. L'unique continent

1. Substance facilitant la transmission des informations dans le cerveau ou les nerfs.

d'Almoha s'effondrant dans la mer. La fin d'une civilisation.

Sigrid s'ébroua, essayant de chasser les informations qui bourdonnaient dans son esprit. Elle devinait que la répétition du message allait engourdir son sens critique. Peu à peu, elle admettrait comme une évidence tout ce que racontait le jeune homme. Elle se raidit, repoussant les visions d'agression.

« Non ! cria-t-elle. Ça n'a pas pu se passer comme ça. C'était une catastrophe naturelle, un tremblement de terre...

— Pas du tout, souffla mentalement la voix qu'elle imaginait être celle de Koban. *Vous avez détruit notre île.* Vous êtes des criminels. Vous avez provoqué le séisme qui nous a engloutis. Tu ne le savais peut-être pas, mais c'est la stricte vérité. Des torpilles nucléaires, des dizaines de torpilles ont ouvert des crevasses géantes dans le sous-sol. Et l'unique continent d'Almoha s'est émietté...

— Mais pourquoi ? » vociféra Sigrid, des larmes plein les yeux.

Koban rompit le contact, effrayé par sa violence. Sigrid glissa sur le flanc, le visage ruisselant. Sa bouche la brûlait comme si elle avait mordu dans un piment. Elle resta là, suffoquant, tandis que Koban s'allongeait près d'elle. Le regard de l'Almohan était empreint d'une expression à la fois suppliante et impérieuse, comme s'il voulait lui faire comprendre qu'ils disposaient de peu de temps pour régler leurs affaires et ne pouvaient s'offrir le luxe d'une défaillance.

« Ne me touche plus, supplia Sigrid. Ne me touche plus ou bien je vais perdre la boule. »

Elle était rompue, vidée.

« Arrête ! répéta-t-elle, c'est comme si tu m'envoyais des décharges électriques. Tu vas me tuer. »

Elle s'étendit sur le dos, fixant le plafond métallique, et Koban l'imita. Alors que Sigrid haletait, le cœur lui frappant les côtes, l'Almohan respirait sans peine. La jeune fille ferma les paupières.

L'image du *Bluedeep* torpillant l'île solitaire la hantait. Ainsi, on leur avait toujours menti ?

« Tu t'en doutais, songea-t-elle avec amertume. Au fond de toi-même, tu t'en es toujours doutée, n'est-ce pas ? »

21

Mémoires d'un homme-poisson

Elle finit par s'endormir. Quand elle s'éveilla, Koban se tenait près d'elle, son visage touchant celui de la patrouilleuse. Troublée, Sigrid voulut s'éloigner mais l'Almohan se pencha, humecta ses lèvres d'un coup de langue, et posa sa bouche sur celle de la jeune fille, en un étrange baiser.

Cette fois, ce fut plus doux. Les images vinrent sans douleur. La jeune fille s'abandonna à l'engourdissement.

Elle voyait une ville calme et blanche, bâtie au centre d'une île, non loin de l'océan des métamorphoses. Une forêt l'entourait, pleine de fleurs et de gibier. Ceux qui habitaient là se tenaient à l'écart des plages. Ils n'avaient pas peur de la mer, non, ils en connaissaient les pouvoirs et s'en préservaient, mais sans crainte excessive. Il n'y avait pas d'angoisse dans leur évitement ; pourquoi auraient-ils eu peur de l'eau puisque personne ne pouvait les forcer à se soumettre à son contact ?

« Parfois, un homme quittait la cité, expliquait la voix mentale de Koban. Il franchissait la muraille et traversait la forêt pour gagner la plage. Il s'agissait la plupart du temps d'un désespéré, et personne ne cherchait à le retenir. On savait qu'au lieu de se suicider, il plongerait dans la mer pour choisir l'éternité du néant. Il ne se trancherait pas les veines, non, il ne se pendrait pas à un arbre, comme vous en avez l'habitude, vous, les Terriens... Sur l'île d'Almoha, on ne se laissait jamais aller à de telles aberrations. Pourquoi l'aurait-on fait, du reste, puisqu'il suffisait de rejoindre la mer pour en finir avec sa vie d'homme ? »

Sigrid voyait l'inconnu, seul dans la forêt ; il marchait, la tête penchée. Un homme plein de lassitude et de peine. Tout à coup, la lumière succédait à l'ombre du sous-bois et ses pieds nus foulaient le sable d'une plage. Il s'avançait vers l'eau bleue et ses chevilles, à peine mouillées par l'écume, se couvraient d'écailles.

« Chez nous, disait télépathiquement Koban, on pouvait changer de peau si on le désirait. Les désespérés, les déçus se faisaient poissons pour oublier, pour commencer une nouvelle vie. Ils savaient que la bestialité effacerait leurs souvenirs, leurs amours malheureuses. Le suicide pour les Almohans, c'était cette possibilité de se vautrer dans la béatitude des animaux. »

Sigrid acquiesça.

« La bêtise, murmura Koban. La bêtise, si bien nommée. La bêtise de l'immortalité. »

Sigrid distinguait la plage, derrière la barrière des arbres, si lumineuse après la pénombre de la forêt. Elle voyait par les yeux de Koban, elle marchait dans son corps. Le sable crissait sous ses pieds nus.

La plage... C'était toujours là qu'il allait au lendemain d'une tempête, pour recueillir les poissons géants que les vagues en furie avaient rejetés sur le rivage. Koban les découvrait, allongés où ils étaient tombés, nus et grelottants. Sitôt sortis de l'eau, ils redevenaient humains, mais leur esprit demeurait celui d'un poisson.

Koban se penchait vers eux avec des gestes rassurants, pour ne pas les effrayer. Ils tremblaient en le fixant de leurs gros yeux craintifs. L'écume et le sel avaient séché sur leur peau, les enveloppant d'une odeur de marée. Ils ne savaient plus rien, ni leur nom, ni même ce qu'ils faisaient là. Rejetés sur la grève, ils n'avaient même pas eu le réflexe de ramper vers les vagues pour reprendre leur forme aquatique.

« Un cerveau... *blanc,* chuchotait la voix imaginaire

de Koban. Je suppose qu'on pourrait formuler les choses de cette façon. Un cerveau effacé, ne se souvenant plus de rien. De vieux nouveau-nés auxquels il fallait tout réapprendre. Des hommes, des femmes, avec, à l'intérieur du crâne, une cervelle de bête gommée par l'amnésie. »

Il les recueillait, tentait de les rééduquer à la vie terrestre, de leur redonner le désir d'habiter une peau d'homme et de s'en satisfaire, mais, presque toujours, ils finissaient par s'en aller vers la plage et replonger dans la mer. Ils ne voulaient ni penser ni réfléchir, ils ne désiraient qu'une chose : s'abandonner aux sensations pures, jouir de la satisfaction d'habiter un corps parfait, infatigable. Paresser entre deux eaux, dormir dans un trou d'algues, nager... Ne plus avoir peur de la maladie, de la mort, se savoir éternels et n'en concevoir aucune inquiétude, aucun ennui.

Devenir poisson, c'était n'avoir aucune obligation, c'était s'affranchir des lois sociales, se débarrasser de l'amour et de l'orgueil. Devenir poisson, c'était ne plus vivre que pour soi, sans femme, sans famille, sans amis. C'était se griser égoïstement du vertige des profondeurs ; c'était plonger au sein d'une ivresse infinie.

« Ils vivent solitaires, expliquait Koban, ne se rassemblant que pour jouer, se poursuivre, entamer d'interminables courses. Mais ces rassemblements ne durent jamais. »

Sigrid sentait de nouveau le glissement soyeux de

l'eau sur ses flancs. Elle montait comme une torpille vers la surface, crevait les vagues, et retombait dans un geyser d'éclaboussures, à la manière des dauphins. Une joie proche de l'ivresse embrumait sa conscience, la joie de sentir son corps répondre aux sollicitations les plus folles, sans jamais être freiné par une quelconque limitation physique. C'était... surhumain ! Comme on devait se sentir à l'étroit dans une peau d'homme lorsqu'on avait connu cela ! Pire qu'à l'étroit : infirme !

« Oui, acquiesça Koban. C'est pour cette raison qu'ils voulaient toujours retourner à la mer. »

Sigrid sentit la souffrance, le désespoir de Koban creuser une plaie en elle. Femmes, hommes, enfants, ils repartaient tous, un beau matin, lui échappant. Il avait eu beau leur donner un nom, leur apprendre les joies de la fraternité, la tendresse des contacts. Il avait eu beau s'évertuer à exciter leur gourmandise, leur curiosité, ils repartaient, car tout cela était de peu de poids face à l'appel des profondeurs.

« Je veux te faire comprendre, disait le message dans la tête de Sigrid. Tu dois savoir qui nous étions. En torpillant notre île, tes chefs ont détruit notre race, car il n'existe plus désormais une seule terre où nous puissions prendre pied et retrouver notre forme primitive. Almoha n'est plus qu'une boule liquide en suspension dans le cosmos. Cet océan est un bagne où chaque poisson est un prisonnier amnésique. Tu comprends ? Nous ne pouvons ni nous rebeller ni nous plaindre parce que nous avons presque tous oublié qui nous étions ! Vous avez fabriqué une prison heureuse, où nous purgeons une peine éternelle. »

Sigrid se débattit, mais Koban la saisit aux épaules. La patrouilleuse n'était pas de taille à lutter contre l'Almohan. Elle eut l'impression qu'une avalanche d'informations la clouait au sol. Elle leva les mains dans un geste dérisoire pour se protéger de ce bombardement qui pilonnait ses nerfs. Une vie entière, une vie étrangère roulait en elle, avec ses souvenirs, ses sentiments, ses douleurs, ses espérances. Elle crut qu'elle allait devenir folle ; son esprit se scindait, deux personnalités cohabitaient en elle. Koban s'installait dans sa tête comme on emménage chez une amie. Elle le connaissait à peine, et soudain il était là, *chez elle,* entassant ses livres, ses vêtements sur ses étagères. Il était partout, non en invité, mais en propriétaire. Il l'envahissait de confidences, il la submergeait de souvenirs.

Elle cria. Du moins elle essaya, mais la bouche brûlante du jeune homme la bâillonnait, leurs lèvres jointes s'étaient changées en un faisceau de transmission, chaque fibre vivante véhiculait des centaines d'informations, de sensations. Sigrid gémit, sa tête devenait trop étroite, encombrée par la vie d'un étranger débarquant à l'improviste. Koban squattait son cerveau, occupant chaque placard, chaque espace encore libre. Il était partout à la fois. Et, d'un seul coup, Sigrid réalisa qu'il la connaissait mieux que quiconque. Il savait tout d'elle, jusqu'au détail le plus secret de sa vie. C'était comme s'il avait lu son journal intime, comme s'il avait passé toute son existence perché sur son épaule, à la regarder agir.

« Ne t'effraie pas, murmura la voix mentale de Koban. C'est momentané. La transmission s'effacera peu à peu et tu te retrouveras à nouveau "seule" chez toi. Les sensations physiques s'éteignent toujours en premier. Ne subsistent que les informations. Désincarnées. Et c'est mieux ainsi, car sinon tu aurais l'impression que plusieurs personnalités cohabitent dans ton cerveau : tu risquerais de devenir folle. C'est le danger de ce type de communication. »

Sigrid savait que cette voix était imaginaire ; son esprit la fabriquait pour la rassurer et lui permettre d'accéder aux données engrangées par ses neurones. C'était une voix synthétique, faite pour rendre supportable l'invasion dont elle était victime.

Mais cette pensée étrangère, bourdonnant en elle, restait affreusement gênante.

En quelques secondes, elle avait appris que Koban était un artiste spécialisé dans la communication transcutanée. Il avait longtemps occupé un atelier en bordure de la plage, fabriquant des pommades de transmission épidermique. Il cherchait à inventer des baumes, des liniments capables de véhiculer des sensations, des idées.

« Des pommades-poèmes, expliqua la voix de Koban. Des crèmes de beauté qui vous embellissent l'âme, et pas seulement la peau. Une noisette de pâte appliquée sur le front, un léger massage, et tout de suite une impression de joie, d'euphorie ou d'espérance vous emplissait la tête. »

Sigrid, submergée de révélations disparates, s'épuisait à faire le tri. Koban voulait lui faire toucher du doigt la réalité d'un monde disparu, d'une terre détruite. Il livrait sa civilisation dans un pêle-mêle d'images qui roulaient telle une avalanche de cailloux multicolores sur la pente d'une colline.

« Laisse-toi aller, lui disait-il. Dans une heure, ce sera comme si tu avais lu toutes ces informations dans un livre. N'aie pas peur. Je vais me retirer de ton esprit. »

Mais Sigrid n'était déjà plus aussi certaine d'avoir envie que cela finisse. Jamais elle n'avait connu un tel sentiment de complicité. Jamais elle ne s'était sentie aussi proche de quelqu'un, aussi indissociable. Ils étaient... *mêlés*. Elle ne trouvait pas d'autre mot. Mêlés comme deux couleurs qu'on mélange du bout du pinceau. *Était-ce cela, l'amour ?* Venait-elle de tomber amoureuse de ce garçon étrange qui, une heure auparavant, était encore un poisson ?

« Cette terre, poursuivait Koban, cette terre que

vous avez détruite, avait des particularités formidables. Le milieu y créait l'organe, comprends-tu ? Nous sommes une race adaptable. C'est à la fois notre force et notre faiblesse. Sur terre nous sommes humains, dans l'eau nous sommes poissons, et dans les airs... »

Sigrid hoqueta. *Dans les airs ?*

Elle se rappelait soudain l'étrange aventure qu'elle avait vécue sur le jardin flottant, avec le capitaine Tanner et sa plume bleue piquée dans le cou...

« Notre corps est gouverné par trois éléments, insista le garçon. La terre, l'air et l'océan. Nous sommes instables. Non fixés. Il nous suffit de changer de milieu pour que notre corps se transforme. »

Dans les airs ?

Sigrid distinguait un adolescent. Il se tenait debout au sommet d'une colline. Cramponné à un gigantesque cerf-volant, il s'évertuait à quitter le sol. Peu à peu, les bourrasques le soulevaient, l'emportant dans le ciel. Il se mettait à flotter au cœur des courants aériens. Et tout à coup son corps changeait. Sa peau se couvrait de plumes, son nez devenait bec...

« Un oiseau, chuchota mentalement Koban. Il suffit que nous nous élevions à une certaine hauteur pour que nous nous changions en oiseaux. L'espace au-dessus de nos têtes véhicule un principe de mutation analogue à celui qui gouverne l'océan. Si l'on parvient à quitter le sol assez longtemps, on devient un aigle, un faucon. Chaque fois que l'on reprend contact avec la terre, on redevient homme. Il est, cependant, plus facile de demeurer poisson, car aucun oiseau ne peut voler éternellement. Arrive toujours le moment où il doit se percher pour la nuit et donc redescendre au niveau des humains. »

Beaucoup d'adolescents cédaient à la tentation du vol, mais ce travers était considéré comme moins dangereux que la plongée. À la différence de ce qui se passait dans l'eau, la mutation ne durait pas assez longtemps pour gommer les souvenirs.

« C'était un remède à l'ennui, précisa mentalement Koban. Un coup de folie sans conséquences. »

« Je le savais, se dit Sigrid. Je le sais depuis notre visite aux jardins flottants, mais je préférais me raconter qu'il s'agissait d'un rêve. »

Oui, elle devait l'admettre. Lorsqu'elle avait perdu l'équilibre, lorsqu'elle était tombée dans le vide ce jour-là... elle s'était changée en oiseau.

« Arrête, gémit Sigrid. Je sais que tu dis la vérité. Ça m'est déjà arrivé.

— Le vol n'était pas vraiment néfaste. C'était une ivresse momentanée, chuchota la voix imaginaire de l'Almohan. Une fois là-haut, on n'oubliait pas qui l'on était. On changeait d'enveloppe, pas d'esprit. Hélas ! certains voulaient davantage... L'océan avait pour eux plus d'attrait. Il leur offrait une métamorphose susceptible de durer, un état de bonheur permanent. Les jeunes se sont détournés du vol pour pratiquer la plongée. Au début, ils s'entravaient les pieds et nageaient au bout d'un long filin. Sur la plage, un ami attendait, l'amarre à la main, avec pour mission de haler le poisson sur le sable à une heure fixée d'avance. Puis on a peu à peu abandonné cette pratique. On a cessé de nager “à l'attache”, on a commencé à se dire qu'on était bien assez sages pour déterminer quand il serait temps de rentrer.

« — Oui, on avait adopté la nage libre, si grisante. On s'était mis à fendre les flots, de plus en plus vite, pour aller de plus en plus loin, jusqu'à ce que l'île devienne un point minuscule à l'horizon. Mais la magie de la mer était puissante, elle embrumait les esprits. Alors la conscience s'altérait, le brouillard emplissait les crânes, et rien d'autre ne comptait plus que nager, nager, nager... Pourquoi revenir en arrière ? Pourquoi se traîner vers la plage ? On était bien, si bien.

« L'île a commencé à se vider, expliqua Koban. Quand vous êtes arrivés, vous, les Terriens, nous n'étions déjà plus que quelques milliers d'humains habitant une cité à demi vide. L'océan avait avalé la moitié de la population. Les jeunes, les jeunes surtout s'en allaient, quittant leurs familles, refusant toute responsabilité pour plonger dans la mer.

— Pourquoi ne les reteniez-vous pas ? haleta Sigrid en griffant le sol.

— Parce que nous ne sommes pas un peuple pétri de lois et d'interdictions, comme vous, gens de la planète Terre. Chez nous, chacun avait le droit de choisir sa forme. Pourquoi aurions-nous décidé qu'une enveloppe charnelle était supérieure aux autres ? Certains pensaient que la forme humaine n'était qu'un état transitoire, que le véritable épanouissement ne pouvait se trouver qu'au sein de l'océan. Nous n'avons jamais cherché à retenir contre leur gré ceux qui partaient pour la plage. »

Sigrid voyait Koban, au lendemain des tempêtes, marchant à la lisière des vagues pour secourir les nageurs rejetés par les rouleaux. Certaines femmes, trempant dans l'eau à mi-corps, étaient encore poissons jusqu'aux hanches, étranges sirènes inconscientes, assommées par les gifles liquides. Koban les saisissait sous les aisselles et les tirait au sec, les laissant reprendre forme humaine jusqu'au bout des orteils. Dès que le soleil avait séché l'eau sur leur peau, la métamorphose s'effectuait à rebours. Les écailles disparaissaient, la nageoire caudale se fendait, donnant naissance à deux pieds.

« Ensuite, j'attendais qu'elles ouvrent les yeux, dit le garçon. Rien qu'à leur regard, je savais tout de suite si la bestialité avait effacé leurs souvenirs. Je les embrassais, comme j'ai fait avec toi, pour leur transmettre des sentiments de réconfort, de confiance, pour leur faire sentir qu'elles n'étaient pas seules. Plus tard, je les massais longuement pour implanter en elles les informations de base que le séjour au fond des eaux avait gommées de leur pauvre tête. J'en ai soigné des naufragés ! Certaines commères me surnommaient "le docteur des poissons", mais, grâce à moi, ils redevenaient humains. Je leur donnais mes souvenirs, tout ce que j'avais connu, je leur offrais la possibilité de me piller, de fouiller dans le grenier de ma mémoire. Parfois, cela leur donnait envie de rester. Ils réapprenaient l'humanité comme de vieux nourrissons fatigués et mal à l'aise sur leurs jambes, car marcher leur était pénible. Je crois que c'est cela qui conduisait certains à reprendre le chemin de la plage : le poids de leur propre corps, la difficulté de se tenir debout. L'horreur de la pesanteur. Il n'y a que sur terre que l'on prend à ce point conscience du poids de ses organes. Dans l'eau, le corps n'est jamais un boulet. »

À cet instant, la fatigue terrassa Sigrid. La transmission s'interrompit aussitôt et, pendant les deux ou trois secondes qu'elle mit pour tomber dans le puits obscur de l'évanouissement, elle éprouva une atroce impression de solitude.

« Reviens ! essaya-t-elle de crier. Koban ! Reviens... *Je ne peux plus vivre sans toi !* »

22

La vie donnée, la vie volée

Quelque chose de bizarre était en train de se produire. Quelque chose qui touchait à l'écoulement du temps.

« Je le connais à peine, songeait Sigrid, et pourtant c'est comme si j'avais déjà passé toute mon existence avec lui. Il me semble que nous vivons ensemble depuis des années, que nous avons partagé les mêmes jeux lorsque nous étions enfants. »

Elle finit par le comprendre : cette illusion provenait des souvenirs implantés en elle par le garçon. Chacun d'eux véhiculait des sentiments de nostalgie, de joies enfuies, une mélancolie. Contrairement à ce que lui avait affirmé Koban, elle n'avait pas l'impression d'avoir lu d'un œil distrait ces informations dans un rapport administratif. Les faits n'avaient rien d'abstrait, ils charriaient avec eux un flot de sensations tactiles, d'odeurs, de bruits, à tel point que Sigrid devait procéder à un réajustement mental pour se rappeler que ces souvenirs ne lui appartenaient pas, qu'ils avaient été entassés dans son esprit par un visiteur de passage. *Cette vie n'était pas la sienne.*

Mais le plus insidieux, c'était cette illusion de durée. Elle avait maintenant la conviction intime d'avoir passé les quinze dernières années sur l'île d'Almoha. Elle n'avait même pas besoin de fermer les yeux pour voir défiler les étés, les automnes. Les feuilles jaunissaient, elles craquaient sous ses pieds. Elle entendait le feu pétiller dans la cheminée... Et toujours Koban : Koban à 6 ans, à 10 ans, à 20 ans... Il ne l'avait pas quittée de tout ce temps, ils avaient vécu côte à côte, partageant tout, les mêmes vêtements, la même nourriture. Ils se connaissaient depuis l'enfance, oui... Ils avaient vu se dépeupler l'île, ils avaient marché jour après jour le long des plages pour secourir les hommes-poissons rejetés par les tempêtes...

« *Non !* haleta la jeune fille en se martelant les tempes de ses poings serrés. Idiote ! *Ce sont ses souvenirs à lui, pas les miens !* J'ai passé les dix dernières années entre les parois d'un sous-marin. Je suis un soldat ! Ce garçon n'est pas mon ami, encore moins mon fiancé, c'est un étranger que je connais depuis une heure à peine. Nous n'avons jamais vécu ensemble ! Je ne dois pas me laisser envoûter ! »

Mais son trouble allait grandissant, émiettant ses repères mentaux. Tout cela paraissait si vrai... Le sable, l'odeur de la forêt entourant la cité, l'odeur de pierre chaude de la muraille d'enceinte brûlée par le soleil. Koban lui avait inoculé la vie du dehors, elle portait ce monde en elle maintenant, comme si elle y avait effectivement vécu.

« Les sentiments vont s'effacer, avait dit Koban, seules subsisteront les données abstraites. »

Des données aussi peu émouvantes que des colonnes de chiffres... Oui, c'est ce qu'il avait affirmé, mais Sigrid ne savait plus si elle souhaitait que cela se produise. Les souvenirs de Koban lui ouvraient les portes d'un autre monde, injectaient dans ses veines un passé déjà bien rempli. C'était comme si un médecin lui avait planté une aiguille au creux du bras pour lui administrer une transfusion de vie réelle.

Elle s'allongea contre le jeune homme. Cette brusque intimité ne la gênait pas, ils se connaissaient depuis trop longtemps, *n'est-ce pas ?* Ils étaient presque mari et femme.

Elle leva la main pour lui toucher l'épaule. La peau du garçon n'avait aucun secret pour elle, elle aurait pu localiser de mémoire le moindre grain de beauté, la plus petite cicatrice. Ils avaient grandi ensemble, *n'est-ce pas ?* Ils avaient partagé les mêmes secrets d'adolescents, ils ne s'étaient jamais rien caché...

Sigrid se mordit la lèvre jusqu'au sang, espérant que la douleur la ferait redescendre sur terre. Elle devait se raidir contre le mirage qui s'installait dans sa tête. Koban n'était ni son frère ni un ami d'enfance. Pas davantage un... mari ! C'était un inconnu, la complicité qui les liait était factice.

Elle voulut se redresser, ses jambes ne répondirent pas. Les décharges nerveuses avaient engourdi ses nerfs, l'amenant au bord de la paralysie. Voyant qu'elle avait repris conscience, Koban se pencha sur elle et posa sa bouche sur la sienne, pour un nouveau baiser. Sigrid essaya de le repousser mais ses mains retombèrent de chaque côté de ses flancs, inertes. Déjà, elle était ailleurs, dans une cité à demi vide, aux maisons inoccupées. Almoha, Almoha que les jeunes désertaient pour aller trouver refuge au cœur des vagues.

« C'est ainsi que vous nous avez trouvés lorsque vous avez débarqué, énonça la voix mentale décodant les données charriées par les neurotransmetteurs. Une ville presque morte perdue au centre d'une île. Une civilisation en train de s'éteindre, pas même un peuple, juste une tribu. Tu crois vraiment que l'armée dont tu fais partie allait perdre son temps à discuter avec une poignée de sauvages ?

— Mais que voulaient nos chefs ? demanda Sigrid.

Quelle était la raison de notre présence ? Jamais on ne nous a expliqué ce que nous étions censés faire sur cette planète.

— Ils voulaient l'autorisation de forer le sous-sol de l'île. Votre commandant, Lowerdall, parlait d'un minerai aux propriétés énergétiques fabuleuses. Nous nous en moquions, cela ne nous intéressait pas. La technique nous a toujours ennuyés. Nous savions qu'il ne fallait pas toucher aux fondations de l'atoll. Almoha était une terre fragile, la moindre secousse pouvait la réduire en miettes. Nous avons refusé, alors ils se sont dit : pourquoi prendre des gants avec une poignée d'indigènes au code génétique instable ? pourquoi respecter des créatures capables de se changer en oiseaux, en poissons ? Ils ont torpillé l'île. Il ne s'agissait pas d'un vrai génocide *puisqu'ils ne nous tuaient pas.* C'est ainsi qu'ils se sont mis en règle avec leur conscience. Ils ne nous ont pas assassinés, non, ils nous ont offert l'immortalité de la bêtise... mais quelque part, cela revenait au même. »

Sigrid voyait des pelleteuses robotisées sortir du ventre du *Bluedeep* pour piocher dans le chaos des rocs tapissant le fond de l'océan. C'était donc pour ça que le submersible faisait halte si souvent ? Bulldozers aquatiques, les machines se foraient un passage dans la pierraille, creusant, émiettant, mâchant la roche pour en extraire des nodules métalliques qu'elles engrangeaient dans des conteneurs. Mineurs infatigables, les unités cybernétiques allaient et venaient, autopsiant les restes du continent détruit. Elles fragmentaient la pierre, la réduisant en une poudre qu'éparpillaient les courants. Elles travaillaient depuis dix ans, stockant le minerai fabuleux dans une soute secrète du *Bluedeep*. Koban, lorsqu'il était poisson, les avait souvent observées, et c'étaient les images captées par ses yeux qu'il transmettait aujourd'hui à Sigrid, comme de vieux enregistrements documentaires.

« Et tu ne sais même pas à quoi sert ce minerai ! constata tristement le jeune homme. On a détruit notre terre et vous ne savez même pas pourquoi ? Un carburant ? Une arme ? Quelle importance ?... Ces folies ne nous concernent pas. Nous avons toujours vécu pour les joies de l'esprit, en nous passant de toute technologie.

— Des joies de l'esprit qui poussent une race à s'autodétruire en sautant dans la mer ? » observa Sigrid.

À l'instant même où elle formulait cette remarque, elle réalisa qu'elle se moquait également de la technologie. La vanité même de cette démarche lui parut soudain évidente. Qu'y avait-il de plus important que l'air et l'eau ? que le vent et l'odeur de la nature ? Du plus loin qu'elle se rappelât, elle avait toujours vécu en sauvage, courant dans la forêt d'Almoha, escaladant les pins au tronc poisseux de résine, goûtant du bout de la langue la gomme arabique sourdant des fissures de l'écorce. À plusieurs reprises, elle s'était grisée en devenant oiseau, pour la simple joie de chevaucher le vent. Comme toute bonne Almohane, elle pensait à l'océan, mais sans succomber à l'envoûtement qui s'emparait des jeunes de son âge lorsque le mal de vivre les taraudait. Elle...

« Idiote ! s'injuria-t-elle. Tu n'es pas une Almohane. Tu es une Terrienne. Tu n'es qu'une pauvre crétine de patrouilleuse de 3e classe qui, depuis l'âge de 10 ans, vit dans une boîte de conserve... *Tu ne sais rien du dehors.* Rien du tout. »

Et pourtant, elle avait le goût de la résine sur les lèvres et la peau de ses joues se rappelait la gifle irritante des vents de sable. Elle se tourna vers Koban, terrifiée par ce qui était en train de lui arriver. Elle commençait à penser que les informations ne se dépouilleraient pas de leur redoutable vérité. Le garçon avait menti pour la rassurer. Il l'avait empoisonnée avec ses propres souvenirs, sachant qu'elle n'arriverait bientôt plus à distinguer ce qui était à elle de ce qui était à lui. Il lui avait injecté son passé, devinant que les images colorées de son étrange vie n'auraient aucun mal à triompher de la pauvre existence qu'avait menée Sigrid Olafssen dans le labyrinthe du *Bluedeep*.

Il avait senti qu'elle ne résisterait pas au désir de se les approprier, parce qu'elles étaient belles, attirantes, parce qu'elles étaient tout le contraire de ce qu'elle avait connu jusqu'à maintenant.

« Je dois réagir ! pensa Sigrid. Si je m'abandonne au processus de substitution, je vais finir par me prendre pour une Almohane ! »

C'était justement cela qu'il voulait ! *La gagner à sa cause en la poussant à s'identifier à lui.* Ce n'était pas de la transmission de données, c'était du lavage de cerveau ! Cette fois, la peur donna à la jeune fille l'énergie de se redresser. Titubante, elle se dirigea vers la porte.

« Je ne connais pas ce garçon, se répéta-t-elle. Ce n'est ni mon frère, ni un copain, ni même mon petit ami. Nous n'avons jamais vécu ensemble, jamais rien partagé... C'est un étranger. Un étranger ! »

Elle aurait voulu qu'un chronomètre lui indique combien de temps elle avait effectivement passé avec Koban. Cela ne faisait sûrement pas plus de quinze ans... Non ! *deux heures !* Deux heures, pas quinze ans ! C'était un sorcier, elle devait le fuir avant d'oublier qui elle était réellement.

« Je vois clair dans ton jeu ! hurla-t-elle. Tu as bien failli m'avoir, mais c'est fini ! Je ne me laisserai pas faire ! Tu te crois le plus fort parce qu'on se connaît depuis qu'on est gosses. D'ailleurs, même à 10 ans, tu voulais déjà me mener par le bout du nez, il fallait que je me prête à tous tes caprices. »

Par les dieux ! Qu'est-ce qu'elle était en train de raconter ?

Elle perdait les pédales. Le venin almohan dissociait sa personnalité. Son « moi » se dissolvait comme un cachet effervescent dans un verre d'eau. Elle mélangeait tout.

Elle voulut se jeter dans les ténèbres de la coursive, mais la main de Koban se referma sur son poignet à la dernière seconde, l'immobilisant. Il avait les paumes moites et sa sueur pénétra tout de suite dans l'épiderme de Sigrid, s'infiltrant dans les vaisseaux capillaires, puis dans les veines. « Salaud ! » pensa la jeune fille sans que les mots franchissent ses lèvres. Mais c'était trop tard, déjà.

« Tu me considères comme un ennemi, dit la voix qui s'était installée dans la tête de Sigrid, mais je suis le seul ici à ne pas te mentir. Je ne peux rien te dissimuler, je coule en toi, je t'abandonne ma vérité. Tes officiers, eux, t'ont dupée. Fais un effort, souviens-toi des fables dont ils t'ont abreuvée. Souviens-toi des jardins flottants que vous êtes allés dynamiter, tes amis et toi. Sais-tu la vraie raison de cette expédition ? Tes chefs tremblaient à l'idée que certains d'entre nous puissent se hisser à bord des bateaux et reprendre forme humaine. Ils ne voulaient pas courir ce risque. Voilà pourquoi il était capital d'envoyer ces arches par le fond. C'étaient des îles artificielles où auraient pu s'organiser des noyaux de résistance. »

Sigrid voulut dégager son bras, mais la poigne de Koban était puissante, elle lui broyait les os. La jeune fille sentit ses résolutions faiblir, sa haine se dissoudre. Elle aurait tant aimé ne pas être aussi sensible aux suggestions transmises par l'Almohan. Quand parviendrait-elle à prendre du recul ?

« Tu te plains, murmura Koban dont les mots vibraient douloureusement dans les membranes enflammées du cerveau de la patrouilleuse. Tu te plains alors que je t'ai offert ma mémoire et mes sensations ? Grâce à moi, tu viens de vivre en accéléré ce que j'ai mis vingt ans à connaître. Je t'ai apporté à domicile ce que tu surnommes "le dehors", j'ai installé un univers entre les cloisons de ta prison de fer. Désormais, tu n'ignores plus rien d'Almoha, c'est comme si tu y étais née, comme si tu y avais grandi. Jusqu'à ce que j'arrive, tu n'avais pas commencé à vivre, en as-tu conscience ? Je t'ai donné une autre peau, je t'ai offert une existence antérieure. Profite de l'occasion. Tu as perdu ton temps, tu as perdu ta jeunesse dans cette geôle d'acier. Dix ans, dix ans sans voir le ciel, sans fouler la terre. C'est comme si on t'avait enterrée par erreur et que tu croupisses depuis dix ans dans la terre d'un cimetière. Avant moi, tu étais morte ! *Je t'ai remboursée...* Je t'ai rendu ce qu'on t'avait volé. »

Il avait raison, mais c'était terrible de l'admettre. Sentant qu'elle cédait, il se colla contre elle, lui saisit la nuque et l'embrassa avec une sauvagerie désespérée. Les pensées étrangères crépitèrent dans l'esprit de la jeune fille. Elles arrivaient en avalanche, bruissement confus qui semblait le hurlement d'une foule immense. Elles se télescopaient, se chevauchaient, l'abrutissant d'images superposées. Il y avait là tant de messages, tant de sensations tactiles, épidermiques, tant de sentiments mêlés que Sigrid avait le plus grand mal à les décoder. Une image se dégagea du chaos. Des poissons, des poissons vivant en groupe dans les ruines de la ville immergée. Ils se frottaient les uns aux autres pour tenter de se communiquer leurs souvenirs, mais dans l'eau, les sécrétions se diluaient, les transmissions passaient mal. On se retrouvait vite isolé, sourd et muet, privé de tout échange.

« Nous sommes encore quelques centaines, chuchota Koban. Quelques centaines à nous rappeler. Nous avons lutté de toutes nos forces pour ne pas céder à la bestialité, à l'amnésie. Jour après jour, nous avons entretenu nos souvenirs, les échangeant entre nous dans la mesure du possible. Nous sommes une poignée à être encore humains dans nos têtes. Nous suivons le sous-marin depuis que nous avons repéré l'existence du hublot. C'était peu de temps après la catastrophe, et j'ai nagé sans quitter des yeux cette lucarne, espérant qu'un jour ou l'autre un visage viendrait se coller contre le verre. Souvent, j'ai perdu espoir et j'ai failli me laisser aller comme les autres, devenir une bête par lassitude. Une bête heureuse... Et puis tu es apparue, enfin. Tu m'as regardé, tu m'as appelé. Toi, tu ne peux pas me trahir, je t'ai attendue trop longtemps. »

Sigrid le repoussa doucement, des larmes ruisselaient sur ses joues. Cette fois, l'Almohan ne tenta pas de résister.

« Pars, crut entendre Sigrid. Au moins j'ai eu le temps de te dire la vérité. Si tu me dénonces, ils viendront me prendre, ils me rejetteront à l'extérieur au moyen des tubes lance-torpilles. Ils ne me tueront pas, ils laisseront la mer me décerveler. Tu sais qu'ils agissent de même avec ceux d'entre vous qui deviennent fous ? Ils les expulsent. Mais je ne me laisserai pas prendre. Je ne veux pas redevenir une bête. Si je retourne à l'océan, je ne pourrai plus résister à l'amnésie, mes forces s'épuisent. On ne peut lutter éternellement contre la bestialité, peu à peu vos souvenirs s'effacent. Si tu me dénonces, je me tuerai pour mourir dans un corps d'humain. Je m'ouvrirai les veines avec un morceau de verre.

— Mais je ne peux pas te cacher, balbutia Sigrid. Comment vais-je te nourrir ? »

Toutefois, au moment même où elle prononçait ces paroles, elle échafaudait déjà des stratagèmes pour puiser impunément dans les réserves du *Bluedeep*. Koban s'écarta pour reprendre sa posture de prostration sur le sol, entre les bouteilles d'oxygène piquetées de rouille. Sigrid ébaucha un signe maladroit qui marquait sa capitulation.

« Attends, souffla-t-elle. Je vais revenir. Ne bouge pas. Personne ne se risque jamais dans cette zone, tu n'as rien à craindre. »

Elle n'arrivait pas à partir. Un fil invisible la rattachait à Koban, un fil qu'elle ne se décidait pas à rompre.

« Par les dieux ! pensa-t-elle. C'est la première fois que nous nous séparons depuis vingt ans. C'est la première fois que nous irons seuls, chacun de notre côté. »

Puis un éclair de lucidité chassa l'illusion et la peur l'inonda de sa sueur aigre.

« Je perds la tête, murmura-t-elle. Je viens à peine de fêter mes 20 ans ; j'ai vécu les dix premières années à l'orphelinat, les dix suivantes ici, enfermée dans ce sous-marin... Je ne peux pas avoir vécu vingt ans avec ce garçon. C'est impossible ! »

Mais quelque chose en elle s'obstinait à nier la réalité. Une sensation intime de temps écoulé.

Elle s'enfuit, son paquetage sur l'épaule, se cognant aux poutrelles tordues. Elle ne voulait surtout pas se retourner.

23

Dans le brouillard

Une fois seule dans le labyrinthe, elle s'arrêta pour sangloter. Ses nerfs la trahissaient. Elle avait l'impression absurde de quitter pour toujours son pays natal.

Elle peina pour retrouver la lumière, s'égarant dans le dédale des corridors obscurs. Alors qu'elle se rapprochait de la coursive principale, elle réalisa qu'elle ne savait pas depuis combien de temps elle était partie. Elle ne pouvait s'ôter de l'esprit l'illusion qu'elle s'était absentée plusieurs années ; sans doute était-ce faux.

« On t'a peut-être portée disparue ? pensa-t-elle tout à coup. Ou bien on te croit morte ? »

Mais non, elle se faisait des idées ! Son séjour dans

les territoires interdits n'avait probablement pas excédé quarante-huit heures.

Quarante-huit heures. *Vraiment ?*

La fulgurance des néons l'aveugla dès qu'elle émergea du tunnel. Elle dut s'appuyer à la paroi pour reprendre ses esprits. Elle ne reconnaissait rien. Quel était ce monde rébarbatif aux cloisons d'acier boulonnées ? Se trouvait-elle dans le terrier d'une bête inoxydable ou dans une prison ?

Elle dut faire un effort pour identifier l'endroit. Que lui arrivait-il ? C'était la coursive principale, bien sûr ! Celle qui partageait le *Bluedeep* en deux. Elle avait dû l'emprunter des millions de fois.

Sigrid se remit en marche d'un pas hésitant. Tout lui semblait bizarre. Les textures, les formes. Cet univers technologique heurtait sa sensibilité d'Almohane. Elle s'y sentait étrangère. Ces tuyaux, ces fils électriques ! C'était un monde de fer, de plastique, sans rien de naturel. Elle avait beau tourner la tête en tous sens, elle n'apercevait ni plantes ni fleurs...

Elle erra un moment, ouvrant des portes au hasard, se demandant où se trouvaient la forêt, les étangs. On avait bien rangé cela quelque part, non ?

Elle avançait, la tête levée, essayant d'apercevoir des oiseaux sous la voûte de fer. Par bonheur, elle ne rencontra personne et c'est presque par hasard qu'elle parvint à sa cabine.

Lorsqu'elle en franchit le seuil, elle fut de nouveau

assaillie par cette impression d'étrangeté qui vous saisit lorsque vous pénétrez dans un appartement qui n'est pas le vôtre. *Elle ne reconnaissait rien.* Ni les photos sur les murs, ni les journaux empilés sur la table de chevet, ni les livres sur les étagères. Les avait-elle lus ? Elle aurait été incapable de dire de quoi ils parlaient. C'était comme si elle n'avait jamais mis les pieds ici. D'ailleurs, comment aurait-elle pu vivre dans cette boîte sans ouverture sur l'extérieur ? Elle s'assit au bord de la couchette, les mains sur les genoux, n'osant toucher à rien, comme une petite fille en visite chez un oncle de province qu'elle rencontre pour la première fois.

24

Mystérieuses disparitions

Très vite, Sigrid n'osa plus sortir de sa cabine. Le monde inconnu du sous-marin l'effrayait. Elle avait peur de se perdre dans le labyrinthe des couloirs. Elle dormait beaucoup mais mal, rêvant sans cesse d'Almoha. Dès qu'elle fermait les yeux, les souvenirs de sa vie passée revenaient la hanter et elle souffrait de ne plus sentir l'odeur de la forêt, de ne plus pouvoir lever les mains au-dessus de sa tête pour toucher le vent. Mais Koban lui manquait plus que tout. Parfois, elle se réveillait en larmes, murmurant son nom. Vingt ans, Dieu ! Vingt ans de vie commune, et puis soudain la séparation, brutale... L'exil. C'était comme si un abîme s'était ouvert en elle, une terrible impression de manque, d'absence.

La plupart du temps, elle demeurait étendue sur la couchette, les paupières closes, remâchant ses souvenirs, écoutant résonner ses sensations.

Un matin, en découvrant son image dans le miroir du lavabo, *elle ne se reconnut pas.* Qui était cette fille qui la regardait dans les yeux avec un air égaré ? Elle éprouva le besoin de toucher la glace pour s'assurer qu'une étrangère ne la contemplait pas depuis un trou percé dans le mur. Cela n'aurait pas été impossible, n'est-ce pas, dans ce sous-marin où tout le monde espionnait tout le monde ?

Avec une certaine répulsion, elle examina cette fille à la peau blanche, aux cheveux blonds, si laide ! Heureusement, les Almohans n'étaient pas comme ça ! Leur épiderme, d'un joli bleu, les préservait de ces couleurs fadasses ! Pourquoi le miroir ne lui renvoyait-il pas son image réelle... son image d'Almohane ?

Sigrid se mit à claquer des dents, réalisant soudain qu'elle était en train de se prendre pour une autre !

Les souvenirs de Koban, loin de s'effacer, supplantaient peu à peu sa vraie personnalité. Si elle ne résistait pas, son « moi » allait se dissoudre, rongé par les implants mémoriels que le garçon avait fichés en elle.

« Je vais progressivement penser comme lui », murmura-t-elle.

Se penchant vers le miroir, elle détailla son image. Elle lui parut plus familière, mais elle avait encore du mal à se reconnaître. Quelque chose en elle refusait cette figure blême, ces cheveux filasse. Ce n'est pas ce à quoi elle s'était attendue en tournant son regard vers la glace. Pour un peu, elle aurait été tentée de gratter cette peau étrangère avec ses ongles afin de s'assurer qu'il ne s'agissait pas d'un masque. Un masque qu'on aurait collé sur sa figure pendant son sommeil.

La faim la torturait ; elle pensa que Koban devait éprouver la même souffrance là-bas, aux confins des territoires désaffectés. Elle devait se décider à le ravitailler si elle ne voulait pas qu'il meure d'inanition. Trois fois, forte de cette résolution, elle posa la main sur la poignée de la porte pour se ruer vers la cambuse. Trois fois, elle s'immobilisa sur le seuil, paralysée à l'idée d'affronter la géographie du vaisseau. Elle ignorait si elle serait capable de retrouver son chemin.

L'image de Koban elle-même se révélait soumise à de curieuses fluctuations. Parfois, le jeune homme lui apparaissait comme quelqu'un avec qui elle avait grandi, avec qui elle avait tout partagé. Cependant, si proches qu'ils fussent l'un de l'autre, l'Almohan n'en restait pas moins extérieur à elle. Il était un homme, elle était une femme. À d'autres moments, au contraire, ils ne formaient plus qu'un seul être, leurs identités se mêlaient et Sigrid finissait par endosser la personnalité du passager clandestin. Elle savait beaucoup de choses sur Koban, beaucoup plus qu'une épouse n'en sait sur son mari après vingt ans de vie commune. C'est pour cette raison qu'elle finissait par se prendre pour lui : parce qu'elle avait accès à ces secrets intimes qu'on ne livre jamais à autrui.

Elle était toujours penchée sur le miroir quand la porte s'ouvrit, la faisant sursauter. Un jeune homme roux se tenait là, le sourcil froncé.

« Tu es rentrée ? demanda l'inconnu. Où étais-tu passée ?

— Qui êtes-vous ? balbutia Sigrid.

— Déconne pas ! dit l'autre. On s'est engueulés, d'accord, mais ce n'est pas une raison pour faire comme si on ne se connaissait pas. »

Sigrid fouilla dans sa mémoire, cherchant une trace de ce visage parsemé de taches de rousseur, sans parvenir à isoler un nom. Elle se rappelait parfaitement Xuan-Lè, le petit marchand d'eau qui officiait au bas de la grande muraille d'enceinte, dame Ho-Chéa, qui venait chaque semaine acheter des pommades de gaieté, le vieux Ko-Tua, mécène désabusé qui finançait ses recherches artistiques sur la transformation des sensations en baumes parfumés, mais ce garçon roux, maigre et laid... non, jamais elle ne l'avait approché.

« Bon sang ! rugit l'inconnu, t'es saoule ou quoi ? Tu as bu une saloperie ? C'est moi, Gus. Gus, bon sang ! tu te souviens de moi ? »

Gus ? Sigrid se secoua. Quelque chose s'ajusta dans sa tête. Oui, Gus !

« Excuse-moi, souffla-t-elle, je sortais d'un cauchemar.

— J'ai vu ça, grogna le rouquin. Tu m'as fait peur. Bon sang, ton regard n'était pas normal. C'était celui de... quelqu'un d'autre. »

Il s'assit au bord de la couchette, examinant Sigrid par en dessous.

« T'es sûre d'être capable de m'écouter ? murmura-t-il. Ça fait combien de jours que tu es enfermée ici ? Tu sais qu'il se passe des choses bizarres à l'intérieur du *Blue-deep* ? »

Sigrid se laissa tomber sur un tabouret, déployant une énergie insensée pour maintenir la cohérence de sa personnalité.

« Des types ont disparu, chuchota le rouquin. Comme ça, hop ! Envolés. On a retrouvé leurs couchettes vides. Les officiers font une drôle de tête, ils se demandent si les gars ne seraient pas devenus claustrophobes.

— Claustrophobes ? répéta Sigrid. On l'est tous plus ou moins, non ?

— Plaisante pas ! rétorqua Gus. Il y en a qui deviennent vraiment dingues. Ils ont pu se suicider en s'éjectant à l'extérieur par les tubes lance-torpilles. Ça s'est déjà vu, mais aujourd'hui c'est une espèce d'épidémie. Le quartier-maître prétend que ça s'appelle une “psychose collective”, ça peut devenir contagieux. Tu es sûre que tu te sens bien ? Tu avais une tronche zarbi, tout à l'heure. »

Sigrid entreprit de le rassurer. Elle ne comprenait pas grand-chose à cette histoire de disparitions ; elle éprouvait même beaucoup de mal à s'y intéresser.

« Combien de gars ? interrogea-t-elle pour dire quelque chose.

— Quinze. Quinze en trois nuits. Disparus sans rien emporter, ni fringues ni godasses, rien. Bon sang ! nous sommes dans un sous-marin, tu sais qu'on ne peut aller nulle part. Il y a bien la zone désaffectée ; mais qui irait là-bas ? C'est le royaume des rats. Personne n'aurait envie de déménager pour aller s'installer en enfer. Au début, j'ai cru à une espèce de règlement de comptes entre mutins et matelots, mais personne n'est au courant parmi les comploteurs. C'est une histoire de fous.

— Oui, fit Sigrid en écho. Une histoire de fous. »

25

Les diables bleus

Une ambiance étrange s'était installée à l'intérieur du vaisseau. Le soir venu, chacun s'enfermait dans sa cabine, se barricadant derrière sa porte. Les coursives se vidaient. Dans les salles de récréation, de petits groupes chuchotaient en jetant de fréquents coups d'œil par-dessus leur épaule. Les officiers eux-mêmes se bouclaient dans la zone de commandement, verrouillant les lourds battants d'isolation étanches du kiosque de pilotage.

Une atmosphère de peur planait sur le dédale des corridors métalliques. Le lieutenant Kabler avait instauré un tour de garde : de place en place, des marins armés de fusils patrouillaient, veillant sur le sommeil de leurs camarades.

Cela ne rassurait personne, car c'étaient justement ces sentinelles qui disparaissaient les unes après les autres, nuit après nuit. Au matin, on retrouvait les armes abandonnées sur le sol, le chargeur plein, sans qu'un seul coup de feu ait été tiré, sans qu'un cri d'alerte ait été poussé.

Certains matelots commencèrent à parler de fantômes, de malédiction. Les gens de mer sont superstitieux : les pouvoirs maléfiques des eaux d'Almoha renforçaient cet état d'esprit.

Plus personne ne se portant volontaire pour assurer les tours de garde, Kabler dut désigner d'office les sentinelles. Celles-ci continuèrent à disparaître. À la fin de la semaine, quinze autres matelots manquaient à l'appel.

Malgré les efforts qu'elle déployait pour s'intéresser à la situation, Sigrid ne parvenait pas à se sentir concernée. L'environnement du submersible lui posait trop de problèmes pour qu'elle prête vraiment attention à ces histoires absurdes d'enlèvements. Elle souffrait physiquement. Depuis son retour, tout lui était torture : la texture des étoffes synthétiques, les matières artificielles composant l'univers du submersible, l'absence d'espace. Elle étouffait. Pour la première fois de sa vie, elle devait faire face à de violents accès de claustrophobie. L'air conditionné lui desséchait la peau, la lumière électrique lui brûlait les yeux, l'eau recyclée l'affligeait de démangeaisons intolérables. Le monde du *Bluedeep* n'était qu'agressions. Par-dessus tout, elle ne supportait plus le spectacle de cet univers de tuyaux, de câbles, de parois boulonnées. Elle était comme un poisson tiré des vagues et jeté sur le sable sec. Comme un animal coureur de savane, brusquement parqué derrière les barreaux d'une cage minuscule.

N'en pouvant plus, elle plongea de nouveau dans les entrailles du sous-marin. Maintenant, elle s'orientait sans mal à travers le labyrinthe des coursives effondrées et parvenait à rejoindre rapidement le territoire tourmenté qu'éclairait la lumière du hublot.

Au bout du tunnel, elle trouva Koban qui l'attendait, averti de son arrivée par un sixième sens.

« Je savais que c'était toi », dit-il d'une voix enrouée qui surprit la jeune fille – parce qu'elle ne correspondait guère à celle qu'elle lui avait imaginée.

L'Almohan parlait en décomposant les syllabes. Comme il bougeait exagérément les lèvres, il avait l'air d'une poupée de ventriloque.

« Je croyais que tu étais muet », bafouilla-t-elle.

Le garçon haussa les épaules.

« La vocalisation est pour nous une pratique démodée, expliqua-t-il. Nous y avons renoncé depuis longtemps. Seuls les infirmes l'utilisent, ceux dont les sécrétions ne sont pas assez fortes pour transmettre un message.

— Mais..., insista Sigrid, tu parles ma langue !

— Bien sûr, soupira l'Almohan. L'échange transcutané m'a fourni assez d'éléments pour maîtriser ton langage. Tu le crois donc si compliqué ? »

Sigrid était décontenancée. Debout, l'Almohan l'intimidait. Tout à coup, alors qu'elle ébauchait un geste, pressée d'établir un contact moins sommaire, elle crut distinguer un mouvement dans la pénombre bleutée. Une silhouette... Il y avait quelqu'un d'autre dans la coursive. Un homme. Non, deux hommes, trois, quatre... tout un groupe, en fait.

C'étaient des Almohans, elle le comprit à leurs caractéristiques physiques. Ils étaient nus, silencieux, hostiles, et formaient une meute compacte derrière Koban. Quatre garçons, cinq filles. Ils s'approchèrent sans un mot, fixant l'intruse de leurs yeux étrangement phosphorescents.

— *Tu les as fait entrer...*, s'insurgea Sigrid en reculant d'un pas. Tu es allé les chercher, là-bas, dans la mer ?

— Oui, murmura Koban. J'ai pris le scaphandre et je leur ai ouvert la porte du sas. Ce sont mes compagnons de bestialité. Ils ont conservé leur personnalité en ayant recours à d'incessants exercices de mémoire. Ils font partie des survivants de notre race, ceux qui ont résisté à l'abêtissement. Je ne pouvais pas faire autrement. Tu dois comprendre, il y a trop longtemps que nous avions envie de reprendre forme humaine.

— Tu les as fait entrer... », répéta Sigrid d'une voix tremblante.

Elle voyait dans cet acte une trahison amoureuse. C'était stupide, bien sûr, mais elle ne pouvait s'en empêcher. Koban avait ouvert le sas comme on démasque un passage secret, il avait introduit l'ennemi dans la citadelle.

Soudain, une certitude affreuse s'empara de Sigrid, la faisant suffoquer.

« Les disparitions ! haleta-t-elle. Les matelots qui s'évanouissent en fumée... C'est vous ! C'est vous qui les tuez !

— Nous ne les tuons pas, corrigea Koban. Nous les capturons et nous leur faisons ce qu'ils nous ont fait, jadis. Nous les rejetons à la mer. »

Comme Sigrid se raidissait, il s'approcha d'elle et la saisit aux épaules. Il avait les paumes moites et sa sueur pénétra immédiatement dans l'épiderme de la jeune fille. *Elle vit...*

Elle vit des marins inconscients qu'on traînait sur le sol d'une coursive. On leur arrachait leurs vêtements, puis les Almohans revêtus de scaphandres les descendaient dans le sas et ouvraient les vannes de remplissage. Les Terriens se convulsaient, ranimés par les spasmes de la métamorphose, mais leur pauvre gesticulation ne les empêchait pas de se changer en poissons. Sitôt la mutation achevée, les Almohans les chassaient hors du submersible à coups de trident, les contraignant à s'enfoncer dans les abîmes.

« Rien de plus que ce qu'ils nous ont fait, jadis », songea Sigrid.

Œil pour œil. Une étrange exaltation s'emparait d'elle. Oui, c'était juste. Les Terriens devaient payer. Les Terriens devaient à leur tour goûter au grand bagne de l'immortalité liquide. La saveur de la vengeance coulait dans ses veines. Elle se voyait, marchant à pas de loup dans les coursives de la zone désaffectée, sa troupe sur les talons. Ils avançaient, comploteurs de l'ombre, à peine redevenus humains et pourtant déjà justiciers, bourreaux soucieux de rendre le mal pour le mal.

Comme c'était bon de surprendre ces stupides sentinelles grelottant de frayeur. De jaillir sous leur nez par une trappe de visite, la bouche d'un tunnel auxiliaire, et de les bâillonner d'une main enduite de salive. Les matelots n'avaient pas le temps de réagir, la transmission chimique saturait leurs muqueuses d'images hallucinantes. Les pauvres Terriens n'avaient même pas le réflexe de crier : terrassés par la stupeur, ils se laissaient entraîner. La plupart perdaient aussitôt connaissance. On les tirait alors au fond des tunnels, au cœur de la zone d'ombre.

Sigrid haletait. L'excitation de la chasse couvrait sa peau d'une fine pellicule de sueur facilitant les transmissions. Elle se surprenait à aimer ces raids silencieux. Pour communiquer, il suffisait de toucher son voisin du bout de l'index, les neurotransmetteurs chimiques faisaient le reste. Images, séquences visuelles s'insinuaient sous la peau et couraient le long des nerfs jusqu'au cerveau.

Ils n'étaient qu'une dizaine pour tenir en échec l'équipage du *Bluedeep*. Dix diables bleus ! mais c'était assez. Les Terriens s'avéraient stupides, amollis par les années de routine. La plupart oscillaient au bord de la vieillesse. Que pouvaient faire ces êtres blanchâtres, un peu gras, contre dix anciens poissons aux muscles souples et solides ? C'était là le seul bon côté de la bestialité : cette puissance de la chair, cette énergie inépuisable.

Ils étaient dix, dix rescapés des abîmes, dix anciens requins aux réflexes fluides. Ils n'avaient pas besoin de fusils pour mener à bien leur mission justicière, ils se suffisaient à eux-mêmes. Ils ne tuaient pas. On pouvait les accuser de tout sauf d'assassinat. Ils offraient l'immortalité à leurs anciens bourreaux. L'immortalité des profondeurs...

Sigrid voyait les matelots se débattre, suffoquer dans le bouillonnement des grosses bulles envahissant le sas. Et tout de suite : les écailles... La blessure des ouïes fendant la tête de part et d'autre du visage. Les membres supérieurs rétrécissant, avalés par le torse, disparaissant à l'intérieur du corps pour ne laisser subsister que deux mains palmées, embryons de futures nageoires.

La joie, la joie de la vengeance.

Les bras de Koban s'étaient refermés sur la jeune fille. Elle eut fugitivement conscience qu'il était en train d'implanter en elle sa haine, son désir de revanche. Sans lui demander son avis.

« Nous allons vider le vaisseau, disait Koban. Nuit après nuit. Nous les capturerons un à un pour les jeter à la mer. J'ai sondé leurs esprits, je sais où sont entreposées les réserves de nourriture. Nous en avons déjà volé plusieurs sacs. C'est comme de la poussière, ce n'est pas bon, mais nous saurons nous en contenter. »

Sigrid imaginait le navire à demi désert. Sous-marin fantôme dérivant au fond des eaux.

« Au fur et à mesure, nous assimilerons leurs connaissances techniques, chuchotait Koban. Nous nous imprégnerons de leur savoir. Un jour, nous en saurons assez pour prendre le commandement du *Bluedeep*. Alors nous ferons surface... »

Oui, oui... Sigrid comprenait soudain où le garçon voulait en venir. La solution l'éblouissait, lumineuse et pleine d'un espoir fou.

Il fallait... il fallait créer un autre continent, une autre île pour remplacer celle détruite par les Terriens.

Koban avait nagé assez longtemps au fond de l'océan pour savoir qu'il existait des volcans sous-marins, là où le roc s'entrebâillait sur le brasillement du feu central. Des volcans somnolents qu'on pouvait réveiller. Il suffisait pour cela d'une explosion. D'une grande explosion.

Dix, vingt, cent torpilles atomiques tirées droit dans la gueule du cratère. Une formidable déflagration sous-marine réveillant le bouillonnement paresseux de la lave.

« Une éruption, chuchotait l'Almohan. Une fissure ouverte dans la croûte de la planète. Des millions de tonnes de lave jaillissant du noyau, durcissant, formant peu à peu un cône émergeant de la mer. »

Une île, une île volcanique née d'une catastrophe soigneusement organisée. Sigrid haletait. Le projet n'avait rien d'irréalisable... Sur Terre, nombre d'archipels s'étaient formés de cette manière. Des îles constituées d'un amalgame de lave refroidie.

« Ce ne sera qu'un socle, observa Koban, une base nue, stérile, mais sur laquelle nous pourrons construire un nouveau monde. Il y a dans les cales du *Bluedeep* assez d'engrais, d'humus artificiel pour ensemencer un désert. Je sais tout cela, je l'ai lu dans la tête des marins que nous avons capturés. Ces produits font partie de l'équipement de base du colonisateur spatial. Ils ont été conçus pour permettre aux plantes de pousser de façon accélérée et fabriquer des arbres adultes en quinze jours. Si les dieux nous prêtent assistance, nous pourrons réparer le gâchis des Terriens. »

Sigrid suffoquait d'enthousiasme. Faire jaillir une île des profondeurs... Faire pousser un atoll en déchaînant la fureur du magma. C'était formidable.

« C'est notre dernière chance, souffla la voix de Koban dans sa tête. Nous ne sommes plus qu'une dizaine à nous rappeler encore la vie d'avant. Les autres sont devenus de vrais poissons, avec un esprit de poisson. L'ultime étincelle d'humanité s'est éteinte en eux depuis longtemps. Nous ne sommes plus que dix pour tout rebâtir. Cinq filles, cinq garçons. Si on nous repousse encore une fois dans la mer, notre intelligence s'effilochera et nous deviendrons des bêtes, pour toujours... Je ne suis déjà plus entier. J'ai oublié beaucoup de choses, ma mémoire est pleine de trous. Il est hors de question de faire demi-tour. Nous irons jusqu'au bout. Je préfère être tué par les Terriens que retourner à l'océan. Je préfère mille fois mourir dans une peau d'homme que vivre éternellement dans celle d'un poisson, tu comprends cela ? »

Sigrid comprenait.

Puis elle s'assoupit, épuisée par les décharges nerveuses de l'échange. Durant un temps inappréciable, elle dériva dans les brumes d'une demi-conscience. Parfois, elle se découvrait couchée contre Koban, sa peau collée à la sienne ; parfois, elle s'enfonçait dans le brouillard des souvenirs d'avant la grande catastrophe et se laissait bercer par le charme vénéneux de la mélancolie.

Plus tard, une main la secoua. Il était temps de partir en chasse. C'était l'heure où l'on allait capturer les sentinelles grelottant de frayeur, l'heure où l'on volait de la nourriture.

Il lui fallut courir au long des coursives. Elle n'éprouvait aucun remords, aucune impression de trahison.

Ils s'embusquèrent à l'entrée du couloir principal, guettant les pas du factionnaire. Quand celui-ci se rapprocha, ils bondirent. C'était un garçon efflanqué, au poil roux, dont les mains s'affolaient sur la crosse du fusil. Il écarquilla les yeux en voyant surgir la horde nue des assaillants.

« Sigrid ! hoqueta-t-il. Sigrid, qu'est-ce que tu fiches ? Hé, c'est moi ! Gus ! »

Il n'eut pas le temps d'en dire plus, Koban l'avait bâillonné de sa paume moite. Sigrid le regarda s'affaisser. Gus ? *Qui était Gus ?* Elle ne connaissait personne de ce nom.

Ils le traînèrent jusqu'au sas d'évacuation ; ce fut facile, il n'était pas très lourd. Il reprit conscience à la dernière seconde, au moment où la métamorphose lui avait déjà soudé les deux jambes en une magnifique queue de poisson. Il cria encore : « Sigrid ! Sigrid ! », mais personne ne lui répondit. *Qui était Sigrid ?*

26

S.H.H.P. (Syndrome hallucinatoire des hautes pressions)

Sigrid émergea enfin du passé illusoire qui envahissait son esprit comme on se réveille d'un cauchemar, le cœur fou, la bouche sèche. Brusquement, le visage terrifié de Gus avait supplanté les faux souvenirs injectés par Koban.

Les yeux de Gus, écarquillés de stupeur, ses lèvres bredouillant une interrogation... Les cris de détresse enfantine qu'il avait poussés au moment où la métamorphose s'était emparée de lui. Il avait crié : « Sigrid ! » Oui, le prénom de son amie avait été sa dernière parole d'humain ; ensuite... Les écailles. Les nageoires.

Sigrid se redressa dans la pénombre bleutée de la

zone désaffectée. Les Almohans dormaient, allongés sur le sol. Dans son sommeil, Koban avait roulé à l'écart ; cet éloignement avait rompu le fil de la transmission. N'étant plus en contact avec la peau du garçon, l'épiderme humide de Sigrid avait cessé de boire la sueur des souvenirs et, du même coup, les images diffusées par son compagnon. Peu à peu sa conscience s'était dégagée du fouillis hallucinatoire qui la paralysait depuis plusieurs jours déjà.

Gus... L'image de Gus s'était frayé un chemin dans le brouillard des mirages, la ramenant à la réalité.

Sigrid s'éloigna sur la pointe des pieds, enjambant les corps endormis. Elle devait profiter de ce qu'elle était redevenue elle-même pour prendre la fuite.

Elle serrait les mâchoires pour empêcher ses dents de claquer. Le visage de Gus la hantait. Elle revoyait le rouquin la regardant dans les yeux, désemparé par cette soudaine apparition et ne songeant même plus à se défendre. Il avait dû être stupéfié de découvrir sa camarade de toujours au milieu de cette horde de sauvages bleuâtres, jaillissant de la nuit comme des vampires.

Sigrid se mit à courir. Elle heurtait les poutrelles, se meurtrissant les épaules à l'architecture tordue des coursives effondrées.

Lorsqu'elle jaillit du tunnel auxiliaire, la lumière du couloir principal l'aveugla. Alors, seulement, elle prit conscience qu'elle était presque nue, noircie de poussière. Désorientée, en pleine confusion mentale, elle dut raser les parois pour rejoindre sa cabine.

Durant toute sa déambulation, elle ne rencontra personne. Les sentinelles avaient pris la fuite, les marins s'étaient barricadés dans leurs quartiers. L'accès à la zone de commandement avait été hermétiquement verrouillé selon la procédure d'alerte visant à protéger les centres nerveux du vaisseau en cas de mutinerie. Posé sur le fond de vase, silencieux, immobile, le sous-marin géant avait l'air d'un château hanté échoué au rez-de-chaussée des abîmes. La panique semblait avoir eu raison de la discipline de fer que dix années de routine avaient fait croire inébranlable. Ne pouvant s'enfuir, les hommes se terraient, une arme dérisoire – marteau ou clef à molette – à portée de main.

Sigrid localisa enfin sa cabine et s'y enferma. Là, elle se lava longuement, avec une sorte de rage, se frottant la peau pour se débarrasser des dernières sécrétions hallucinatoires qui la poissaient. Dès qu'un souvenir appartenant à Koban se glissait dans sa conscience, elle se concentrait sur l'image du visage de Gus et le mirage battait en retraite.

Quand elle eut repris figure humaine, elle s'habilla. Il fallait qu'elle parle à quelqu'un, qu'une oreille amie recueille ses confidences. Sa confession. Elle avait besoin de raconter son aventure. Elle songea à David, l'apprenti officier. Il avait bien connu Gus. Il n'était encore qu'aspirant, il ne pouvait pas être devenu totalement mauvais. Et puis, ils avaient passé tant d'heures ensemble, jadis...

Elle sortit dans la coursive qu'elle remonta lentement. L'écho de ses pas sonnait de manière étrange sous la voûte de fer. Le *Bluedeep* paraissait vide, grande épave échouée dans la vase, à des centaines de mètres sous la surface. On avait presque envie de crier : « Y a quelqu'un ? », tant l'impression de solitude était extrême. Sigrid avançait, imaginant les matelots recroquevillés derrière les battants, suant de peur.

Sur la porte de la cabine de David, une note de service annonçait que l'occupant des lieux avait demandé la permission de « descendre à terre » et qu'il se trouvait pour l'heure en zone récréative où l'on pourrait le joindre chez sa « mère adoptive » en cas d'urgence.

Sigrid tourna les talons. Elle traversa successivement le gymnase, la cafétéria, le terrain de football. Nulle part, elle ne rencontra âme qui vive. Aucun surveillant ne lui demanda de justifier sa présence.

Elle poussa la porte du décor portuaire où se dressait la petite maison abritant les « mères ». On avait coupé la bande sonore d'ambiance, ainsi que les diffuseurs d'odeurs : toute vie avait fui la reconstitution. Sigrid s'immobilisa au seuil de la grande salle, hésitante. Brusquement, l'illusion s'avouait factice. Les pavés, les façades, les vitrines perdaient leur vraisemblance. Le ciel gris n'était plus qu'une toile peinte. Tout semblait fragile et c'est à peine si l'on osait poser le pied sur les pavés de la chaussée. Sigrid fit trois pas, la tête levée. Le café était désert, les sempiternels figurants joueurs de cartes avaient, eux aussi, pris la fuite. Les faux marchands de hot dogs leur avaient emboîté le pas. Sigrid se demanda s'il restait seulement quelqu'un. D'une voix mal assurée, elle appela :

« David ? Tu es là ? C'est moi, Sigrid. David ?

Au bout d'une minute, une fenêtre s'ouvrit, au troisième étage, et le jeune homme apparut. Il était en T-shirt, les cheveux ébouriffés.

« Tu es folle de crier comme ça ! lança-t-il. Tu m'as réveillé. »

Comme Sigrid restait plantée au bord du trottoir, les bras ballants, il lui fit signe de monter.

Il l'accueillit sur le palier, en short, les pieds nus, l'air contrarié. Depuis qu'il vivait avec les officiers, la barbe envahissait ses joues. Il semblait plus vieux. Sigrid se demanda si ses nouvelles fonctions le dispensaient d'avaler les pilules anticroissance dont Gus parlait si souvent. Peut-être – grâce à ce privilège – était-il en train de récupérer son âge réel ?

Lorsqu'elle entra dans le petit appartement, elle fut surprise de constater qu'en l'absence des diffuseurs d'odeurs, les logements perdaient leur atmosphère d'intimité douillette. Où étaient passés les parfums d'oignon, d'encaustique, de lessive qu'elle avait reniflés à chacune de ses visites ?

« Où est ta... "mère" ? demanda-t-elle.

— Partie faire les courses, grommela David. Aujourd'hui, elle me prépare mon dessert préféré. »

Sigrid s'assit.

« Comment se fait-il que tu sois là ? s'enquit le jeune homme. Personne ne vient plus depuis une semaine. Ils ont tous la trouille. C'est super ! Ça me laisse le choix, je peux changer de "mère" tous les jours. Elles sont aux petits soins avec moi. Quand il s'agit des officiers, elles font de leur mieux pour être bien notées. Je leur ai fait croire que j'étais en tournée d'inspection. Elles ont tout gobé, ces idiotes. Du coup, je suis leur chouchou.

— J'ai tué Gus, souffla Sigrid en regardant ses pieds. Enfin, non... Je l'ai rendu immortel, mais c'est pareil.

— Qu'est-ce que tu racontes ? s'impatienta le garçon. Tu as bu ? »

Sigrid se fit la réflexion qu'il ne ressemblait plus tellement au David de jadis. Il avait quelque chose de dur dans le visage, une certaine façon de crisper les lèvres qui le vieillissait. Des... des manières copiées sur les attitudes des officiers. Du lieutenant Kabler, notamment.

Alors, s'accoudant à la table, elle raconta tout : le

hublot, Koban, le continent détruit par les torpilles du *Bluedeep*...

Cela prit longtemps. Si longtemps qu'elle dut s'interrompre à deux reprises pour réclamer un verre d'eau. Quand elle eut fini, David alluma une cigarette qui le fit tousser.

« C'est du délire, décréta-t-il. Il n'y a pas de hublot, tu sais bien que le vaisseau est totalement aveugle, sans aucune ouverture sur l'extérieur à l'exception des sas... Cette histoire de hublot – l'œil de la pieuvre, tout ça –, c'étaient des trucs que Gus aimait raconter pour se faire remarquer. Tu souffres du Syndrome hallucinatoire des hautes pressions, un début de narcose ; il faut te placer en caisson, sans tarder, sinon ton cerveau va péter une veine et tu deviendras un légume.

— Non ! protesta Sigrid. Je n'ai rien inventé, tout est réel. »

David s'avança, lui posa la main sur le front, comme l'on fait à un enfant fiévreux.

« Tu as toujours eu trop d'imagination, murmura-t-il. Cette histoire sort des romans que tu lisais quand tu étais petite fille. Notre mission est pacifique. Tu le sais, n'est-ce pas ? »

Sigrid hocha la tête. Subitement, ses certitudes s'effritaient. Dès qu'elle y réfléchissait, les événements des jours passés lui paraissaient inconsistants.

« Tu étais très déprimée ces temps derniers, insista

David. C'est un signe avant-coureur du Syndrome hallucinatoire des hautes pressions. Ensuite vient le délire, la manie de la persécution. Il faut te soigner avant que tes neurones n'éclatent. Si tu tardes trop, tu deviendras sourde, aveugle. Tu perdras l'usage de la parole. »

D'un tiroir, il sortit un flacon de comprimés, en fit tomber trois dans un verre d'eau qu'il poussa vers la jeune fille.

« Va t'étendre, ordonna-t-il, je préviens le médecin-major.

— Mais les disparitions ? Les marins envolés ? hasarda Sigrid.

— Il s'agit d'une mutinerie, répliqua David en sortant son uniforme d'un placard. Une poignée de rebelles s'est embusquée dans la zone désaffectée pour mener des actions de guérilla. Ce ne sont pas des Almohans, simplement des marins révoltés. Tu as repensé la situation à travers le prisme de ton délire. Si tu as rencontré des gens dans la zone désaffectée, ce sont des salopards de mutins, pas des poissons redevenus humains, crois-moi. Peut-être t'ont-ils raconté cette histoire à dormir debout pour abuser de ton état de confusion mentale ? Les filles sont si crédules ! »

Sigrid se laissa conduire vers la chambre. Elle s'allongea sur le lit, l'esprit troublé. Le simple bon sens la poussait à accepter l'explication de David, logique, plausible. Était-elle en train de devenir folle comme tant d'autres avant elle ? Avait-elle tout inventé ? Elle était prête à l'admettre. Puis elle se demanda si on pourrait la guérir ou si ses neurones étaient d'ores et déjà trop endommagés pour lui permettre de reprendre une vie normale. On disait que la narcose vous faisait sauter les fusibles, un à un, et qu'à partir d'un certain stade on était bon pour la chambre capitonnée.

Elle entendit David former un numéro sur l'interphone, dans la pièce d'à côté, mais ne comprit pas le sens de ses paroles. Il lui sembla qu'il s'adressait à son interlocuteur d'un ton respectueux. Sigrid s'abandonna à la torpeur. Les cachets emplissaient ses membres d'une faiblesse cotonneuse.

Elle n'avait plus envie de lutter. Elle ferma les yeux. Elle était soulagée de savoir que Koban n'existait pas, que le *Bluedeep* n'était pour rien dans la destruction d'Almoha. Où était-elle allée chercher ces idées stupides ? Il fallait qu'elle se repose, qu'elle chasse ces obsessions imbéciles de son esprit.

Quand elle rouvrit les paupières, elle eut la surprise de découvrir le lieutenant Kabler, debout au pied du lit, tout près de David. Deux infirmiers l'accompagnaient, colosses muets, au visage fermé.

« Alors, petite, émit l'officier d'une voix calme, on perd les pédales ? »

Sigrid esquissa un mouvement pour se redresser et

se mettre au garde-à-vous, mais ses membres ne lui obéissaient plus.

« Allons, bougonna Kabler, pas de cérémonie. Ce n'est pas si terrible, un petit séjour en caisson et tu pourras reprendre ton poste.

— Vous croyez que c'est grave ? s'enquit David.

— Mais non, lâcha le lieutenant. À ces profondeurs on en passe tous par là, un jour ou l'autre. C'est rien du tout, pas plus dangereux qu'une grosse grippe. Les longs séjours dans l'obscurité des zones désaffectées génèrent à la longue un sentiment de désorientation. Le sujet perd ses repères, il ne sait plus se situer ni dans le temps ni dans l'espace. Les hallucinations viennent tout de suite après. »

Il fit signe aux infirmiers qui saisirent Sigrid sous les aisselles et la forcèrent à se redresser. Il n'y avait aucune violence dans leurs gestes, mais leurs mains avaient la puissance d'un étau.

« Merci d'avoir appelé, mon petit, dit Kabler en saluant David, et continuez d'être vigilant. En ce moment, nos pauvres gars sont déboussolés. Tout rentrera bientôt dans l'ordre. Ah ! et en ce qui concerne la permission de vous laisser pousser la moustache... considérez qu'elle vous est accordée.

— Merci, lieutenant », balbutia David d'un ton chargé de reconnaissance.

Sigrid se laissa aller. Elle ne pesait rien dans les

mains des infirmiers. Déjà, on l'entraînait dans l'escalier, on quittait l'immeuble.

Alors qu'ils remontaient la « rue », Kabler rajusta sa casquette et murmura à l'adresse des hommes :

« Emmenez-moi cette charogne à l'infirmerie et faites-lui une piqûre de poison. C'est elle qui a introduit les Almohans à l'intérieur du vaisseau, je veux qu'elle crève le plus vite possible.

— Et les autres ? s'enquit le second infirmier. Je veux dire : les créatures qu'elle a fait rentrer ?

— Les hommes-poissons ? grommela Kabler. On les gazera. Il suffit d'obturer les conduits auxiliaires qui mènent à la zone désaffectée et d'y injecter du cyanogène, ils mourront comme des cafards.

— Qu'est-ce qu'on racontera à l'équipage ? demanda le premier matelot.

— Officiellement, ça doit rester une mutinerie, trancha Kabler. Une fois les tunnels ventilés, vous éjecterez les cadavres des Almohans par les tubes lance-torpilles. Je veux le silence absolu sur cette histoire de poissons redevenus humains, compris ? »

Sigrid s'était raidie. En dépit des effets de la drogue, son cerveau tournait à plein régime. La peur fouettait ses sécrétions d'adrénaline. Il suffit de quelques secondes pour que l'excitation ravive les souvenirs de Koban dont son organisme était encombré. Les images revinrent aussitôt, terriblement précises, étrangères, hallucinantes de réalisme.

Elle se mit à transpirer et sa sueur s'emplit de toxines mémorielles ; celles-ci pénétrèrent par capillarité[1] dans les paumes nues des infirmiers qui lui tenaient les bras...

Les matelots eurent un sursaut, fusillés par ces images venues d'ailleurs. Décontenancés, ils portèrent les mains à leur tête et lâchèrent Sigrid, qui en profita pour s'élancer dans la coursive principale.

« Bon sang ! rugit Kabler. Qu'est-ce que vous fichez ? Rattrapez-là ! À quoi jouez-vous ? »

Mais les marins, frappés de stupeur, s'étaient laissés tomber sur les genoux et se balançaient d'avant en arrière.

Ne prêtant aucune attention aux cris qui retentissaient derrière elle, Sigrid se rua dans la bouche sombre d'un tunnel auxiliaire. Elle savait que personne n'oserait la suivre dans les méandres du territoire abandonné. Malgré l'obscurité, elle parvint à s'orienter. La voûte de fer lui amenait l'écho des vociférations de Kabler.

« Allez chercher les pompes ! commandait l'officier, verrouillez tous les accès et enfumez-moi ce nid de vermine avec du gaz empoisonné. Que tout le monde mette son masque respiratoire. »

Pendant qu'elle courait dans les ténèbres, Sigrid

1. En empruntant le trajet des minuscules vaisseaux sanguins irriguant la peau.

entendit claquer une à une les écoutilles fermant les sorties auxiliaires.

Il avait suffi à Kabler d'appuyer sur un bouton pour faire de la zone désaffectée une prison hermétiquement close. Désormais, le monde des tunnels était isolé du reste du sous-marin. Comme la jeune fille s'arrêtait pour reprendre son souffle, une main se posa sur son épaule, la faisant tressaillir.

« Pourquoi es-tu revenue ? » demanda doucement Koban.

Il ne semblait pas avoir peur. Sigrid écarquilla les yeux, mais à la différence des Almohans, elle ne pouvait voir dans les ténèbres. Elle devina que les rescapés des grands fonds étaient tous là, l'encerclant. Elle sentait leur sueur iodée autour d'elle.

« Ils vont envoyer du gaz, haleta-t-elle. Il faut partir. Fuyez par le sas. C'est un produit terrible, personne ne peut y survivre. »

Elle se sentait gênée de parler ainsi dans le noir, sans rien pouvoir discerner de ses interlocuteurs. Elle voulut les toucher, mais ils reculèrent, comme si l'heure n'était plus aux échanges épidermiques. Elle devina qu'ils voulaient établir une distance. Pour rendre cette cérémonie d'adieu moins difficile.

« Nous restons, affirma le jeune Almohan. Nous ne reviendrons jamais en arrière.

— Vous ne comprenez pas bien, s'obstina Sigrid.

Vous allez mourir asphyxiés. Les tunnels vont se remplir de gaz mortel.

— Je ne veux pas redevenir une bête, s'entêta Koban. Et mes compagnons pensent comme moi. Grâce à toi nous avons récupéré notre peau d'humain, nous la garderons jusqu'au bout. »

Sigrid s'affola. Elle ne savait plus ce qu'elle faisait ici. Pourquoi s'était-elle mise à courir ? Pourquoi son premier réflexe avait-il été de prévenir les passagers clandestins du *Bluedeep* ?

Un chuintement sinistre la ramena à la réalité. C'était le bruit des pompes qu'on mettait en batterie. Aussitôt, les Almohans reculèrent, cherchant refuge au plus profond de ces territoires obscurs dont le hublot était l'étrange soleil. Ils avaient saisi Sigrid sous les bras et la forçaient à courir avec eux. La jeune fille songea que, même ainsi, le sursis serait court. Dans les ténèbres, les rats cédaient à la panique. Sentant venir la mort, ils fuyaient en couinant, se jetant sous les pieds des hommes.

Enfin, la lumière bleue du hublot jaillit au détour d'une coursive. Sigrid réalisa que les Almohans avaient su découvrir des raccourcis dont elle n'avait jamais soupçonné l'existence.

« Il faut aller au sas, insista-t-elle. Passons les scaphandres, nous gagnerons du temps. Nous réintégrerons le *Bluedeep* lorsqu'ils auront ventilé les tunnels.

— Impossible, dit sourdement Koban. Il n'y a que

trois combinaisons utilisables et pas assez de bonbonnes d'air. Ce serait un sursis dérisoire. À la première suffocation, nous arracherions nos casques et la mer nous métamorphoserait de nouveau.

— Mais on ne peut pas s'attarder, balbutia Sigrid. Le gaz ne va plus tarder à nous asphyxier.

— Nous allons tout de même rester, s'entêta Koban. *Mais toi tu vas partir.* Tu veilleras sur nos corps quand on les rejettera à la mer. Tu t'occuperas de nous, tu nous feras une belle sépulture. Nous comptons sur toi pour mener à bien la tâche que nous nous étions fixée. Nous avons lancé dix torpilles atomiques... En fait, nous avons obligé les matelots à le faire à notre place, en agissant sur leurs pensées. Ces torpilles sont programmées pour chercher un volcan sous-marin et s'engouffrer dans son cratère. Nul ne sait combien de temps cela prendra. Il est possible qu'elles errent trois ans, dix ans, à travers l'océan avant de trouver leur cible ; mais quand cela se produira, elles déclencheront une formidable éruption volcanique. Une colonne de lave se formera, donnant naissance à une île... à un nouveau continent.

— Cela peut prendre un siècle..., hoqueta Sigrid.

— Je sais, souffla Koban. Mais ça n'a pas d'importance puisque l'océan rend éternel. Écoute, le temps presse. Nous avons également éjecté de nombreux bidons de semences à croissance accélérée. Tu devras les retrouver et les utiliser pour transformer l'île volcanique en une terre fertile.

— Moi ? protesta Sigrid. Mais comment... ?

— Ensuite, tu repêcheras les poissons du rivage. Tu les tireras au sec. Tu essayeras d'en faire des humains pour repeupler cette nouvelle terre. Je ne sais pas combien d'années cela prendra, il te faudra être patiente, mais tu es jeune. Ton cerveau est en bon état ; avec un peu de chance, en pratiquant des exercices quotidiens, tu pourras résister à la bestialité de l'immersion prolongée.

— *Mais de quoi parles-tu ?* » hurla Sigrid.

Elle ne put en dire davantage. Les Almohans s'étaient emparés d'elle et l'entraînaient vers le sas auxiliaire, celui-là même par où ils étaient entrés dans le vaisseau. Sigrid se débattit, essaya de leur échapper, mais ils étaient trop forts. La dernière image qu'elle emporta fut celle de Koban, mince silhouette dressée dans la lumière bleue tombant du hublot.

Puis sa tête heurta le sol au moment où on l'allongeait sur la grille métallique du sas, et elle perdit connaissance.

27

La sirène

Ils la jetèrent à l'eau alors qu'elle était à demi inconsciente, incapable de refuser l'immersion. Elle devint sirène, puis poisson... Elle eut l'impression bizarre d'être étirée en tous sens, pétrie par des masseurs fous, mais ces bouleversements ne s'accompagnèrent nullement des douleurs terribles qu'elle avait jadis imaginées. En réalité, ses terminaisons nerveuses passèrent par une phase d'engourdissement proche de l'anesthésie générale, si bien que son corps se métamorphosa sans qu'elle éprouve la moindre sensation de déchirement organique. Ce fut une mutation douce, très différente des légendes horrifiques dont on l'avait abreuvée.

Elle écarquilla les yeux, désorientée. Comme l'angoisse la faisait haleter, elle inspira l'eau de mer qui entra à flots dans sa poitrine. Elle ne toussa pas. Elle voulut crier, appeler, protester, mais ses paroles prirent l'aspect de grosses bulles argentées jaillissant de sa bouche en chapelet glougloutant.

Deux Almohans en scaphandre se tenaient à ses côtés. Posant la main sur son flanc, ils la forcèrent à s'éloigner du submersible. Sigrid ne savait pas ce qu'elle devait faire. Elle n'avait plus ni bras ni jambes, son corps se réduisait maintenant à une longue masse fuselée qu'elle devinait gorgée d'une énergie prodigieuse.

Quand elle fut à trois encablures du sous-marin, les Almohans l'abandonnèrent pour regagner le *Bluedeep*. Au moment où ils franchissaient le seuil du sas, l'un d'eux se retourna pour lui adresser un dernier signe. Puis l'écoutille se referma et la paroi du submersible retrouva son étanchéité première.

Sigrid se laissa ballotter par les courants. Son cœur battait vite dans sa poitrine. Un cœur puissant, conçu pour les prouesses physiques les plus étonnantes. Un cœur-machine dont l'énergie semblait pouvoir soulever les montagnes.

« Je suis un poisson, pensait-elle sans y croire. Je suis devenue un poisson... »

Elle était stupéfaite de se découvrir à l'aise dans une enveloppe musculeuse, si différente de la chair à laquelle elle avait été habituée dès l'enfance. Une force incroyable bouillonnait en elle, impatiente de la propulser dans l'immensité des abîmes. Elle habitait un corps qui ne connaîtrait pas la fatigue ; un corps que la vieillesse, jamais, ne pourrait blesser. Elle était forte et heureuse. Pleine d'une puissance paisible dépourvue de la moindre parcelle d'agressivité. Elle était en harmonie parfaite avec elle-même, avec le monde. Elle dérivait dans la tiédeur, se laissant caresser par les courants.

Elle s'aperçut bientôt qu'elle était incapable d'apprécier l'écoulement du temps. Malgré tous ses efforts, elle ne parvenait pas à déterminer depuis combien de minutes elle avait quitté le *Bluedeep.* Était-ce un quart d'heure auparavant ? Une heure ? Un mois ? Ces notions ne représentaient plus rien pour elle. Et même, elles n'avaient plus la moindre importance.

Elle nagea, trouant l'eau à la vitesse d'une torpille, forant son chemin dans la prairie d'algues bleues. C'était bon de sentir bouillonner les bulles autour de soi.

28

Le cimetière du fond des mers

À quelque temps de là, les tubes avant du vaisseau éjectèrent dix longues silhouettes bleues. C'étaient les corps de Koban et de ses compagnons. Comme ils étaient morts, l'océan ne put métamorphoser leurs cellules inertes et leur apparence demeura humaine.

Au terme de la trajectoire d'évacuation, ils se mirent à flotter, bras et jambes à la dérive. Sigrid nagea autour d'eux, les rassemblant en troupeau lorsque les courants menaçaient de les éparpiller. Ils étaient beaux, très pâles dans la lumière tombant de la surface, et leurs visages affichaient une expression sereine, comme si la mort les avait surpris sans souffrance.

Sigrid songea qu'ils allaient toujours rester ainsi, protégés de la corruption par les vertus conservatrices de la mer. Aucun animal ne les dévorerait puisque, ici, personne n'avait besoin de se nourrir – et jamais leur chair ne se désagrégerait. Ils continueraient à flotter, lisses et jeunes pour l'éternité, préservés des métamorphoses. Humains, une fois pour toutes.

N'était-ce pas ce qu'avait désiré Koban ?

Sigrid, cédant à une impulsion, les poussa en direction des petites maisons englouties. Elle procédait avec beaucoup de douceur, leur expédiant de légers coups de museau entre les omoplates. Elle ne voulait pas les voir s'échouer dans la vase, comme des cadavres vautrés dans la boue d'un champ de bataille. Cette idée lui était désagréable. Douloureuse, même.

S'aidant de ses diverses nageoires, elle les fit entrer dans la bicoque plantée près du petit square aux buissons de corail. Elle installa Koban dans l'appartement-bibliothèque, parce que ce logement paraissait meublé à son image. Elle déposa le corps du garçon dans un fauteuil, près de la fenêtre ouverte, le visage tourné vers l'immensité de la plaine sous-marine. Ainsi disposé, la tête légèrement renversée sur l'épaule, il avait l'air de s'être assoupi par un jour de grosse chaleur. Sigrid fit tomber un livre sur ses genoux, pour compléter l'illusion, et le trouva très beau.

Aux étages inférieurs, elle installa les autres corps,

dans des poses qu'elle s'efforçait de rendre naturelles. Ce n'était pas toujours facile car elle n'avait pas de mains pour fignoler les postures. Mais, dans l'ensemble, elle fut satisfaite du résultat.

À présent, la maison paraissait habitée par d'étranges locataires alanguis, des rêveurs d'infini dont le regard se perdait à l'horizon de la plaine d'algues.

Sigrid allait les voir très souvent, pour retoucher leurs gestes arrêtés. Elle changeait également l'ouvrage posé sur les genoux de Koban.

Un jour, alors qu'elle tournait autour de la maison pour juger de l'effet de ses arrangements, elle fut rejointe par un grand poisson efflanqué dont le museau était couvert de taches roussâtres. Son instinct lui souffla qu'il s'agissait de Gus, mais lorsqu'elle voulut demander son nom à l'inconnu, elle ne réussit qu'à cracher de grosses bulles muettes. Était-ce important ?

Par la suite, elle nagea souvent en compagnie du poisson roux, suivant le *Bluedeep* dans ses déplacements erratiques. Parfois, Sigrid s'enhardissait au point de frôler la coque à la hauteur du hublot solitaire. Elle plongeait alors son regard dans ce cercle de nuit, espérant y voir apparaître un visage. Un visage humain au nez aplati contre la vitre... Un visage d'enfant s'écrasant le front sur une vitrine de Noël.

Jusque-là, le hublot était resté vide, mais Sigrid ne désespérait pas, elle avait toute l'éternité devant elle.

Un jour, quelqu'un viendrait. C'était forcé.

Un jour...

29

Renaissance

Il se produisit une grande explosion sous-marine dont l'onde de choc, bien que freinée par l'épaisseur de l'eau, se propagea à travers tout l'océan, renversant la plupart des ruines, jetant à bas collines et montagnes. Sigrid et Gus, balayés par le flot, se trouvèrent emportés à des dizaines de kilomètres de leur territoire habituel. Tout de suite après, les abîmes furent illuminés par une immense lueur palpitante, comme si un géant était en train d'allumer un feu dans les profondeurs.

« Ce sont les torpilles dont parlait Koban, se rappela Sigrid. Elles ont fini par trouver le volcan. En explosant au fond du cratère, elles ont déclenché une éruption. »

La curiosité la poussa à nager vers la lumière, mais les coulées de lave réchauffaient l'eau et elle dut bientôt renoncer, sous peine de cuire au court-bouillon. Toutefois, elle n'avait aucun mal à imaginer ce qui arrivait : la lave, en s'amassant, allait former un cône qui, lentement, s'élèverait en direction de la surface. Cela demanderait longtemps... trois, quatre ans... peut-être même dix ! Mais au bout du compte, une île se formerait. Une île volcanique constituée de magma refroidi.

« Le temps que ça prendra n'a guère d'importance, songea-t-elle, puisque ici on n'a pas conscience de l'écoulement des jours. Je ne sais absolument pas depuis combien de mois j'ai quitté le *Bluedeep.* Si ça se trouve, il y a déjà plusieurs années... voire quinze ou vingt ans ! »

Cette perspective lui donnait le vertige.

Le volcan sous-marin continuait à vomir des torrents de lave. Les poissons s'habituèrent à la lumière rouge qui teintait les flots. À présent, on distinguait le cône, énorme, qui s'élevait doucement vers la surface. Sigrid estima que son diamètre, à la base, équivalait à celui de l'Australie. Il épaississait tous les jours et l'on pouvait espérer que cet amalgame de lave refroidie finirait par donner naissance à un continent de belle taille.

Il n'y avait rien d'autre à faire qu'attendre, aussi Sigrid se lança-t-elle à la recherche des bidons de semences éjectés par Koban. La renaissance d'Almoha dépendait de ces graines miraculeuses, nées de la biotechnologie, qui produisaient un arbre adulte en quinze jours à peine.

« Il nous faudra également de la terre concentrée, se disait-elle, car rien ne pousse sur la pierre ponce volcanique. Je sais qu'il y avait des bidons d'humus condensé dans les réserves du *Bluedeep.* Il suffit d'en jeter une poignée à l'air libre pour qu'il se mette à proliférer, comme la neige carbonique d'un extincteur. »

Elle chercha, chercha, le museau au ras de la plaine de vase. À n'en pas douter, cette quête dura plusieurs années mais elle n'en eut pas conscience.

Un jour, au hasard de son errance, elle se trouva nez à nez avec la carcasse éventrée du *Bluedeep.* Le sous-marin géant avait été pris sous l'effondrement d'une falaise, lors de l'éruption volcanique. Son épave tordue, déchiquetée, émergeait à peine d'un amas de roches. Sigrid tourna longtemps autour de la proue, n'osant y pénétrer. Elle espérait que les matelots avaient eu le temps d'évacuer le navire avant qu'il ne soit broyé. Elle eut une pensée pour David. Avait-il pu se résoudre à devenir poisson ou bien s'était-il obstiné à demeurer enfermé dans sa cabine, jusqu'à la dernière seconde, préférant mourir asphyxié ? Elle ne le saurait jamais. D'un coup de queue, elle se détourna du vaisseau fracassé et poursuivit son chemin. Elle se devait d'oublier cette partie de sa vie et ne plus penser qu'au futur, car c'était d'elle, et d'elle seule, que dépendait l'avenir d'Almoha.

Un siècle s'écoula. Ni Gus ni Sigrid ne s'en rendirent compte. Au reste, cela n'avait pas d'importance puisque les eaux rendaient impossible tout processus de vieillissement. D'un strict point de vue médical, les deux amis avaient toujours le même âge qu'à leur sortie du *Bluedeep.* Ils accomplissaient de terribles efforts pour ne pas perdre la mémoire. Tous les jours, Sigrid se racontait sa vie, depuis le début, s'appliquant à se remémorer les moindres détails. C'était un exercice ennuyeux, mais la jeune fille savait que c'était là le seul moyen de ne pas s'abêtir. Alors, elle récapitulait, se remémorant sans cesse la même histoire.

« Mon nom est Sigrid Olafssen, récitait-elle. J'ai très peu connu mes parents. Quand j'étais petite, ma mère m'appelait Sissi. J'ai grandi dans un orphelinat militaire. Un jour, un recruteur de la Marine est venu, il nous a proposé... »

Maintenant, l'île avait percé la surface des flots, le volcan s'était rendormi, la lave refroidissait. Almoha possédait un nouveau continent. Sigrid sentait que le moment était venu de passer à l'action. Malgré tous ses efforts d'entretien cérébral, elle commençait à oublier des choses... Certains jours elle ne se rappelait plus son nom. Si elle tardait davantage, elle finirait par oublier son passé d'être humain et se contenterait d'être un poisson heureux jusqu'à la fin des temps.

Elle eut beaucoup de mal à convaincre Gus de transporter les bidons jusqu'à l'île. La tâche, il est vrai, était fastidieuse : il fallait faire rouler les tonnelets le long de la paroi du cône volcanique en remontant vers la surface, comme un chien pousse un ballon avec son nez. Une fois à l'air libre, on se dépêchait de jeter les bidons sur la plage, d'un coup de queue, et l'on replongeait.

Quand les fûts se trouvèrent entassés sur le rivage, Sigrid décida que l'heure avait sonné pour elle et Gus de redevenir humains.

Le poisson roux ne semblait guère emballé par cette perspective et Sigrid dut beaucoup insister pour le convaincre de l'imiter. Elle se frottait contre son flanc pour lui transmettre ses pensées au moyen des substances chimiques imprégnant ses écailles.

Quand elle eut enfin la conviction qu'il la suivrait, elle plongea très bas, pour prendre son élan, et remonta vers la surface de toute la vitesse dont elle était capable. Elle creva les vagues tel un dauphin exécutant une cabriole et retomba sur les roches volcaniques du rivage. La métamorphose débuta dès que les rayons du soleil eurent séché les dernières gouttes d'eau salée sur ses nageoires.

Alors tout recommença, à l'envers cette fois... À côté d'elle, Gus se tortillait dans les convulsions du bouleversement organique.

Sigrid eut la fièvre, puis claqua interminablement des dents. Elle grelottait comme si on l'avait couchée sur un morceau de glace. Ses membres se formèrent, puis elle toussa, cracha, s'étouffa, avant de se réadapter à la respiration aérienne. Elle découvrit soudain qu'elle ne savait plus ni marcher ni se servir de ses mains. Elle était restée si longtemps poisson qu'elle avait oublié ses réflexes d'humaine.

Il lui fallut ramper sur la pierre ponce à la recherche d'un trou d'ombre pour fuir l'ardeur du soleil. Elle resta là toute la nuit, recroquevillée, les yeux clos. Quelque part dans l'obscurité, Gus toussait.

Le lendemain, les deux jeunes gens passèrent la matinée à réapprendre à se déplacer, comme des bébés. D'abord à quatre pattes, puis en se tenant aux rochers. Ils ne parvenaient ni l'un ni l'autre à parler. Leurs cordes vocales ne formaient que des grognements.

« Il ne faut pas traîner, songea Sigrid. Rien ne pousse sur une île volcanique ; si nous ne voulons pas mourir de faim, il est capital de commencer dès aujourd'hui à ensemencer ce nouveau continent. »

Par gestes, elle fit comprendre à Gus qu'ils devaient, de toute urgence, procéder à la fertilisation de l'atoll et, pour ce faire, répandre l'humus concentré sur la plaine rocheuse.

L'île se révéla nue, aride, stérile. Çà et là, des cavités conservaient des poches de vase séchée où frisaient les premiers brins d'une végétation timide. Par bonheur, des lacs, des étangs s'étaient formés, retenant l'eau de pluie, à la manière d'immenses récipients naturels.

« L'eau qui tombe du ciel n'est pas mutagène, se rappela la jeune fille. On peut la consommer sans risque. Nous voilà au moins assurés de ne pas mourir de soif. »

Aidée par Gus, elle déboucha les tonnelets d'humus et entreprit de les répandre sur la pierre grisâtre du sol. La terre coulait telle de la poudre noire et, au contact de l'air, proliférait à une vitesse prodigieuse, chaque grain en générant dix autres, qui eux-mêmes... Cela grouillait comme une armée d'insectes galopant vers la ligne d'horizon.

« Dès que la plaine en sera recouverte, pensa Sigrid, nous sèmerons des arbres fruitiers. En attendant, nous survivrons grâce à la nourriture déshydratée. »

Une semaine s'écoula. Gus et Sigrid avaient repris le contrôle de leurs cordes vocales. Ils pouvaient désormais parler à voix basse.

« C'est formidable, non, de contribuer à la naissance d'un continent ? fit Sigrid un soir, alors que le soleil se couchait sur la ligne d'horizon.

— C'est vrai, admit Gus. Aujourd'hui j'ai semé des orangers. Ils seront adultes dans quatre jours et nous pourrons manger leurs premiers fruits.

— Encore un mois de travail et l'île sera habitable, observa la jeune fille. Les racines des arbres et des plantes vont empêcher le vent du large d'emporter la terre dans ses bourrasques.

— Mais les habitants ? interrogea Gus. Les animaux ?

— Dès que nous disposerons d'assez de bois, nous construirons un bateau, expliqua Sigrid. Nous l'utiliserons pour aller pêcher au large. Il y a des combinaisons de caoutchouc dans les bidons de survie. Nous les porterons pour nous protéger des effets de l'eau. Nous ramènerons nos prises sur la plage et nous les laisserons se métamorphoser à l'air libre. Tu comprends ? Il y aura de tout : des hommes, des femmes, des enfants, des animaux...

— Les humains auront tout oublié, objecta le garçon.

— Nous leur réapprendrons à vivre sur la terre ferme, répondit la jeune fille. Ce sera notre mission. Il faudra leur prouver qu'il est parfois bon d'être un humain.

— Sacré boulot ! soupira Gus. On n'est pas au

bout de nos peines ! Mais je suis d'accord avec toi, il faut essayer. »

Quand l'île fut couverte d'arbres, ils fabriquèrent un radeau et entamèrent leur campagne de pêche. Chaque jour, ils sortaient en mer, jetaient des filets, et ramenaient de gros poissons éberlués qu'ils traînaient jusqu'au rivage. Là, une fois tirés au sec, leurs prisonniers redevenaient humains ; il fallait alors les enfermer dans un enclos de lianes tressées pour les empêcher de courir se jeter dans les vagues. Ça ne marchait pas à tous les coups, loin de là, car certains refusaient obstinément de s'intéresser à ce que tâchait de leur inculquer Sigrid.

Le taux de réussite était meilleur avec les animaux qui s'échappaient pour s'enfoncer dans la forêt toute neuve.

Sigrid ne perdait pas courage. Elle était devenue une sorte d'institutrice. Entourée de ses élèves, elle parcourait l'île en essayant de leur apprendre à construire des huttes, à allumer un feu. Ils communiquaient avec elle par transmission épidermique, au moyen d'images.

« Ce sera long, répétait-elle à Gus, mais nous y parviendrons. »

Ils continuaient à sortir en mer pour pêcher de quoi repeupler l'île. Souvent, au moment où elle tirait un poisson hors de l'eau, Sigrid songeait à David.

« S'il n'est pas resté coincé dans l'épave du *Blue-*

deep lors du naufrage, se disait-elle, il est forcément devenu poisson et il se peut qu'un jour il se prenne dans mes filets, par hasard. »

Son cœur battait plus vite à cette perspective. Mais la mer était si vaste...

La nuit, quand elle ne parvenait pas à trouver le sommeil, elle retournait cette idée dans sa tête.

« Il est quelque part, pensait-elle, perdu dans les abîmes. Il n'est pas mort, je le sens ; mais le retrouverai-je ? »

Quoi qu'il en soit, cet espoir lui donnait la force de sortir en mer en dépit de la fatigue qui l'accablait, car c'était un dur métier de créer un monde à partir de presque rien !

Elle avait décidé de baptiser le continent Kobania, en souvenir du prince des abîmes, grâce à qui tout avait commencé.

Dans leurs filets, ils ramenaient des chèvres, des vaches, des adolescents, des vieillards, des chevaux, de tout jeunes enfants...

« La pêche miraculeuse ! » s'extasiait Gus.

Les huttes proliféraient, s'organisant en villages, les forêts s'emplissaient de cris d'animaux.

« Voilà, songeait Sigrid, j'ai réparé le mal que leur avaient fait les Terriens. Espérons qu'ils sauront profiter de cette seconde chance. »

Depuis qu'elle était sortie de l'océan, elle grandissait, s'épanouissait. Aujourd'hui, elle avait réellement l'aspect d'une fille de 20 ans et Gus commençait à voir la barbe lui envahir les joues. Ils avaient enfin triomphé de la malédiction de l'enfance éternelle imposée par les officiers du *Bluedeep*. Ils étaient au seuil d'une nouvelle vie, libres, jeunes. Le futur dépendait d'eux.

Quand ses cheveux repoussèrent, Sigrid s'aperçut qu'ils étaient devenus bleus.

Table

Serge Brussolo

Né en 1951, Serge Brussolo a beaucoup écrit. Il se consacre désormais au thriller, explorant le suspense sous toutes ses formes. Doué d'une imagination surprenante, il est considéré par la critique comme un conteur hors pair, à l'égal des meilleurs auteurs du genre, et certains n'hésitent pas à lui trouver une place entre Stephen King et Mary Higgins Clark. Il a reçu le Prix du Roman d'Aventures 1994 pour *Le Chien de minuit* paru au Masque, et son roman *Conan Lord : carnets secrets d'un cambrioleur* a été élu Masque de l'année 1995. Grand maître des atmosphères inquiétantes, Serge Brussolo a également reçu le Grand Prix RTL-Lire pour *La Moisson d'hiver* (éd. Denoël). La série des *Peggy Sue,* publiée chez Plon, est déjà un phénomène dans le monde de l'édition pour la jeunesse. Depuis 2000, Serge Brussolo a ajouté à son métier d'écrivain celui de directeur de collection aux Éditions du Masque.

Composition JOUVE - 53100 Mayenne
N° 315657h
Imprimé en Italie par G. Canale & C. S.p.A. - Borgaro T.se (Turin)
Avril 2004 - Dépôt éditeur n° 45012
32.10.2115.7/03 - ISBN : 2.01.322115.0
Loi n° 49-956 du 16 juillet 1949 sur les publications destinées à la jeunesse
Dépôt légal : avril 2004